Sigrid Nunez

Für Rouenna

Roman

Aus dem Amerikanischen
von Anette Grube

Luchterhand

Die Originalausgabe erschien 2001
unter dem Titel *For Rouenna*
Bei Farrar, Straus and Giroux, New York

1 2 3 4 5 04 03 02

Luchterhand Literaturverlag München
in der Verlagsgruppe Random House GmbH
Satz: Filmsatz Schröter GmbH, München
Druck und Bindung: Ebner & Spiegel GmbH, Ulm

ISBN 3-630-82124-0

Erster Teil

Nachdem mein erstes Buch erschienen war, bekam ich ein paar Briefe. Die meisten waren von Fremden, von Leuten, die mein Buch gelesen hatten und mich wissen lassen wollten, was sie davon hielten. Es waren überwiegend wohlwollende Briefe, ein paar allerdings waren kritisch. (»Ich hoffe, Sie nehmen es mir nicht übel, aber der Schluß hat mir überhaupt nicht gefallen«, und so weiter.) Ich erhielt auch Post von Leuten, die ich früher gekannt hatte. Beinahe-Fremde: Menschen, zu denen ich seit zwanzig, dreißig Jahren keinen Kontakt mehr hatte und an die ich, wenn überhaupt, nur sehr selten dachte. Fast jeder dieser Briefe begann damit, daß der Absender seinen Zweifel zum Ausdruck brachte, ob ich mich noch an ihn erinnerte, und meine Antwortschreiben begannen stets mit der Versicherung, daß ich mich sehr wohl erinnerte, was der Wahrheit entsprach. Noch bevor ich einen dieser Briefe öffnete, erkannte ich in der Regel den Absendernamen auf dem Umschlag wieder. (Mitunter war es auch die Handschrift, die ich wiedererkannte.) Unbekannt war mir jedoch fast immer die Adresse des Absenders. Meine alten Bekannten, diese Gespenster aus der Vergangenheit, waren von den Orten, an denen ich sie gekannt hatte, weggezogen, manche sehr weit weg. Einer der wenigen Briefe aus dem Staat New York war in einem Männergefängnis abgeschickt worden. Manchmal schrieb der Absender PERSÖNLICH auf den Umschlag oder PERSÖNLICH UND VERTRAULICH. »Hoffentlich kannst Du Dich an mich Idioten noch erinnern«, schrieb der Gefängnisinsasse, »jetzt, wo ich im Knast sitze.«

Im Gegensatz zu den Briefen von Fremden ging es in den Briefen von früheren Bekannten für gewöhnlich nicht um mein Buch. Ja, häufig hatte der Absender das Buch gar nicht gelesen, sondern nur davon gehört, durch eine Besprechung zum Beispiel, und dies zum Anlaß genommen, sich »nach all den Jahren« erneut mit mir in Verbindung zu setzen. Meist waren diese Briefe lang – drei oder vier Seiten – und voller autobiographischer Details. Sie führten mich zurück – ans College, an die High School und noch weiter. Ich hörte von drei Frauen, die in der siebten Klasse meine besten Freundinnen gewesen waren. (Die meisten Leute, die mir schrieben, waren Frauen.) Nur selten überraschte es mich, zu erfahren, was aus den Leuten geworden war. Sie hatten geheiratet. Sie hatten Kinder bekommen. Die Berufe, die sie hatten, waren die Berufe, die ich für sie vorhergesagt hätte. Es war ihr Bedürfnis, mir das alles mitzuteilen, was mich überraschte und rührte.

Ich beantwortete jeden Brief. Und für gewöhnlich hatte es sich damit. Ich hörte nichts mehr von den Leuten und wenn doch, dann nur noch einmal. Vielleicht kam noch ein kurzer Brief oder eine Postkarte. Eine der Freundinnen aus der siebten Klasse grub ein Bild von mir als Dreizehnjährige aus und schickte es mir zusammen mit der Kopie eines Gedichts in meiner eigenen jugendlichen Handschrift, das ich ungelesen wegwarf, weil ich mich nur zu gut an die Art Gedichte erinnerte, die ich mit dreizehn schrieb.

Die Zeit verging. Ein Jahr, noch ein Jahr, genug Zeit, um ein weiteres Buch zu beenden – eine lange Phase, in der keine solchen Briefe eintrafen. Aber eines Tages kam doch noch einer. (»Ich weiß nicht, ob Du Dich noch an mich erinnerst.«) Diesmal aus Brooklyn. Und diesmal erinnerte ich mich nicht.

Ich erinnerte mich nicht an eine Rouenna Zycinski. Ich war ganz sicher, daß ich sie nie gekannt hatte. Aber gemäß ihrem Brief waren wir vor vielen Jahren Nachbarn in einem Sozialbaugebiet auf Staten Island gewesen. Sie war älter als ich, diese Frau, so alt wie meine ältere Schwester, und sie erinnerte sich an sie und an meine andere Schwester und an meine Mutter und meinen Vater. Sie kannte ihre Namen und die Nummer des Hauses, in dem wir gelebt hatten, und die Nummer der Wohnung – all diese Informationen führte sie in ihrem Brief auf, und alles stimmte. Über diese Welt – die Welt der Sozialbauten – hatte ich in meinem ersten Buch geschrieben, das sie gerade gelesen hatte. Das Buch hatte sie in diese Welt zurückversetzt, hatte viele Erinnerungen wachgerufen, und das war alles, was sie mir mitteilen wollte.

Ich antwortete sofort auf ihren Brief, bedankte mich

dafür und vergaß sie dann völlig, bis sie sich ein paar Wochen später erneut meldete. Wir wären, schrieb sie (diesmal stimmte es nicht ganz, meiner Ansicht nach), wieder einmal Nachbarn. Brooklyn, Manhattan. Zwei U-Bahn-Haltestellen voneinander entfernt. Eine Sache von Minuten. Könnten wir uns treffen?

Ich wollte nicht. Ich hatte keinerlei Bedürfnis, diese Frau zu treffen. Sie war eine Fremde, und Fremden gegenüber bin ich mißtrauisch. Unsere Bekanntschaft konnte nur marginal gewesen sein. Nicht einmal ihr Name sagte mir etwas. Sie und ihre Familie waren *vor ungefähr vierzig Jahren* aus dem Sozialbaugebiet fortgezogen. Meine Familie war zehn Jahre später weggezogen. Warum sollten wir uns treffen? Es gab keinen Grund dafür. Und ich hatte das unangenehme Gefühl, daß diese Frau etwas wollte – mehr, als mich nur wiederzusehen. Ich wußte nicht genau, was es war, aber ich meinte, Gefahr zu spüren – nein, *Gefahr* ist ein zu melodramatischer Ausdruck –, Schwierigkeiten, die aus einem Treffen mit ihr erwachsen könnten, und ich hatte genug Schwierigkeiten. Wäre sie ein Mann gewesen, wäre es mir, glaube ich, nicht schwergefallen, nein zu sagen. Aber ein merkwürdiges Gefühl der Verpflichtung nagte an mir, als ob ich dieser Frau etwas schuldete, dieser vollkommen Fremden von den Rändern meines Buches der Erinnerungen – aber was konnte ich ihr schon schulden?

Ich hatte genug Schwierigkeiten. Die Briefe dieser Frau erreichten mich zu einer eigentümlichen Zeit in meinem

Leben – einer unglücklichen Zeit. Als ihr erster Brief kam, hatte ich mich gerade von einem Mann getrennt, mit dem ich seit mehreren Jahren zusammenlebte. Ich war aus der gemeinsamen Wohnung (*seiner* Wohnung, bevor wir uns kennenlernten) aus- und in eine neue Wohnung eingezogen. Ich war allein. (Auch sie war allein; obwohl sie nichts darüber sagte, konnte ich mir nicht vorstellen, daß Rouenna Zycinski nicht allein lebte, zwei U-Bahn-Haltestellen entfernt in Brooklyn.) Mitten im Auspacken hatte ich die Lust verloren und damit aufgehört. Ich lebte im Durcheinander, teils aus Kisten – ich wußte kaum, wo was war. Die Küche war leer, den Herd hatte ich noch kein einziges Mal benutzt – ich ging aus, vom Kaffee am Morgen bis zum Drink um Mitternacht. Ich ging allein aus – ich mied Menschen. Ich mied es, erklären zu müssen, daß G. und ich nicht mehr zusammen waren. Ich mied es, Fragen zu meiner Arbeit – wie stand es mit meinem nächsten Buch – beantworten und zugeben zu müssen, daß es nicht gut darum stand, daß ich dieses Buch aufgegeben hatte. Seit Monaten hatte ich nichts mehr geschrieben. Ich mußte schnell ausziehen und mehr oder weniger die erstbeste Wohnung nehmen, die mir angeboten wurde. Zwei kleine Zimmer, die auch zusammen kein großes ergeben hätten. Das Sofa hier, das Bett dort, und damit waren sie voll. Der Holzboden splitterte, das Licht war – es gab kein Licht. Fast alle Bewohner des Hauses waren Frauen. Der Besitzer wollte nicht an alleinstehende Männer oder Familien vermieten (nicht, daß man sich hätte vorstellen können, wie sich eine Familie in eine dieser kleinen Wohnungen zwängte, in die das einst elegante Stadthaus unterteilt worden war). Wir waren also mehrheitlich Frauen; überall um mich herum wohnten junge Frauen. Ich hatte vergessen, wie häufig junge Frauen weinen. Offensichtlich war ich nicht die einzige Frau mit Liebeskummer. Häufig hörte ich Paare streiten – wie sich mein Puls beschleunigte, wann immer ich sie hörte. Und als einmal eine gequälte männliche Stimme durch den Luftschacht tönte – *Ich liebe dich, du blöde Kuh!* –, brach ich in Tränen aus.

In dem Haus gab es auch viele Katzen. Ich glaube, jede Frau hatte eine Katze. (Hunde waren nicht gestattet – der Hausbesitzer hatte von Hunden eine ebenso schlechte Meinung wie von Männern.) Wenn ich nach Hause kam, warf ich mitunter einen Blick auf die Fassade und sah in nahezu jedem zweiten Fenster die vertraute kurvenreiche Silhouette. Mein eigener Kater tigerte mit großen ungläubigen Augen durch die zwei vollgestellten Zimmer. Anfänglich miaute er viel, als würde er mich anflehen … Er wurde still und ernst, als ihm (wie ich vermutete) die Wahrheit aufging: Die Ordnung, an die er gewöhnt war, die er brauchte und liebte, folgte uns nicht, wohin immer wir gingen, sondern gehörte zu dem anderen Leben, das wir ein für allemal hinter uns gelassen hatten.

Statt Ordnung zu schaffen, statt mich in meiner neuen Wohnung einzurichten und mit meinem Leben weiterzumachen, träumte ich davon, fortzugehen. Ich hatte Marguerite Yourcenars Bericht über ihre Zugreise durch die USA gelesen, auf der sie Teile ihres Meisterwerks *Ich zähmte die Wölfin* schrieb: »Eingeschlossen in meinem Abteil wie in der Kammer eines ägyptischen Grabs, arbeitete ich zwischen New York und Chicago bis spät nachts; dann den ganzen nächsten Tag in einem Restaurant im Bahnhof von Chicago ... und wieder bis zur Morgendämmerung, allein im Aussichtswagen des Zugs nach Santa Fé.« Seite um Seite dieses Werks, das ihr viele Jahre große Schwierigkeiten bereitet hatte, ging ihr jetzt mühelos von der Feder, und: »Ich kann mich an kaum einen Tag erinnern, den ich mit mehr Leidenschaft verbracht hätte, oder an lichtere Nächte.«

Eine unwiderstehliche Phantasie. Von New York nach Kalifornien. In San Franciso könnte ich S. besuchen. *Tage voller Leidenschaft. Lichte Nächte.* Schreiben, wie ich nie zuvor geschrieben hatte.

Eine unwiderstehliche Phantasie: G.s Gesicht, wenn ich ihm davon erzählte. Darüber hatte er sich mit am meisten beklagt: Daß ich zu einer Tat, wie sie mir gerade vorschwebte, nicht fähig sei. Mir mangele es an jeglicher Abenteuerlust, ich sei die am wenigsten spontane Person auf der Welt. (»Jemand sagt zu dir, laß uns miteinander schlafen, und du sagst, warte einen Augenblick, ich muß noch schnell mein Testament machen.«) Wenn ich nicht mehr unternähme – ausgehen, reisen, mehr von der Welt sehen, mehr Erfahrungen sammeln –, bliebe mir irgendwann nichts mehr, worüber ich schreiben könnte. Das war eins der letzten Dinge, die er zu mir sagte, bevor wir uns trennten (allerdings war es nicht das erste Mal, daß er es sagte), und so, wie er es sagte, dieses letzte Mal, hatte ich das Gefühl, als würde er mich mit einem Fluch belegen.

Es war nicht die Art Reise, die Leute heutzutage noch machen – und schon gar nicht allein. Mir wurde gesagt, daß meine Mitreisenden überwiegend Familien wären. Und vieles wäre nicht mehr so wie in den vierziger Jahren. In dem Restaurant im Bahnhof von Chicago würde heute Musik oder vielmehr Kaufhausmusik gespielt. Und Yourcenar säße auch nicht mehr allein in einem Aussichtswagen. Die Züge sind jetzt meistens voll besetzt und kaum der richtige Ort, um in Ruhe zu lesen, geschweige denn ein Meisterwerk zu schreiben. Ständiges Geplauder oder Schnarchen, blecherne Musik aus Walkmen oder Piepsen und Klicken von Computerspielen – das zumindest waren meine Erfahrungen auf Zugfahrten während der letzten Jahre. Schmutzige Toiletten. Schlechtes Essen. Familien mit kleinen Kindern im Abteil nebenan. »Werden alle Abteile besetzt sein?« fragte ich am Schalter für Reservierungen. »O ja. Und Sie entscheiden sich besser schnell. Die Züge werden zehn Monate im voraus gebucht.«

So viel zum Thema Spontaneität.

Aber ich war in eine dieser Schriftstellerfallen getappt: Ich hatte mir eingeredet, daß ich erst wieder anfangen könnte zu schreiben, wenn ich woanders wäre – vorzugsweise an einem Ort, an dem ich noch nie zuvor gewesen war. Ich wollte über uns schreiben, über G. und mich, wie wir zusammengekommen waren, wie wir uns getrennt hatten. Aber wahrscheinlich war es noch zu früh dafür. Und außerdem hatte ich versprochen, nie …

Trotzdem, ich wollte weg. Es mußte ja keine große Sache sein, sagte ich mir. Ich würde überallhin gehen, wo ich keine jungen Frauen weinen hören mußte. Ich überlegte, für einen Monat ein Haus auf dem Land zu mieten. Aber es war Winter. Ich würde frieren, wäre eingeschneit. Und wie sollte ich mich fortbewegen? Ich hatte nicht nur kein Auto, sondern auch keinen Führerschein.

Die Zugfahrt, das Haus auf dem Land. Eine Reise, ein Zufluchtsort. Ein Ort, um zu trauern. Ein Ort, um zu schreiben. Unwiderstehliche Phantasien, aber letztlich fuhr ich nirgendwohin. Ich blieb zu Hause und packte die restlichen Kisten aus. G. hatte also doch recht. Aber er hatte mich an etwas erinnert. Kaum hatte ich mich in meiner neuen Wohnung eingerichtet, setzte ich zum erstenmal in meinem Leben ein Testament auf.

Ich antwortete nicht sofort auf den zweiten Brief der Frau. Ich schob es wochenlang hinaus. Sie hatte mir ihre Telefonnummer mitgeteilt, aber statt anzurufen, schrieb ich. Ich schrieb, daß sie mich zu einer sehr geschäftigen Zeit erwischt hätte, aber vielleicht in ungefähr einem Monat …

Auf den Tag einen Monat später schrieb sie mir erneut. Ich sah ein, daß es sinnlos wäre, nicht anzurufen. Es ging nicht länger darum, die Verpflichtung hinauszuschieben, sondern sie hinter mich zu bringen.

Ich hatte erwartet, daß sie zu mir nach Manhattan kommen würde. Ich hatte an mehrere Orte gedacht, an denen wir uns hätten treffen können. Statt dessen lud sie mich – zu meinem Entsetzen – zum Mittagessen zu sich nach Brooklyn ein. Eine keuchende, leicht stotternde Stimme: Sie klang sowohl nervös als auch aufgeregt. Sie klang, als hätte sie Angst, daß ich nein sagen würde. Ich schlug vor, einen Nachtisch mitzubringen. Und an diesem Samstag – ein kalter grauer Tag, an dem ein bißchen trockener Schnee fiel – nahm ich widerwillig, noch immer irgendwelche obskuren Schwierigkeiten fürchtend, noch immer belastet von diesem merkwürdigen Pflichtgefühl und außerdem von einem Schokoladenkuchen, die U-Bahn nach Williamsburg.

Ich war zu früh – ich komme ständig zu früh zu Verabredungen (eine Gewohnheit, die G. stets verärgerte, weil er darin nicht die Tugend der Pünktlichkeit sah, sondern die neurotische Angst, zu spät zu kommen). Wir lebten wirklich nur Minuten auseinander, diese Frau und ich, und auf meine gewohnte (pünktliche oder neurotische) Art hatte ich mir nahezu eine Stunde Zeit für die Fahrt genommen. In diesen wenigen Minuten änderte sich jedoch das Wetter. Ich stieg die Treppe von der U-Bahn hinauf, und die Sonne schien. Es schneite nicht mehr. Es war ein vollkommen anderer Tag – ein guter Tag für einen Spaziergang. Und während ich ausschritt und darauf achtete, die Kuchenschachtel nicht allzu heftig zu schwingen, begann sich meine Stimmung zu bessern.

Ich kannte dieses Viertel. Ich kannte mehrere Leute, die hier wohnten, alle Künstler. Einer meiner ersten Gedanken war gewesen, daß auch diese Frau eine von den Hunderten von Künstlern war, die sich während der letzten fünfzehn Jahre in diesem Teil von Brooklyn niedergelassen hatten. Sie waren leicht zu erkennen, an ihrer Kleidung, an ihren Frisuren, sogar an ihren Rucksäcken; an diesem schönen Samstagmittag bevölkerten sie die Straßen und waren mühelos zu unterscheiden von den italienischen, den polnischen und den lateinamerikanischen Einwanderern, die sie aus dieser Gegend zu vertreiben drohten. (Angst, vertrieben zu werden: im U-Bahnhof ein Zettel an einer Säule von einer Frau, die nach einem Mitbewohner für ihr Loft suchte: RAUCHER OKAY, ABER ABSOLUT KEINE WALL-STREET-YUPPIE-TYPEN!)

Auf meinem Spaziergang ging ich in nördlicher Richtung nach Greenpoint. Ich erinnerte mich an das erste Mal, als ich vor fast zehn Jahren in Greenpoint war und in einem Lebensmittelladen Tee kaufte. Als ich den Mann hinter der Ladentheke fragte, wo ich Tee finden könnte, preßte er die Hände zusammen wie ein Pfarrer und schüttelte den Kopf; er verstand kein Englisch. Den Laden gab es immer noch; ich blieb stehen, betrachtete das Schaufenster mit den polnischen Spezialitäten und fragte mich, ob der Mann jemals Englisch gelernt hatte. Dafür hätte er nur die Straße überqueren müssen, wo sich damals wie heute eine Sprachenschule befand. Wenn er das Viertel allerdings nie verließ, bestand keine echte Notwendigkeit dazu. Überall wurde Polnisch gesprochen – in den Geschäften, in der Bank, in den Krankenhäusern und Schönheitssalons. Als ich durch den Park ging, hörte ich zwei Männer auf polnisch streiten, Kinder auf polnisch spielen und ein leidenschaftliches junges Paar auf einer Parkbank sich polnische Liebesworte zuflüstern.

Und jemand hatte seitlich auf ein Bushäuschen mit Filzstift geschrieben:

Frage: Was hat der polnische Künstler getan?
Antwort: Er ist nach SoHo gezogen.

Aber all das hatte nichts mit meiner Stimmung zu tun, ebensowenig wie der Wetterwechsel. Mir war etwas durch den Kopf gegangen – jetzt, da ich diese Frau tatsächlich treffen würde. Bis zu diesem Augenblick hatte ich nicht wirklich über sie nachgedacht. Erst jetzt begann ich, mir ernsthaft Gedanken über sie zu machen. Sie war keine Künstlerin, entschied ich. Sie war nicht wie sie oder meine anderen Freunde – sie stammte aus einer vollkommen anderen Welt. Der Voyeur in mir war erwacht. Würde sie wirklich, wie ich mir vorstellte, allein leben oder zusammen mit jemand anders, einem Liebhaber, einer Familie? Wie sah ihre Wohnung aus, und wie verdiente sie ihren Lebensunterhalt? Mir wurde klar, daß es mir nicht schwerfallen würde, diesen Besuch zu überstehen – ich mußte nur essen und zuhören. Denn die Frau würde nicht über mich reden wollen, sondern über sich – dessen war ich mir ziemlich sicher. Inzwischen erwartete ich das von den Leuten, die Kontakt zu mir aufnahmen. Der Brief aus der Haftanstalt war ein volles Geständnis gewesen – dreißig Seiten, auf denen mein alter Freund aus der High School die ganze traurige, schmutzige Geschichte ausbreitete, wie er im Gefängnis gelandet war. Auch Rouenna Zycinski wollte mir erzählen, wie sie dorthin gelangt war, wo sie sich jetzt befand. In ihren Briefen hatte sie das nicht getan – sie hatte nichts über sich selbst geschrieben. Sie sparte sich ihre Geschichte für unser Treffen auf. Das dachte ich zumindest. Und als ich umkehrte und zurück zu der Straße ging, in der sie wohnte, war ich überaus neugierig, und Neugier macht mich immer munter.

Ihr Haus war nahe der U-Bahn-Station. Ein zweistökkiges Fachwerkhaus mit grüner Vinylverschalung, unelegant, nahezu unerbittlich reizlos wie die meisten Häuser in der Gegend; wie im Grunde ganz Brooklyn. Als ich klingelte, bewegten sich die gelblich-grauen Vorhänge an einem Fenster im Erdgeschoß, und ein gelblich-grauer Kopf tauchte auf: eine Frau, die Hausbesitzerin vielleicht, die aufpaßte, oder eine neugierige Nachbarin. Als ich ihr zunickte, erschrak sie jedoch, wich zurück und zog verärgert den Vorhang zu.

Im Haus roch es nach gebratenem Fleisch.

»Hallo? Hier oben – ich bin hier oben.« Die nervöse keuchende Stimme. Ich stieg die Treppe hinauf. Sie stand in der Tür – sie füllte die ganze Tür aus, so dick war sie. Ihr Gesicht war gerötet, vom Kochen vielleicht oder weil sie so nervös war oder dick – ich wußte es nicht –, aber sie war ganz rot, unnatürlich rot. Nein, ich erkannte sie überhaupt nicht wieder. »Ich bin Rouenna«, sagte sie. Barfuß auf einem Fußabtreter mit Sonnenblumen darauf. Ein langes, weites, zeltartiges Kleid – auch das Kleid war mit Blumen gemustert. Der Bratengeruch kam aus ihrer Wohnung. Ich gab ihr die Kuchenschachtel, und sie nahm sie scheu entgegen, gab sich dankbar überrascht, als hätte sie nicht damit gerechnet, obwohl ich gesagt hatte, daß ich einen Nachtisch mitbringen würde, als wir uns am Telefon verabredeten. Sie trat zurück in die Wohnung, in den überwältigenden Bratengeruch. »Du siehst genauso aus wie auf dem Foto«, sagte sie, und ich brauchte einen Augenblick, bis mir klar wurde, daß sie von dem Foto auf dem Buchumschlag sprach. Sie hielt mir die Tür auf und winkte mich mit einer Geste des Willkommens herein, und ich betrat ihre Welt.

Das Wort *Salon* kam mir in den Sinn, so altmodisch wirkte das Wohnzimmer mit den aufgepolsterten Möbeln und den Nippes, den Deckchen und Wollplaids und geklöppelten Spitzen. In einer Nische neben dem Fenster dösten zwei Wellensittiche in einem großen Käfig. Falsche Perserteppiche, moosgrüne Samtvorhänge – es war die Art Raum, die mir Niesreiz verursacht, gleichgültig, wie sauber er ist. Die Art Raum, von der ich weiche Knie bekomme – ich, die ich stets in so karg möblierten Räumen lebe, daß Leute, die mich zum erstenmal besuchen, annehmen, ich sei gerade erst eingezogen. In dieser Hinsicht sind die Japaner mein Vorbild und, näher zu Hause, die Shaker. G. betrachtete diese *Angst vor Dekor* wieder einmal als *neurotisch*. Aber es ist auch eine Möglichkeit, das Unausweichliche zu vermeiden, nämlich daß ein Stück zum nächsten führt und das Leben allmählich immer komplizierter wird, bis in Null Komma nichts das, was wir besitzen, uns besitzt.

In diesem Salon herrschte Sommer, es war heiß und feucht. Die Fenster waren beschlagen. Ich hatte sofort weiche Knie. Die pulsierende Geschäftigkeit dieses Zimmers – die vielen *Dinge* – die Hitze, der starke Geruch – Rouenna selbst – all das geblümte Fleisch. Ich sank in einen Sessel, der unter mir nachgab wie ein Federbett. Meine Befürchtungen kehrten zurück. Was tat ich hier? Auf dem Beistelltisch, zwischen Schalen voller Bonbons, Zeitschriften, die angeordnet waren wie im Wartezimmer eines Zahnarztes, einem Stapel Untersetzer für Gläser und einem riesigen nierenförmigen Aschenbecher, lag mein Buch.

Etwas zu trinken? fragte Rouenna. Ich bat um etwas Sprudelndes, Kaltes, und sie brachte mir ein Ginger-ale mit Eis.

Sie hatte einen Truthahn gebraten, ausgerechnet. Es

schien ihr peinlich. Aber sie sei es gewohnt, am Wochenende große Mahlzeiten zu kochen, sagte sie. Einen Teil des Truthahns werde sie der Frau im Erdgeschoß bringen – nicht die Hausbesitzerin, wie sich herausstellte, sondern eine gebrechliche, verwirrte alte Witwe, die kaum mehr allein zurechtkam. Den Rest des Truthahns bekomme die Kirche, in der jeden Sonntag Freiwillige eine Obdachlosenspeisung veranstalteten.

Eine gute Seele. Und ich hatte sie insgeheim verhöhnt – nein, *verhöhnen* ist ein zu harscher Ausdruck –, ich hatte den Kopf über sie geschüttelt. Ich nippte an dem kalten Getränk, um meine Scham zu kühlen. Rouenna ging in die Küche und kehrte mit einem Tablett mit mehreren Käsesorten, Crackern und Oliven zurück – auch das schon eine ganze Mahlzeit. Jetzt und später, als wir den Truthahn aßen, fiel mir auf, daß Rouenna wie viele dickleibige Menschen sich mit dem Essen zierte, zumindest vor Zeugen. Von den Vorspeisen nahm sie überhaupt nichts; sie sollten Gesellschaft leisten – wie vermutlich der riesige Aschenbecher, da Rouenna nicht rauchte. Mir fiel zudem auf, daß sie sich trotz ihres enormen Gewichts ziemlich schwungvoll bewegte, behende auf ihren nackten kleinen Füßen um den Tisch wuselte, der in einem kleinen Alkoven vor der Küche stand. Einst war sie schlank gewesen, und das hatte ihr Körper unter den vielen überschüssigen Pfunden nicht vergessen. (Ich hatte so etwas schon früher gesehen, bei den plumpen, aber anmutigen *mesdames*, von denen Fotos aus geschmeidigeren Tagen in den Studios hingen, in denen sie jetzt Ballettunterricht gaben.)

Es war wie an Thanksgiving. Sie hatte den Truthahn *gefüllt*. Sie hatte eine Sauce gemacht, Kartoffelbrei, Maisbrot, Erbsen. Sie mußte gekocht haben, seitdem sie am Morgen aufgestanden war, und sie mußte früh aufgestanden sein. Wieder ertappte ich mich dabei, daß ich den Kopf schüttelte. So viel zu essen – das Mittagessen würde Stunden dauern. Rouenna aß, wie gesagt, nur kleine Portionen von allem, aber ich aß viel, wie immer, wenn mir das Essen schmeckt; ich kam zwar Rouennas Ausmaßen in keiner Weise nahe, aber den Versuch, dünn zu bleiben, hatte ich schon vor einiger Zeit aufgegeben.

Wie sich herausstellte, lebte sie tatsächlich allein in dieser Wohnung, die ich vollständig sah, bevor ich aufbrach: das Schlafzimmer, so hell und voll wie das Wohnzimmer, eine gerüschte Tagesdecke mit Paisleymuster, dazu passende Vorhänge mit Paisleymuster und ein dicker zottliger goldener Teppich wie das Vlies des mythologischen Schafs. (Ein Haus ohne Bücher, wie ich bemerkte. Nur mein Buch, auf dem Beistelltisch.) Sie sagte, daß sie seit sechs Jahren in dieser Wohnung lebe. Zuvor hatte sie in Manhattan gewohnt. »Ich hatte eine hübsche, günstige Wohnung in Kips Bay, aber nach zwölf Jahren war ich reif für eine Veränderung. Oder ich wollte einfach zurück zu meinen Wurzeln.« Sie war in Brooklyn geboren, ihre Großeltern mütterlicher- und väterlicherseits stammten aus Polen. Daß sie zurück zu ihren Wurzeln wollte, hatte sie nur im Spaß gesagt, aber sie hatte es nie bedauert, aus dem »blasierten Manhattan« weggezogen zu sein. Dieses Immigranten-Arbeiterviertel gefiel ihr, und sie mochte die engen Straßen und die niedrigen Häuser, die italienischen Cafés mit ihrem hervorragenden Kaffee, die kleinen billigen Restaurants, wo es Piroggen, gekochtes Rindfleisch und Borschtsch gab. Und an jeder Ecke eine Bäckerei, und in jeder Bäckerei köstlichen Mohnkuchen, der sie an ihre Großmutter erinnerte … Rouenna war während der sechs Jahre in Williamsburg glücklich gewesen, und sie wünschte, die Künstler würden sich woanders niederlassen. Ein anderes Viertel *ruinieren*, war, was sie tatsächlich sagte – als wären nicht viele von ihnen lange vor ihr nach Williamsburg gezogen. Diese vielen *Kunstschaffenden*, sagte sie. Angeblich hierhergezogen, weil sie arm waren, und doch kauften sie überall Häuser auf! Als ob es nicht möglich wäre, daß auch ich ein paar von diesen Leuten kannte oder gern kennen würde.

Im blasierten Manhattan arbeitete sie. Sie war die Managerin eines Billigladens für Frauenbekleidung. Sie besaß ein Auto, fuhr jedoch jeden Tag mit der U-Bahn bis zur 34th Street. Kein aufregender Job, gestand sie; kein Job, den sie liebte, aber besser als andere Jobs, die sie im Lauf der Jahre gehabt hatte – und es waren viele gewesen. Kellnerin, Barkeeperin, Verkäuferin in einer Tierhandlung. Alles Jobs, um zu überleben, die Miete zu zahlen. Und doch hatte Rouenna einen Beruf: Sie war ausgebildete Krankenschwester.

Ich hatte recht behalten mit der Annahme, daß ich mich an diesem Tag nicht langweilen würde, hatte mich jedoch getäuscht hinsichtlich ihres Eifers, über sich selbst zu reden; ich mußte sie ausfragen. Zuerst versuchte sie, *mich* auszufragen. Aber ich gab ausweichende Antworten – ich hatte nicht das Bedürfnis, mit dieser fremden Frau über mich zu sprechen –, und in den peinlichen Gesprächspausen sah ich, wie sie mit sich kämpfte; ihr gerötetes Gesicht nahm eine noch tiefere, verlegene Rotfärbung an, als befürchtete sie, mir zu nahe getreten zu sein. Um sie zu beruhigen, lobte ich immer wieder das Essen, und dann wand sie sich jedesmal und tupfte sich unsicher die Augen. Sie hatte ungewöhnlich helle, aber intensiv blaue Augen – der einzig schöne und noch immer junge Zug in ihrem ansonsten gewöhnlichen, gut fünfzigjährigen Gesicht.

Ich konnte sie mir nicht als Krankenschwester vorstellen – nicht mit ihrem Gewicht. Aber schließlich lag die Zeit, als sie Krankenschwester gewesen war, schon so lange zurück, daß sie selbst es »ein anderes Leben« nannte.

»Wenn ich diese Person heute auf der Straße treffen würde, dann würde ich sie nicht erkennen.«

»Warst du nicht gern Krankenschwester?«

»Na ja, damals hatte ein Mädchen nicht viele Möglichkeiten.«

Drei, wie ich mich erinnerte. Die beiden anderen waren Sekretärin und Lehrerin. Meine ältere Schwester, die so alt war wie Rouenna, war ebenfalls Krankenschwester geworden, halbherzig.

»Versteh mich nicht falsch«, sagte Rouenna. »Ich war eine gute Krankenschwester – ich habe meine Arbeit getan. Nur nicht sehr lange. Und schau dir meine Hände an.« Sie hielt sie mir hin. Sie waren klein und plump wie ihre Füße. »Eine Krankenschwester sollte große Hände haben.«

Daran hatte ich nie gedacht. Ich sagte: »Wann hast du damit aufgehört?«

»Nachdem ich meinen Dienst bei der Armee quittiert habe.«

»Du warst in der Armee?«

Sie nickte einmal knapp, die Lippen geschürzt.

»Warum bist du zur Armee gegangen?«

»Wenn man sich verpflichtet hat, haben sie einen Teil der Ausbildungskosten übernommen«, sagte sie in einem Tonfall, der nahelegte, daß es sich dabei nicht um den tollen Deal gehandelt hatte, nach dem es sich vielleicht anhörte. Und dann tat sie etwas sehr Sonderbares: Sie griff sich mit den Händen an den Kopf, machte den Mund auf und tat so, als würde sie laut schreien.

Sie hatte meine ganze Aufmerksamkeit. Ich hatte noch nie eine Frau gekannt, die Militärdienst geleistet hatte, und ich wollte mehr erfahren. Aber es sollte nicht sein. Rouenna war aufgestanden und räumte den Tisch ab. Als ich ebenfalls aufstand, um ihr zu helfen, tätschelte sie mit einer kleinen plumpen Hand die Luft, bis ich mich wieder setzte.

Sie blieb ein paar Minuten in der Küche, und ich war allein.

Die Fenster waren längst nicht mehr beschlagen, und das graue, gazeartige Licht des Wintertags erfüllte das Zimmer. Die Sittiche hüpften in ihrem Käfig herum, »ein Junge und ein Mädchen«, hatte mir Rouenna zuvor erzählt. Ein blauer und ein gelber Sittich. Sie mochte sie sehr, das war eindeutig – und sie war stolz auf sie, auf diese komische Art, wie die Leute manchmal stolz auf ihre Haustiere sind. »Sie sind unglaublich schlau«, hatte sie mir versichert; mit dem Gezwitscher, das die Luft erfüllte, gäben sie einander »zu verstehen, daß sie sich liebten«. Ich dachte an das polnische Paar auf der Parkbank. Als sie die Vögel bekam (ein Abschiedsgeschenk der Tierhandlung, in der sie arbeitete), hatte Rouenna sie Hänsel und Gretel getauft. Aber als sie sah, wie vernarrt sie ineinander waren, nannte sie sie Romeo und Julia. Ich wurde rot, als sie mir das erzählte – wer weiß, warum. Ihr Liebesgezwitscher hörte sich nett an – aber wie war es, wenn man hier allein lebte und es die ganze Zeit hörte? Ich sah zu ihrer Nische, wo sie gerade die Balkon-Szene spielten – nur daß die blaue Julia auf dem Boden des Käfigs stand und zu ihrem gelben Romeo hinaufspähte.

Was Rouenna wirklich wollte, erzählte sie, war ein Hund. Aber sie ertrug den Gedanken nicht, daß er den ganzen Tag über, während sie in der Arbeit war, eingesperrt blieb. Wie viele Vogelliebhaber war sie nicht versessen auf Katzen.

Während wir den Nachtisch aßen, sprachen wir über das Sozialbaugebiet. Keine von uns beiden war jemals wieder dort gewesen. Keine von uns wußte von einer Person, die wir damals gekannt hatten und die jetzt noch dort lebte. (So wie Rouenna und ich zufällig nicht weit auseinander in New York lebten, wohnten unsere Mütter in benachbarten Städten in New Jersey; unsere Väter waren beide tot.) Milchflaschen vor jeder Wohnungstür, der Mann, der die Windeln zum Waschen holte, der Scherenschleifer, das Volksfest, der Junge von der Bäckerei, der mit einem Korb voller warmer Brotlaibe von Haus zu Haus ging. Ein anderes Leben.

Wir waren in dieselbe Grundschule gegangen, Rouenna und ich, und wir erinnerten uns an viele Lehrer, vor allem an die heimtückischen. Mr. Zapulla, Miss Holsey, Mr. Fludd – Namen, bei denen sich uns noch immer die Nackenhaare aufstellten.

Mr. Zapulla ging in der Regel mit Holz auf Jungen los: mit dem Lineal oder dem Metermaß, dem Zeigestock oder dem Paddel.

Mit hoch über dem Kopf erhobenen Armen auf Murmeln knien: unglaublich, daß sich die hübsche junge Miss Holsey das ausgedacht hatte.

Mr. Fludd bewahrte Handschellen in seinem Schreibtisch auf.

Wir lachten. Wir mußten lachen, als wir uns erinnerten. Handschellen! Wo waren die Sozialarbeiter? Wo waren unsere Eltern? Doch obwohl ich lachte, spürte ich, wie eine vertraute Dunkelheit über mich kam. Es waren wahre Geschichten; diese Lehrer hatte es tatsächlich gegeben, sie hatten uns die Kindheit und die Erinnerungen daran vergällt, und ich wollte nicht an sie denken. Und ich mochte die nagende Frage nach unseren Eltern nicht.

Ein paar von euch sind noch nicht mal menschliche Wesen. (Mr. Fludd.) Wir waren Tiere. Und die Regierung hatte einen Zoo gebaut (die Sozialbauten), um uns einzusperren. Er haßte Rock'n'Roll *(Urwaldmusik!)* und was er *Negertänze* nannte. *Negerlachen* brachte ihn auf die Palme. *Wenn ihr nicht wie Menschen lachen könnt, dann lacht besser gar nicht!* (Aber Negergesang beschwichtigte seine Seele; niemand konnte so singen wie die Neger, pflegte Mr. Fludd zu sagen.)

Selbstverständlich waren nicht alle Lehrer Ungeheuer. (Nein, liebe Miss Clyde, ich habe Sie nicht vergessen.) Aber ich hatte festgestellt, daß diese frühe Schulzeit mir um so grimmiger vorkam, je mehr Zeit verging. Ich schien mich nur an das Schlimme zu erinnern. Und das war die Dunkelheit, die über mich kam: ein Gefühl des Unglücklichseins, das zumindest teilweise Selbstmitleid war. Eine Furcht, eine schreckliche Furcht, daß damals und dort das Leben von Kindern zerstört worden war, noch bevor es richtig angefangen hatte.

»Und erinnerst du dich an Mrs. Coniglio?« fragte sie.

Natürlich erinnerte ich mich: ein breites zerfurchtes Gesicht, große, rauhe rote Hände und ein geduldiger schüchterner Blick: die Putzfrau. Das graue Haar unter einem schwarzen Haarnetz verborgen. Schande hing ihr an: die Schande des Analphabetentums. Sie tauchte mit Mop und Eimer auf, wann immer sich ein Kind übergab oder auf den Boden pinkelte. Sie sammelte jeden Tag die Späne von den Bleistiftspitzern ein, hob sie auf und streute sie über die Schweinerei, bevor sie aufwischte. Die Kinder mochten sie, sie war sanftmütig und still, der seltene Fall einer erwachsenen Person, die nie die Hand oder die Stimme erhob. Für Mr. Fludd war sie Lehrstoff. Kaum waren sie und ihr Mop verschwunden, warnte er uns. Das würde aus *uns* werden, wenn wir nicht lesen und schreiben lernten. Wir würden unser Leben verbringen wie Mrs. Coniglio, Pisse und Kotze aufwischen.

Es dämmerte, und wir unterhielten uns weiter, und während der ganzen Zeit schien es, als wäre etwas Drittes anwesend, hier bei uns in diesem Zimmer, ein zitterndes, unsichtbares Ding, das über und um und zwischen uns schwebte. Ein unsichtbares, geflügeltes Ding wie ein großer Falter oder Schmetterling … stets kurz davor, irgendwo zu landen, und dann flatterte es doch wieder davon. Ein schwirrendes Ding – ich konnte es nahezu hören. Ruhelos. Unheimlich. Frustrierend.

Aber es war Zeit zu gehen. Rouenna wollte nicht, daß ich ihr mit dem Abwasch half. Und ich mußte es wiederholt ablehnen, Essensreste mit nach Hause zu nehmen. »Aber was ißt du dann zu Abend?« fragte sie, und ich lachte nur, weil ich das Gefühl hatte, genug für zwei Tage gegessen zu haben.

Bevor ich aufbrach, mußte ich noch mein Buch für sie signieren. Sie war verlegen, als sie mich darum bat; sie wartete damit, bis ich meinen Mantel angezogen hatte. Ich setzte mich noch einmal in den weichen Sessel und schlug das Buch auf. Ich wollte es ihr persönlich widmen, ich schrieb ihren Namen – *R* schrieb ich und dann *o* –, als das Ding, das den ganzen Nachmittag über dagewesen war, das schwirrende, kreisende Ding, das mich verrückt gemacht hatte, endlich doch landete. Es folgte ein Augenblick akuter, schwindelerregender Befremdlichkeit. Ich preßte die Finger auf den Kugelschreiber und starrte von oben auf die Buchstaben, das *R* und das *o*. Dann riß ich mich zusammen, drückte mit dem Stift auf und schrieb zu Ende. Ich schloß das Buch, legte es auf den Tisch zurück und verabschiedete mich so schnell wie möglich.

Draußen war es dunkel und kalt – eiskalt nach der heißen Wohnung –, und ich hastete durch die Straßen, als würde mich jemand verfolgen.

Roro. Ein großes, kräftiges Mädchen mit schmutzigblondem Haar. Eine von denen, die meine Mutter immer die »kleinen Rangen« nannte, wilde Kinder, Mädchen, die für Ärger sorgten und Ärger anzogen. Die U-Bahn fuhr ein – ich hörte sie, als ich mich der U-Bahn-Station näherte –, und ich rannte, um sie zu erwischen. Ich schlüpfte gerade noch durch die sich schließenden Türen und ließ mich auf einen Sitz fallen, mir war schlecht vom Laufen und der Aufregung auf vollen Magen.

Roro. Warum hatte sie mir nicht gesagt, daß sie es war?

Wie konnte sie von mir erwarten, daß ich sie in der Frau, die sich Rouenna nannte, wiedererkannte? Und was mußte sie jetzt von mir denken – nachdem ich so fluchtartig aufgebrochen war? Ich erinnerte mich nur verschwommen an den Abschied – hatte ich mich überhaupt bedankt? Hatte sie erraten, daß ich sie endlich wiedererkannt hatte?

Aber das stimmte nicht. Obschon ich jetzt wußte, wer sie war, erinnerte ich mich so gut wie gar nicht an Rouenna Zycinski. Meine Eltern und meine Schwestern hätten sich an sie erinnert, aber ich war zu jung. Nein, woran ich mich erinnerte, war eine Geschichte über sie. Es war eine schreckliche Geschichte, die man nur schwerlich vergessen hätte, auch wenn sie nicht immer wieder erzählt worden wäre, lange nachdem Roro und ihre Familie fortgezogen waren. An einem heißen Sommertag war etwas passiert – und ich glaubte jahrelang hartnäckig, daß ich es selbst miterlebt hatte. Aber tatsächlich war ich an jenem Tag nicht dagewesen – das Gedächtnis habe mir einen Streich gespielt, wurde mir gesagt. Ich hätte die Geschichte nur erzählt bekommen, später, von den vielen Leuten, die tatsächlich dabeigewesen waren.

Aber spielt das Gedächnis nicht auch anderen einen Streich? Wie sonst ist es zu erklären, daß ich mich an alles erinnere, und noch dazu haargenau? Es ist Sommer, es ist fürchterlich heiß, und der große Spielplatz ist so voll wie noch nie. Kinder in Badekleidung laufen kreischend unter die Duschen, Basketball wird gespielt, und alle Bänke sind besetzt, häufig von Frauen mit Kinderwagen. Es ist sehr laut: spielende Kinder, Autos, die mit laut aufgedrehten Radios vorbeifahren, und der laute Motor und das ständige Gebimmel des Eiswagens, der in der Nähe parkt. Es ist so heiß, daß einem das Eis über die Finger läuft, kaum hat einem der Mann die Waffel gereicht. Ein Schrei schneidet durch den Krach – ein gellender Schrei, der wie ein knallrotes Frisbee durch die heiße schwüle Luft fliegt –, und auf dem Spielplatz wird es still. In dieser Stille sind zwei Laute deutlich zu unterscheiden. Ein hoher, ein tiefer; Schreien, Brüllen; ein Mädchen, ein Mann. Die Tür eines Wohnblocks geht auf, und das Mädchen stürzt heraus. Schreiend, nackt. Ihr dicht auf den Fersen folgt ihr halbnackter Vater. Barfuß, ohne Hemd, die Hose bis zu den Hüften hinuntergerutscht, weil er keinen Gürtel trägt, weil er den Gürtel in der Hand hat, ihn über dem Kopf schwingt, ihn in der Luft knallen läßt. *»Fotze! Du gottverdammte Fotze, ich bring dich um, du kleine Fotze!«* Sie glaubt ihm. Niemand, der ihre Schreie hört, zweifelt daran. Sie flieht vor ihm wie vor dem sicheren Tod. Aber wohin soll sie – ein verängstigtes nacktes Kind –, und niemand rührt sich, niemand versucht, die beiden aufzuhalten, sich zwischen sie zu stellen; alle stehen wie verhext da, erstarrt wie in dem Spiel, das wir »Statuen« nennen. Sie ist ihm immer einen sicheren Schritt voraus, nur als sie um die Wippen rennt, erwischt er sie fast. *Peng!* Diesmal muß sie zumindest die Spitze des Gürtels gespürt haben. Was für eine Sprinterin sie ist, was für flinke Haken sie schlägt, ein Blitz in Hellrosa, wie ein gehäuteter Hase. Um die Wippen und den gleichen Weg zurück, den sie gekommen ist, die Fäuste geballt, Ellbogen und Knie pumpen unglaublich schnell *und sie schreit noch immer sie hört nicht auf zu schreien hört nicht auf zu rennen flitzt an all den erstaunten Augen vorbei und zurück durch die Tür –*

Fotze!

Auf dem Spielplatz bricht die Hölle los. Kleine Kinder laufen herum und kreischen. Die Jungen auf dem Basketballfeld beginnen zu johlen wie die Affen. *Hast du gesehen, Mann? O Mann, hast du das gesehen?* Ihr Tag, ihr Sommer ist gerettet. Ich sehe ihre grinsenden Affengesichter, ich sehe andere Gesichter, ausdruckslos vor Entsetzen – und das bin *nicht* ich, die neben dem Eiswagen steht, Schokolade auf den Fingern, die sieht und hört, wie der Eisverkäufer *Jesus Maria und Josef* vor sich hin murmelt?

Und so gelangt das Wort – das häßlichste Wort der englischen Sprache – in meinen Wortschatz. Oder zumindest sind das Wort und das Ereignis in meiner Erinnerung untrennbar miteinander verbunden.

Die Geschichte wurde am Leben erhalten, erzählt und wieder erzählt, wurde Teil der trostlosen Geschichte jener Zeit und jenes Orts, dieses dunklen Winkels von Amerika, in den der helle Strahl des Dr. Spock nie drang.

Später wurde die Geschichte mit anderen Geschichten vermischt, die Gewalttätigkeit und Nacktheit zum Inhalt hatten, manche davon wahr, andere nicht. Filme über Besserungsanstalten und Gefängnisse. Kahlgeschorene Köpfe, Uniformen, Wasserwerfer. Peitschen und Fleisch. Pornographie. Dokumentarfilme. Irgendwo das körnige Schwarzweißbild von nackten Frauen, die von Sturmtruppen durch einen Wald getrieben wurden. Das geschah auch an einem hellen sonnigen Tag: geschecktes Licht, blättriger Schatten.

Die Bahn stand still. Der Strom war ausgefallen, und wir saßen zwischen zwei Haltestellen fest. Wir warteten, hilflos in der Dunkelheit. Es war so dunkel, daß ich den Mann mir gegenüber nicht sah; es war so still, daß ich ihn seufzen hörte. Und aus dieser dunklen Stille drangen Worte, die ich gelesen hatte – etwas über einen Schrei, der über einem Dorf hängt, dem Haus, in dem der Dichter als Kind lebte. *Seine Tonlage wäre für immer die Tonlage meines Dorfs*. Und ich dachte an meinen Schrei – ich meine Roros Schrei, der im blauen Himmel über den Sozialbauten hängt, für immer über meiner – über unserer – Kindheit hängt, und als das Licht flackerte und die Bahn wieder anfuhr, erinnerte ich mich an Rouennas merkwürdiges Verhalten während des Essens, als sie den Kopf zwischen die Hände nahm und den Mund so weit aufriß –

Licht durchflutete den Waggon, blendend nach der Dunkelheit, und enthüllte, daß der Mann mir gegenüber kein Mann war, sondern eine Frau, die versuchte, auszusehen wie ein Mann, wie ein Macho: Bürstenschnitt, Zahnstocher, Arbeitsschuhe.

Als ich an meiner Station ausstieg, erlebte ich einen Augenblick des Schocks, als ich G. auf dem anderen Bahnsteig davoneilen sah. Aber es war nicht G. – G. war an diesem Tag nicht einmal in der Stadt. (Das passierte mir nicht zum erstenmal. Es heißt, daß so etwas häufig vorkommt, nachdem jemand gestorben ist – der Tote wird zahllose Male von den Lebenden gesichtet. Das war vermutlich nicht abwegig: In gewisser Weise war G. für mich gestorben.)

Kurz nach dem Vorfall auf dem Spielplatz zogen Roro und ihre Familie fort.

Sie nannte sich nicht länger Roro. Aber auch ich wurde nicht mehr mit meinem Kindernamen gerufen.

Ein ruhiger Abend. Keine Nachrichten, das Telefon klingelte nicht. Ich ging früh zu Bett und las. Unfähig, mich zu konzentrieren, schaltete ich das Licht aus. Ich weinte. Seitdem ich G. verloren hatte, weinte ich jeden Abend, nachdem ich das Licht ausgeschaltet hatte, gleichgültig, wie der Tag gewesen war, gleichgültig, in welcher Stimmung ich mich befand – es war nicht das laute, stürmische Schluchzen meiner jungen Nachbarinnen, die sich noch über ihr eigenes Leid empören konnten, sondern die lautlosen Tränen von jemandem, der alt genug war, um ihre Mutter sein zu können.

Ich lag lange da, ohne zu schlafen. Ich war, wo ich nicht sein wollte: Ich war wieder in der Schule. Ich war in der Mensa. Die alte Miss Hazel hatte Aufsicht. Sie war die stellvertretende Direktorin und eine gute Katholikin, die jeden

Tag in die Kirche ging. Ihr Gesicht war dick gepudert, weswegen laut meiner Mutter die Asche, lange nachdem der Pfarrer sie aufgetragen hatte, auf ihrer Stirn haftenblieb – nahezu die halbe Fastenzeit. Sie tippte mit einem Fingernagel auf den Tisch neben das Tablett mit meinem Essen. »Du hast deine Birne nicht gegessen.« Nein. Nach den Bohnen und den Frankfurter Würstchen aus der Dose, nach den Rote-Beete-Scheiben aus der Dose rebellierte mein Magen gegen eine Birne aus der Dose. Und jetzt zitterte ich vor Angst. Hexe Hazel: die Schreckenerregendste eines schreckenerregenden Haufens. *Ihr haltet euch ja für so gescheit, ihr kleinen Rotznasen. Versucht's nur, ihr Schlaumeier, ihr Blindgänger, ihr Nieten. Ihr werdet schon sehen, was ihr von mir zu erwarten habt. Und denkt dran, ich habe zwei Kriege mitgemacht.* Damit wir ja nicht vergaßen, wie die Schrecken zweier Weltkriege sie auf uns vorbereitet hatten. Eines Tages tauchte eine streunende Katze im Schulhof auf, wo Hexe Hazel sie nicht duldete. *Mal sehen, ob wir sie mit einem schönen harten Tritt nicht loswerden.* Ein Herz und eine Seele mit Mr. Fludd, dessen tiefstes Bedürfnis sie teilte: Negerlachen in Negertränen zu verwandeln.

Ich sagte die Wahrheit. »Wenn ich die Birne esse, muß ich mich übergeben.«

»Ach ja?« Die ganze Zeit *tip, tip, tip*, als würde sie simultan in Morsezeichen übersetzen. Sie brachte ihr Gesicht so nah an meins, daß ich den Puder riechen konnte. Ein breites Lächeln. *»Na dann iß und übergib dich.«*

»Dieses kleine Mädchen muß einen Virus haben«, sagte sie zu Mrs. Coniglio.

Meine Mutter wurde gerufen, damit sie mich nach Hause brachte, und die Kinder an meinem Tisch mußten nachsitzen. *Ich werd euch beibringen, zu kreischen und einfach so vom Tisch aufzuspringen.*

Die alte Hexe Hazel. Gute Katholikin. Fotze. Wenn die Hölle, die ihresgleichen sich ausdachte, wirklich existiert, dann schmort sie jetzt dort. Ihre Zelle wird ununterbrochen mit Negerlachen aus der Dose in ohrenbetäubender Lautstärke beschallt. Schöne harte Tritte sind ihr tägliches Los, Katzen scheißen auf ihr Lager, und zu essen bekommt sie Asche aus der Dose und erbrochene Birne aus der Dose.

Später in dieser Nacht war ich wieder in Brooklyn. Ich sah Rouenna vor mir, die sich schlaflos in ihrem Bett hin und her warf und mit einem Dämon kämpfte. Ein Uhr, zwei Uhr. Schließlich schlägt sie besiegt die Decke zurück und steht auf. Sie tappt in die Küche, so leise auf ihren plumpen Füßen, daß nicht ein Dielenbrett knarzt. An dem tragischen Paar vorbei, das Brust an Brust in seinem Käfig schläft, über den Rouenna für die Nacht einen alten, fleckigen Unterrock gehängt hat. Ohne das Licht anzuschalten, öffnet sie in der Küche den Kühlschrank, und im Schein der kleinen Lampe ist ihr Gesicht blaß, ihre Miene entschlossen, während sie die übervollen Fächer betrachtet. Als Alufolie knistert, rühren sich die Wellensittiche. Sie macht sich nicht die Mühe, die Schüsseln herauszunehmen, sie setzt sich nicht auf einen Stuhl. Sie steht da, vor dem Kühlschrank, und ißt. In dem kühlen Lichtschimmer tut sie sich gütlich – zum Teufel mit der Witwe einen Stock tiefer, den Obdachlosen, den Hungerleidern. *Sie* hat Hunger! Nie zuvor war jemand so hungrig wie sie, gierte so verzweifelt nach Truthahn und Füllung, nach Schokoladenkuchen.

Ich kann nicht anders. So sehe ich sie.

Und viel später in der Nacht sehe ich sie noch einmal. Aber diesmal schlafe ich fest. Sie taucht auf, erneut hell angestrahlt, diesmal von der Sonne, denn sie steht im Freien, in einem Sonnenblumenfeld vor einem paisleygemusterten Himmel, neben ihr ein Schaf. Und sie ist fett, aber sie sieht hübsch aus. Sie lächelt, diese zärtliche Schäferin, und winkt mit ihrer rechten Hand – macht immer wieder die gleiche Geste.

Als ich mich am nächsten Tag daran erinnerte, wie sie mich im Traum angesehen hatte, erkannte ich das dringliche Glitzern in ihren schönen blauen Augen und die winkende Geste plötzlich wieder; es war die Bewegung, mit der sich mich in ihre Wohnung gebeten hatte. Mein Instinkt trog mich nicht, da war ich mir jetzt ganz sicher. Es gab einen Grund, warum sich Rouenna mit mir in Verbindung gesetzt hatte. Sie wollte etwas.

Geschichten erleben nur Menschen, die sie auch erzählen können: Wer immer das behauptet hat, hat unrecht.

Näher an der Wahrheit ist die Lieblingsplatitüde von Creative-Writing-Dozenten: In jedem, der eine Kindheit erlebt hat, steckt mindestens ein Roman.

Die Herausgeber einer Literaturzeitschrift schickten mir einmal einen Fragebogen. Es war so etwas wie eine repräsentative Befragung. Unter anderem wollten sie wissen: Wie reagieren Menschen im allgemeinen, wenn sie erfahren, daß Sie ein Buch geschrieben haben? Führen Sie wenn möglich mehrere Beispiele an.

Ich schickte den Fragebogen nicht zurück, aber das sind meine Antworten:

1. Ich habe keine Zeit, Bücher zu lesen.
2. Wird Ihr Buch verfilmt?
3. Ich wünschte, ich hätte Zeit, ein Buch zu schreiben.
4. Mein Leben – das wäre der Stoff für ein gutes Buch.

Das war eine neue Erfahrung für mich: Wie viele Menschen glauben, daß ihr Leben der Stoff für ein gutes Buch wäre. Mein Zahnarzt und meine Friseuse. Der Hausmeister. Nachbarn. Der Buchprüfer vom Finanzamt. Und warum auch nicht? Sie alle hatten eine Kindheit erlebt. Sie hatten Familien; sie hatten geliebt und waren geliebt worden. Der Hausmeister, angeschossen und von Soldaten der Regierung tot geglaubt und zurückgelassen, hatte eine *qualvolle* und *abenteuerreiche* Flucht von Guatemala in die Vereinigten Staaten hinter sich. Geschichten – gute Geschichten – erlebt jeder. Und manchmal hat eine Person eine gute Geschichte erlebt, die er oder sie unbedingt erzählen möchte, aber nicht erzählen kann. Was dann?

Wir aßen wieder, diesmal in einem indischen Restaurant bei mir um die Ecke. Das war meine Art, Rouennas Gastfreundschaft zu erwidern, da ich nicht kochte und so gut wie nie zu Hause aß, außer ich holte mir etwas (auch eine Gewohnheit, die G. irritierte). Eine Woche nach unserem großen Mittagessen rief sie an, was ich vorhergesehen hatte. Ich wollte nicht noch einmal nach Brooklyn fahren, deswegen lud ich sie zum Abendessen in ein Restaurant ein. Mir ist alles recht, sagte sie, und ich schlug das indische Restaurant vor.

Wieder staunte ich, wie wenig sie aß, als hätte sie überhaupt keinen Appetit. Später erfuhr ich, daß sie nie indisch aß. Sie mochte keine scharfen Speisen. Aber sie war zu schüchtern, zu höflich oder was auch immer, um es zu sagen. Als mir das klar wurde, mußte ich wieder daran denken, wie anders sie war als die Leute, die ich sonst kannte. Ich konnte mir nicht vorstellen, daß irgendeiner meiner Freunde so ein Essen wortlos ertrug, statt einfach ein anderes Restaurant vorzuschlagen. (Andererseits war unter meinen Freunden auch kein einziger, der scharfes Essen nicht mochte.)

Sie aß nicht, aber sie trank. Sie trank drei Bier der Marke Taj Mahal. Und hätte sie nicht so viel von diesem die Zunge lockernden Gebräu getrunken, hätte ich vielleicht länger warten müssen, um herauszufinden, was sie von mir wollte. Sie wollte schreiben – sie wollte, daß ich ihr beim Schreiben half –, und zwar ein Buch über ihre Zeit als Militärkrankenschwester in Vietnam.

Ich vermutete, daß Rouenna auf diese Idee erst kam, als sie mein Buch entdeckte. Was reiner Zufall gewesen war. Sie gestand, nicht zu lesen. »Ich habe keine Zeit, Bücher zu lesen.« (Und doch wollte sie eins schreiben!) An jenem Tag war sie in der Mittagspause in eine Buchhandlung gegangen, was sie mitunter tat, um in Zeitschriften zu blättern. Als sie den Laden verlassen wollte, fiel ihr Blick auf mein Buch. (»Dein Name sprang mir ins Auge.«) Es war das erste Buch, das sie kaufte, seit sie sich erinnern konnte. Sie las nicht. Sie las nicht einmal Bücher über Vietnam. (Aber das war vielleicht nicht sonderlich überraschend. Ein anderer Veteran, ein Student an dem College, an dem ich einst unterrichtete, erzählte mir, daß er noch nie ein Buch über den Krieg gelesen – auch das nicht, das ich als Lektüre aufgetragen hatte – und keinen einzigen Film darüber gesehen hatte.)

Rouenna kaufte an diesem Tag mein Buch, las es aber erst über ein Jahr später. Und obwohl es kein dickes Buch war, brauchte sie lange – »Wochen« –, bis sie es zu Ende gelesen hatte.

Mir war es unvorstellbar, so langsam zu lesen. Aber für jemand, der nicht las, der das Lesen nicht gewohnt war, mußte es so sein. Man sollte nichts für selbstverständlich halten: Neulich lernte ich einen Mann kennen, einen Studenten, der gerade sein politikwissenschaftliches Studium abgeschlossen hatte und mir erzählte, daß er noch nie einen Roman gelesen hatte. Das Genre als solches war ihm suspekt. »Was ist das eigentlich? Was tun Sie – Dinge aus dem wirklichen Leben verarbeiten? Sachen erfinden?«

Und so las Rouenna, die normalerweise keine Romane las, die seit Jahren kein Buch mehr gelesen hatte, schließlich dieses eine Buch, meins, und war überrascht. Ich hatte über meine Vergangenheit geschrieben, die auch teilweise ihre Vergangenheit war. Man konnte es also tun. Man konnte Dinge aus der Vergangenheit, aus dem wirklichen Leben nehmen, sie verändern, eine Geschichte daraus machen und diese Geschichte mit der Welt teilen. Möglichkeiten, an die sie nie zuvor gedacht hatte, eröffneten sich ihr jetzt.

Sie hatte eine gute Geschichte erlebt. Es gab nur ein Problem an der Sache.

Ich sagte nein. Ich wollte nicht grausam sein, aber ich mußte sichergehen, daß sie verstand. Ich würde nie ein Buch mit oder für jemand anders schreiben. Ich schlug nicht einmal vor, daß sie einen anderen Schriftsteller suchen oder versuchen sollte, das Buch selbst zu schreiben. Ich wollte sie schlicht entmutigen.

Und wie leicht sie zu entmutigen war. Sie gab die Idee einfach auf. Sie hielt nicht daran fest und versuchte auch nicht, mich zu überreden. Und ich kam zu dem Schluß, daß ihr doch nicht soviel daran liegen konnte. Es war eine Phantasie, diese Idee, die eigene Lebensgeschichte aufzuschreiben. Vom Bier beeinflußtes Gerede.

»Es ist mir nur gerade eingefallen«, sagte sie, und ich

wurde rot. Sie hatte also nur Konversation gemacht. Sie hatte nicht wirklich damit gerechnet, daß ich ja sagte – ich hatte die Sache zu ernst genommen. Sie aß den Nachtisch, fritierter Tofu in Rosenwassersirup, nahm kleine, taktvolle – fast möchte ich sagen, *schuldbewußte* – Bissen. Und als ich ihre heitere Miene sah, dachte ich: Das war es also nicht. Das kann es nicht gewesen sein, was sie von mir will.

Ein großes Theater wegen der Rechnung. Zu meinem Entsetzen versuchte Rouenna zu zahlen. Dann wollte sie die Hälfte übernehmen, und schließlich, als ich sie daran erinnerte, daß ich sie eingeladen hatte, bestand sie darauf, das Bier zu bezahlen. Das Bier war zuviel, es durfte in der Einladung nicht mit inbegriffen sein, sie mußte selbst dafür aufkommen. Wieder dachte ich: Wie anders als alle anderen sie ist.

Später sollte ich mich daran erinnern, an ihr Beharren, die drei Bier selbst zu bezahlen, und es sollte mir das Herz brechen.

Danach sahen wir uns regelmäßig. Vermutlich wäre es nicht unzutreffend zu sagen, daß wir Freundinnen wurden, auch wenn Freundschaft anfänglich unwahrscheinlich erschienen war und sich diese Freundschaft von allen meinen anderen Freundschaften unterschied.

Sie erwähnte das Thema Buch nie mehr, auch nicht wenn wir über Vietnam sprachen.

Wir trafen uns ungefähr einmal im Monat. Wir gingen etwas trinken oder zum Abendessen. Hin und wieder verabredeten wir uns zum Mittagessen in einem Café in der Nähe des Geschäfts, in dem sie arbeitete. Ein paarmal besuchte ich sie in ihrer Wohnung und lud sie zu mir nach Hause ein. Zweimal gingen wir zusammen ins Kino, und im Herbst machten wir mit Rouennas Auto einen Tagesausflug aufs Land. Es war ihre Idee; seit Jahren, sagte sie, sei sie nicht mehr auf dem Land gewesen, um zu sehen, »wie sich die Blätter verfärben«. Später im Jahr, im Dezember, nahm sie den ihr zustehenden Urlaub und fuhr zu ihrer Mutter, die seit dem Tod von Rouennas Vater noch zwei Männer geheiratet und überlebt hatte. Über Weihnachten flogen sie zusammen nach Louisiana, wo Rouennas Bruder lebte, nachdem er eine Frau aus New Orleans geheiratet hatte und in das Geschäft für Gastronomiebedarf seiner Schwiegereltern eingetreten war. (Es hatte noch einen zweiten Bruder gegeben, der jedoch vor langer Zeit bei einem Motorradunfall ums Leben gekommen war.) Zu Beginn des neuen Jahrs kehrten Rouenna und ihre Mutter nach New Jersey zurück. Rouenna blieben noch ein paar Tage, bis sie wieder arbeiten mußte.

Im September war mein zweites Buch erschienen, und im Januar wurde ich eingeladen, an einer Schriftstellertagung in San Francisco teilzunehmen. Eine Freundin bestand darauf, daß ich dort einen alten Freund von ihr besuchte, der kürzlich von seiner Frau verlassen worden war. Meine Freundin glaubte, daß ich und der Mann gut zueinander passen würden. Sie hatte mir versprochen, daß er gut aussah, und das tat er auch, besonders im Profil, aber ich verstand, warum seine Frau ihn verlassen hatte. Den Mann umgab eine Aura von zerbrochenen Träumen und Ressentiments. Ich sehe *so* gut aus, schien seine Miene zu sagen, und wohin hat es mich gebracht? Darin erinnerte er mich an einen gewissen Typ schöner Frauen. Aber wie jeder Mann vermittelte er mir das Gefühl, daß ich ihn nie würde wirklich angemessen schätzen können. In seiner Gegenwart fühlte ich mich dumm. Ich fühlte mich klein. Ein trockenes, freudloses Lachen und trockene kalte Hände … Ich erklärte mich bereit, übers Wochenende mit ihm wegzufahren, bevor ich wieder nach Hause flog. In ein Weinanbaugebiet. Und warum auch nicht? Ich benutzte ihn natürlich; ich war noch längst nicht über G. hinweg. Und natürlich ging es schief. Man denke an das alte Liebeslied: *Seine Lippen sind süß, aber es sind nicht deine Lippen / Seine Arme sind stark, aber oh –*

Welche Fortschritte auch immer ich gemacht hatte, um über G. hinwegzukommen, sie wurden in den paar kurzen Tagen in ihr Gegenteil verkehrt. Nicht, daß mir diese Tage kurz vorkamen …

Dann eine Tragödie auf dem Rückflug nach New York: Ein Mann starb auf seinem Sitz. Er saß ein paar Reihen vor mir auf der anderen Seite des Gangs. Wir erfuhren nie genau, was passierte; zuerst glaubten wir, daß er einen Erstickungsanfall hatte. Der Mann war allein unterwegs.

Die anderen Fluggäste in seiner Reihe wurden in die erste Klasse gescheucht, obwohl auch in der Economy Class noch Plätze frei waren. Der Flug sollte noch eine Stunde dauern. Ich dachte, daß jemand das Gesicht des Mannes bedecken würde – zum Beispiel mit einer dieser kleinen Decken, die die Flugbegleiter zusammen mit Kissen verteilen –, aber nein. Als das Flugzeug den Landeanflug begann, kontrollierte eine Stewardeß, ob der Mann angeschnallt war, aber sie bedeckte sein Gesicht nicht. (Wird so etwas nur in Filmen getan?) Beim Aussteigen mußten viele an der Leiche vorbeigehen. Die Leute versuchten, nicht hinzusehen.

Zu Hause fand ich eine Nachricht von Rouenna vor. Sie war noch bei ihrer Mutter, wollte aber am nächsten Tag, Sonntag, nach Brooklyn zurückfahren und sich mit mir für einen Abend in der nächsten Woche verabreden. Ich hörte mir die Botschaft ein zweites Mal an. Warum klang sie immer, wenn sie um etwas bat, so, als würde sie mit einer Abfuhr rechnen? Und warum rief sie aus New Jersey an? Warum wartete sie nicht, bis sie zu Hause war?

Diese keuchende Stimme: Es schien sich immer um etwas Dringliches zu handeln.

Obwohl sie die Nummer ihrer Mutter hinterlassen hatte, rief ich Rouenna nicht zurück. Statt dessen sprach ich ihr eine Nachricht auf ihren Anrufbeantworter in Brooklyn. Ich sagte, daß ich nächste Woche noch nichts vorhätte und sie sich den Abend aussuchen könne.

Nachdem ich aufgelegt hatte, fragte ich mich (und nicht

zum erstenmal): Warum tat ich das? Warum traf ich mich weiterhin mit Rouenna? Früher einmal hatten wir in demselben Viertel gelebt – war das so bedeutsam? Was hatten wir außerdem gemein? Wenn man mich gefragt hätte, ob ich mich *gern* mit Rouenna traf, hätte ich zumindest gezögert, bevor ich ja gesagt hätte. Nie verlor ich das Gefühl, daß sie etwas von mir wollte. Daß ich ihr etwas schuldig war, daß ich eines Tages in Schwierigkeiten geraten könnte, weil ich sie kannte – wider alle Vernunft verschwanden diese Gefühle nicht. Nach einem Treffen mit ihr war ich immer beunruhigt. Bisweilen deprimiert. Aber nichts davon hielt mich ab, mich wieder mit ihr zu verabreden. Zumindest ein Teil von mir freute sich jedesmal, sie wiederzusehen. Aber warum?

Sie fuhr an diesem Sonntag nicht zurück. Am frühen Samstagmorgen begann es zu schneien. Am Samstag abend schneite es noch immer. Es war wunderbar. Ich sah von meinem Fenster aus zu, ich sah zu, wie meine Straße unter dem Schnee begraben wurde. Eines der wenigen Möbelstücke, die ich besaß, war ein kleiner Schaukelstuhl aus Ahornholz, und diesen Stuhl hatte ich ans Fenster gezogen. Der Kater saß auf meinem Schoß. Während ich das Schneetreiben betrachtete und den Kater streichelte, der immer unruhig war, wenn ich fort gewesen war, las ich. Ich las ein sehr gutes Buch über eine verzauberte Ära im schneebedeckten Rußland, gesehen mit den Augen eines leidenschaftlichen, nostalgischen jungen Mannes. Ich trank heißen Kakao. Zuvor hatte ich ein Räucherstäbchen angezündet und abbrennen lassen – das tat ich nicht oft, aber ich hatte Vanille-Räucherstäbchen zu Weihnachten geschenkt bekommen. Und die Luft roch sowohl nach Vanille als auch nach Kakao. Der Kater hatte auf dem Fensterbrett gesessen, während es herunterbrannte; jetzt hing der Geruch in seinem Fell. Katzen hassen das angeblich – fremde Gerüche in ihrem Fell –, aber dieser Katze machte das nichts aus. Nur G. hatte es nicht gemocht, wenn ich die Duftstreifen aus Zeitschriften riß und Southpaws Rücken damit bestrich.

Was sähe man durch das Fenster auf der anderen Straßenseite? Eine alte Frau. Und ich fühlte mich alt, in dem kahlen kleinen Zimmer, in meinem Schaukelstuhl. Frau, Katze, Buch. Ich hatte mich selbst viele Male so gesehen: Es war meine Zukunft. Aber in meiner Vorstellung war es immer eine *ferne* Zukunft gewesen ... Es gab Zeiten, da mich dieses Bild mit Verzweiflung erfüllte; zu anderen Zeiten stimmte es mich friedlich.

Und im Augenblick fühlte ich mich friedlich. Nach der schmuddligen kleinen Affäre in den Weinbergen, nach dem im Flugzeug gestorbenen Mann war ich nicht unglücklich, wieder zu Hause zu sein. (Doch während ich las und den Schnee betrachtete, sah ich sie aus den Augenwinkeln: den gutaussehenden Mann, den toten Mann: zwei Profile auf den Seiten ein und derselben Münze.)

In New Jersey kochte zur gleichen Zeit Rouenna sich und ihrer Mutter etwas zu essen. Sie hatte den ganzen Tag über und am Tag zuvor gekocht – sie hatte den Kühlschrank und die Gefriertruhe mit kleinen Mahlzeiten gefüllt, die ihre Mutter in der Mikrowelle erhitzen und verspeisen konnte, nachdem Rouenna wieder fort war. Ich wußte, daß sich Rouenna Sorgen um ihre Mutter machte, die gesund war, aber wie viele alte Menschen, die allein lebten, nicht auf ihre Ernährung achtete. Ich wußte auch, daß Rouenna die Möglichkeit in Betracht zog, zu ihrer Mutter zu ziehen und zu pendeln. Keine erfreuliche Aussicht: Rouenna und ihre Mutter hatten sich nie besonders gut verstanden. Über ihre Kindheit hatte Rouenna einmal gesagt: »Ich kam mir vor wie Aschenputtel«, und ich wußte, was das hieß: *Ich erledigte den Haushalt und wurde nicht geliebt.*

Und ich glaubte, daß Rouenna unter anderem zur Armee gegangen war, um ihrer Familie zu entkommen: diese altehrwürdige, verantwortungsvolle Art, von zu Hause wegzulaufen.

Abgesehen davon, daß sie viel kochte, hatte Rouenna während dieses Besuchs ihre Mutter zum Zahnarzt und zum Augenarzt begleitet und zu ihrer Bank, um Unregelmäßigkeiten auf ihrem Girokonto aufzuklären. Sie war durch das Haus ihrer Mutter gegangen, hatte dies und das repariert, die Matratzen gewendet, Dichtungen ausgewechselt, in schwer zugängliche Fassungen neue Glühbirnen geschraubt. Ihr Urlaub.

Zu essen gab es an diesem Abend Hühnerfrikassee. Nach dem Essen räumte Rouenna die Küche auf und setzte sich dann zu ihrer Mutter ins Wohnzimmer, um fernzusehen.

Sie sahen sich ein altes Melodram über einen Mann an, der für einen Mord, den sein bester Freund begangen hatte, ins Gefängnis mußte. Weder Rouenna noch ihrer Mutter gefiel der Film. Keine ließ ein Wort darüber fallen, aber der Mörder, der Bösewicht mit der hohen Stirn und dem durchdringenden Raubvogelblick, erinnerte beide an Rouennas Vater. Rouennas Mutter schlief noch während der ersten Hälfte des Films ein. Nach einer Weile begann sie zu schnarchen, und Rouenna, die sich darüber ärgerte, weckte sie, damit sie ins Bett ging. Rouenna schaute den Film allein zu Ende, und erst als sie sah, wie die Frau des hintergangenen Freunds dem wirklichen Mörder ins Herz schoß, erinnerte sie sich, daß sie den Film schon einmal gesehen hatte. Oder vielleicht hatte sie auch nur den Schluß gesehen. Dann schaltete sie um auf den Wetterkanal. Schnee und noch mehr Schnee. Wie sollte sie am nächsten Tag nach Brooklyn zurückfahren? Am Montag mußte sie wieder arbeiten. Gähnend sah sie den Wetterbericht und hörte sich an, wie sich der Himmel über dem Rest des Landes und auf der ganzen Welt verhalten würde. Sie hatte leichte Kopfschmerzen, schon den ganzen Tag. Sie schaltete den Fernseher aus und massierte einen Augenblick ihre Schläfen. Draußen frischte der Wind auf.

Im Bad öffnete sie das Medizinschränkchen und stellte fest, daß ihre Mutter nie das Herzmittel weggeworfen hatte, das ihr letzter Mann nahm, bevor er starb. Rouenna wußte, daß das Medikament noch wirkte, obwohl das

Verfallsdatum längst überschritten war. Sie war Krankenschwester. Sie wußte genau, wie viele Tabletten sie nehmen mußte.

Es ist Frühling. Der Schnee ist geschmolzen. Rouenna ist seit vierzehn Wochen tot. Kurz nach ihrem Tod zog ich fort. Monate zuvor, im Herbst, hatte ich zugestimmt, während des Frühjahrssemesters an einem kleinen privaten College in Massachusetts zu unterrichten. Da ich nur einen Kurs geben sollte und dieser Kurs nur einmal in der Woche, am Mittwochvormittag, stattfand, hatte ich vorgehabt zu pendeln, dienstags mit dem Bus oder dem Zug hinzufahren, in einer Pension zu übernachten und am nächsten Tag gleich nach dem Kurs zurückzufahren.

Im letzten Moment überlegte ich es mir anders. Ich mietete ein möbliertes Apartment in der Nähe des Campus und zog eine Woche vor Semesterbeginn ein.

Viele Jahre zuvor hatte ich von einem Paar gehört, das einen Tag nach dem Begräbnis seines einzigen Kindes auf die Fidschi-Inseln reiste – der exotischste Ort, den die beiden sich vorstellen konnten. Ich weiß nicht, ob dieser Trick funktionierte, aber ich verstehe den Instinkt, der sie antrieb. Nach Rouennas Tod war eins der stärksten Gefühle, die ich empfand, der Wunsch wegzugehen – ähnlich wie nach der Trennung von G. New England war nicht Fidschi, aber es war gut genug. Zumindest mir kamen das grüne Tal und die elegante Kleinstadt, in der sogar in den

Parks das Rauchen verboten war, exotisch vor. Wunderschöne alte Häuser, gepflegte Gärten, gewissenhaftes Recycling, ein Schild am Eingang des Lebensmittelladens, das verkündete – als ob es eine Geste des guten Willens und nicht gesetzlich vorgeschrieben wäre –, daß Kunden aller Rassen und Glaubensbekenntnisse willkommen seien. Exotisch war in meinen Augen auch der wilde Truthahn – ein Vogel, den ich nie zuvor gesehen hatte und der hier häufig auf Wiesen und Hinterhöfen anzutreffen war. Immer die gleiche Schar, ein Puter (ich nannte ihn G.) und ein Dutzend graubrauner Puten. Einmal sah ich, wie er seine Schwanzfedern aufstellte und wie ein Medizinmann einen schwankenden, stampfenden Tanz aufführte, bei dem seine Federn wackelten, während sich seine Frauen in einiger Entfernung zusammenscharten und über etwas anderes sprachen. Als der Schnee schmolz, entdeckte ich Dinge, die ich früher gekannt, in der Zwischenzeit jedoch fast vergessen hatte. Ein Rotkehlchenei. Einen Marienkäfer. Knospende Krokusse. Könnte ich für immer hier leben? Natürlich nicht. Doch diese kleine, ordentliche, saubere Welt und der anspruchslose Job würden mich retten. Der Zeitpunkt war vom Zufall so glücklich bestimmt, daß ich nahezu an den Schutzengel glaubte, an den ich immer schon hatte glauben wollen.

Eine Wohnung zu finden war nicht schwer. Das Apartment, das dem College gehört, besteht aus zwei Zimmern wie meine Wohnung in New York, aber sie sind im Vergleich dazu riesig, beinahe doppelt so groß. Unvorstellbar für das kleinstädtische Amerika, aber ich brauche kein Auto. Es sind nur kurze Strecken zur Main Street und zum Campus, wo mir in einer hübschen alten Kapelle ein Büro mit riesigen Fenstern und eine gute kleine Bibliothek zur Verfügung stehen. Wie in New York befindet sich die Wohnung zusammen mit mehreren anderen in einem früheren geräumigen Einfamilienhaus. Meine Nachbarn sind ebenfalls Mitglieder der Fakultät: ein Schriftsteller mit seiner Familie, ansonsten überwiegend Frauen, unter mir eine Professorin für Altphilologie, neben mir eine Komponistin. Diese Frauen sind wie ich, so alt wie ich, ohne Partner und allein lebend. Sollten sie weinen, höre ich sie nicht.

Die Frau von der Collegeverwaltung, die mir die Wohnung zeigte, war verlegen: nackte Wände, nackte Böden, das absolute Minimum an Einrichtung. »Ich verstehe nicht, warum sie die Wohnung nicht etwas gemütlicher einrichten.« Sie schüttelte den Kopf und entschuldigte sich. (Ich schüttelte ebenfalls den Kopf, aber verwundert. *Angst vor Dekor.* Natürlich hatte der Engel davon gewußt.)

Es gibt Mäuse. Southpaw ist alt, fast taub und überfüttert, und die Mäuse wissen das. Im Gegensatz zur Katze kann ich sie nachts in den Mauern kratzen hören, und morgens finde ich auf den Abstellflächen und dem Herd in der Küche, was ich zuerst für tote Ameisen halte. Nicht gut. Aber ich habe keine Lust, Fallen aufzustellen. In der Mitte des Semesters muß ich für ein paar Tage nach New

York. Ich lasse in der Küche eine Schachtel mit Spaghetti liegen, und als ich zurückkomme, ist die Schachtel aufgenagt, und die Spaghetti sind verschwunden. Als ich eine Woche später die Wohnung putze, finde ich die Spaghetti, ordentlich aufgestapelt wie Feuerholz, hinter dem Sofa. In meinem Kopf läuft immer wieder ein Comic ab: Die Katze schnarcht, und vor ihrer Nase stehlen die Mäuse die Spaghetti. (Aber wie haben sie es angestellt? Balancierte eine Maus eine Nudel quer über der Nase, oder arbeiteten zwei Mäuse zusammen, eine an jedem Ende?)

So zerstreue ich mich. Hier bin ich, so allein wie nie zuvor. Manchmal fühle ich mich wohl und klopfe mir auf die Schulter: Ich bin unabhängig, ich bin stoisch, ich habe nur wenige Bedürfnisse. Ich denke an Pascals Ausspruch, daß unser ganzes Unglück von der Unfähigkeit herrührt, uns allein in einem Raum aufzuhalten, und bin mit mir selbst zufrieden. Dann wieder fühle ich mich völlig hoffnungslos, schlimmer als ungeliebt, ich fühle mich, wie sich in meiner Vorstellung ein Tier fühlen muß, das sich irgendwo verkriecht, um zu sterben. Ich spreche von Augenblicken hilflosen Elends, als würde ich in einem dunklen Loch ertrinken, überwältigt von einem atemberaubenden Gefühl von Scheitern und Verhängnis.

Weitere Ablenkung: die akademische Welt, viel puterhaftes Stampfen und Federngewackel – die üblichen schlechten Manieren, übermäßiger Alkoholkonsum, Intrigen, Rivalitäten, Verleumdungen, Manipulationen, Paranoia, Verführung. Ich habe Glück. Nur wenig davon berührt mich. Ich bin nicht lange hier. Ich bin nur eine Schriftstellerin auf Besuch und werde kaum beachtet. Außerdem habe ich das Alter im Leben einer Frau erreicht, in dem sie für die meisten unsichtbar ist.

Januar, Februar, März. In der Zeit unmittelbar nach Rouennas Tod verfestigte sich die Idee, die ich immer gehabt hatte, die Idee, die von Anfang an dagewesen war, die Idee, daß es zwischen uns etwas Dringliches gab. Es war etwas anderes als der Schmerz, den der Gedanke an ihren Tod mit sich brachte, aber es war ebenfalls schmerzhaft. Es war schmerzhaft, und es war schmerzhaft vage, und es schrie danach, ausgedrückt zu werden, schien jedoch gleichzeitig unausdrückbar. Als erstes kaufte ich mir ein neues Notizbuch und schrieb alles auf, woran ich mich im Zusammenhang mit ihr erinnern konnte. Ich hatte zwar nie Interesse daran gehabt, ein Buch mit ihr zu schreiben, aber ich hatte immer daran gedacht, etwas von ihr zu benutzen: ihre Erscheinung, ihre Wohnung in Brooklyn, ihre Schnitzer (»Manchmal denke ich, es war apokryphisch, daß ich dein Buch gefunden habe«), den Namen Roro. Was damals auf dem großen Spielplatz passiert war – das vor allem meinte ich benutzen zu können.

Aber das erste, was ich tat, als ich von Rouennas Tod hörte, war, G. anzurufen. Ich rief ihn an, nahezu ohne nachzudenken – das Bedürfnis war zu stark. Aber G. war einfach nur verwirrt. »Warte – einen Moment mal – wer *ist* diese Person?«

Die Frage brannte wie ein Peitschenhieb. Natürlich hatte ich ihm nie von Rouenna erzählt. Die meisten meiner Freunde wußten nichts von ihr. Ich hatte sie niemandem vorgestellt. Wann immer ich daran dachte, sie vorzustellen, erinnerte ich mich daran, wie meine Freunde waren. Wie kritisch, wie versnobt sie waren. Daß ihnen nie jemand klug oder attraktiv genug war. Daß sie sich nicht für Leute interessierten, die anders waren als sie. Wie leicht andere Menschen sie langweilten. Wie oft sie Dinge sagten wie: Er ist langweilig, sie ist nicht besonders interessant, er ist ziemlich nervig, sie ist nicht sonderlich intelligent. Und all das bedeutete: Er/Sie gehört nicht zu uns. Sie sahen keinen Grund, ihre Abneigung für eine Person zu verhehlen, nicht einmal vor der betreffenden Person selbst. Natürlich konnte ich ihnen Rouenna nicht vorstellen – diesen Leuten, die sie selbst so schnell als *Kunstschaffende* abtat und als *blasiert* verurteilte. Natürlich paßte sie nicht zu ihnen, und ich mußte sie schützen. (Oder mußte ich etwa mich selbst schützen, machte ich mir Sorgen, was die Leute von mir denken würden, weil ich mich mit jemandem wie Rouenna anfreundete?) Sie gehörte also zu meinem geheimen Leben. Es war fast, als hätte ich eine imaginierte Freundin, die imaginierte Freundin aus der Kindheit, oder als würden nur die Augen des Wahnsinns das Vertraute sehen (»Kennst du Harvey?«). Wenn ich Freunden jetzt erzählte, was passiert war, reagierten sie ungerührt. Neugierig (ein Selbstmord erregt meistens ihre Aufmerksamkeit), aber ungerührt. Ich hätte genausogut eine verrückte Geschichte erfinden können. Viele erstaunte es, daß ich überhaupt auf Rouennas Briefe geantwortet hatte, ganz zu schweigen davon, daß ich mich mit ihr getroffen hatte. Das machte mich wütend – aber dann dachte ich an die Skrupel, die ich selbst gehabt hatte, bevor ich sie traf, und wie groß meine Angst vor Schwierigkeiten gewesen war.

Und jetzt hatte ich Schwierigkeiten. Schwierigkeiten zu arbeiten. Schwierigkeiten, nicht zu arbeiten. Schwierigkeiten, ein- und auszuatmen. Die Nachricht von ihrem Tod raubte mir den Seelenfrieden und den Schlaf und verursachte mir Kopfschmerzen. Und die ganze Zeit über steigerte sich das Gefühl von etwas Dringlichem, intensivierte sich, schnitt mir die Sauerstoffzufuhr ab, drückte auf meine Nerven. Schmerz. Es war gut, daß ich wegging, es war gut, daß ich mich vor dem Umzug um viele Dinge kümmern mußte. Mich in diese Aufgaben zu stürzen brachte ein bißchen Erleichterung.

In der ersten Woche – der Woche vor Semesterbeginn – schien die Sonne nicht, und es war fürchterlich kalt. Ich ging kaum aus. Ich verbrachte die meiste Zeit damit, meine Wohnung und mein Büro zu putzen und einzuräumen. Ich stürzte mich mit großem Elan in diese Arbeit, und wenn ich nicht damit beschäftigt war, wurde ich ruhelos, wußte nicht, was ich mit mir anfangen sollte. Es gab Augenblicke, in denen diese Ruhelosigkeit sich zu Beunruhigung steigerte, und die Beunruhigung steigerte sich zu Herzklopfen verursachender Angst. Und eines Tages ging mir durch den Kopf, daß diese banale Formulierung zutraf und meine Situation genau beschrieb: Ich lebte in Angst. (Und wie es so oft in solchen Fällen passiert, wäre es nach einer Weile richtiger gewesen zu sagen, daß ich in Angst vor der Angst lebte, da es keine ausmachbare, erkennbare und schon gar nicht benennbare Bedrohung gab.) Jetzt wäre der ideale Zeitpunkt gewesen, an einem großen Projekt zu arbeiten: die viele Einsamkeit, die vielen Stunden. So wie die Dinge nun einmal lagen, hatte ich gerade den Entwurf eines Manuskripts weggeworfen, an dem ich monatelang geschrieben hatte. (Das Wort *weggeworfen* mißfällt mir, ich würde lieber *zerstört* sagen oder, noch feierlicher, *verbrannt*. Aber wenn eine Schriftstellerin behauptet, sie hätte ihr Manuskript verbrannt, sollte man argwöhnen, daß sie nicht die Wahrheit sagt. Niemand verbrennt heutzutage noch Manuskripte. Obwohl – einmal, als ich mich zum Schreiben in ein Blockhaus in New Hampshire zurückgezogen hatte, da verbrannte ich, weil im Kamin gerade ein Feuer glimmte, tatsächlich einen Entwurf, langsam, Seite für Seite, und nichts war je wieder so vollkommen befriedigend.)

Das war also ein weiterer Faktor, der meinen Entschluß, wegzugehen, beeinflußte: Wieder einmal hatte ich es mir in den Kopf gesetzt, daß ich woanders sein mußte, um schreiben zu können.

Ich hatte das Notizbuch mitgenommen, in das ich meine Erinnerungen an Rouenna geschrieben hatte, und eines Tages, nachdem ich mich eingerichtet hatte, nachdem ich in der Wohnung und im Büro alles arrangiert hatte und es nichts mehr zu putzen oder aufzuräumen gab, setzte ich mich hin und las, was ich geschrieben hatte. Es war nicht sehr viel. Ich war zu bedrückt gewesen, um klar zu denken oder mich klar auszudrücken – ich hatte Angst davor gehabt, mich zu lange mit Rouenna aufzuhalten. Deswegen fing ich jetzt wieder von vorne an. Ich schrieb schnell nieder, wie ich sie zum erstenmal getroffen hatte, und in den folgenden Tagen blieb ich dabei – ich schrieb weitere Erinnerungen an die gemeinsam verbrachte Zeit auf. Es war nicht so, daß ich eine spezielle Tageszeit dafür reservierte: Ich lebte mein Leben, und während ich irgend etwas tat, fiel mir etwas ein, und ich notierte es. Und je mehr ich schrieb, desto mehr fiel mir ein, wie immer, und bald wurde es zu meiner Hauptbeschäftigung. Erneut das Gefühl von etwas Dringlichem. Aber etwas hatte sich verändert: Ich war nicht mehr so beunruhigt. Die Ruhelosigkeit, die mich die vielen Wochen über gequält hatte, legte sich, und ich entspannte mich. Nachts schlief ich jetzt besser. Meine Stimmung heiterte sich auf. Ich konnte wieder atmen.

Januar, Februar, März, mein Geburtstag, Frühling. Um meinen Geburtstag herum wurde mir klar, daß aus diesen Notizen und Erinnerungen an Rouenna ein neues Buchprojekt entstehen könnte. Zum einen, weil ich unfähig war, über etwas anderes zu schreiben; zum anderen, weil es das einzige war, worauf ich mich wirklich konzentrieren konnte. Eine Mutter hatte mir einmal erzählt: Wenn man ein Kind hat und wenn dieses Kind nicht bei einem im selben Zimmer ist, dann ist man selbst auch nicht hundertprozentig anwesend. Ein Teil ist immer irgendwo anders. Ich hätte ihr sagen können, daß es einem ebenso ergeht, wenn man ein Buch schreibt. Ich erledigte meine Aufgaben, ich tat, was ich tun mußte, aber ob ich nun las oder unterwegs war oder unterrichtete, meine Gedanken waren nie ganz bei der Sache. Ein Teil von mir war immer irgendwo anders.

Weitere Anzeichen. Ich wurde nicht nur ruhiger, sondern auch aufmerksamer. Ich begann, Dinge zu bemerken – das Rotkehlchenei, das auf das Straßenpflaster gefallen war, den Marienkäfer auf meinem Fensterbrett, erst die Krokusse, dann die Forsythien und noch später den Flieder – alles Dinge, die ich früher nicht wahrgenommen oder ignoriert hätte, alles Dinge, die mich jetzt zuinnerst berührten und meine Phantasie anregten. Vor allem die Forsythien erinnerten mich an meine Kindheit. Als ich in der sechsten Klasse war und die Tendenz zu vorübergehender Überaufgeregtheit entwickelte – dieser überdrehte Zustand, der unweigerlich mit Tränen endet, dazwischen Phasen völliger Geistesabwesenheit, so intensive Tagträume, daß ich genausogut hätte schlafwandeln können –, wurde beschlossen, daß ich mich ein paar psychologischen Tests unterziehen sollte. Ich erinnere mich nur an ein Ergebnis dieser Untersuchungen, vor allem weil es zu einem beliebten Witz in unserer Familie wurde. Einer dieser Tests brachte an den Tag, daß ich mich im späteren Leben unter anderem gut machen würde als – Kriminalpolizistin! Die Tests hatten keinerlei Folgen (ich wurde getestet und durfte dann auf meine ureigene Art zur Hölle fahren), und ich kann mir nicht vorstellen, daß solche Tests heute noch durchgeführt werden. Aber wie gesagt, die Vorstellung von mir als Kriminalpolizistin brachte die Familie zum Lachen, und ich wurde jahrelang damit aufgezogen. Und jahrelang hielt ich an dieser Vorstellung fest, denn es war aufregend zu glauben, daß ich eine gute Kriminalpolizistin abgäbe, und schmeichelhaft. Etwas Luft wurde aus dem Ballon gelassen, als ich nach meinem ersten Jahr am College zurückkehrte und mit einem Kriminalbeamten der Mordkommission der New Yorker Polizei ausging, der mich mit meiner kleinen Geschichte nur auslachte. »Liebling, das würdest du keinen Tag aushalten.«

Es kam der Punkt, an dem ich beschloß, daß ich erst dann weitermachen könnte, wenn ich mich mit Rouennas Mutter in Verbindung gesetzt und sie darum gebeten hätte, mir ein Foto von ihr zu schicken.

Ein anderes Mal schaute ich mir meinen alten Kalender an und zählte, wie oft ich mich mit Rouenna getroffen hatte, angefangen bei meinem ersten Besuch in Brooklyn. Sechzehnmal. Sechzehn jeweils zwei- bis dreistündige Begegnungen, das sind insgesamt – wieviel? – fünfunddreißig bis fünfundvierzig Stunden: nicht einmal zwei ganze Tage. Plus unsere wöchentlichen Telefongespräche, die zwischen fünf und dreißig Minuten dauerten. Und plötzlich erschrak ich: soviel zu erinnern, soviel Stoff, um nachzudenken, soviel, was ich nicht wußte, soviel, was ich nicht ertrug, mir vorzustellen.

Ich muß klarstellen, daß ich nicht die alberne Idee hegte, Rouenna wieder zum Leben zu erwecken, indem ich über sie schrieb. Auch wenn ich weggegangen war und jetzt in einem anderen Bundesstaat lebte, wußte ich, daß Rouenna in Massachusetts genauso tot war wie in New York oder in New Jersey. (Ich wurde immer verfolgt von dem Bild des armen Paars, das unter dem makellos blauen Himmel von Fidschi weinte, als ihm ähnliches klar wurde.) Nein, wenn jemand durch diese Nachforschungen wieder zum Leben erweckt wurde, dann ich.

Es ist Frühling. Der Schnee ist geschmolzen. Rouenna ist seit vierzehn Wochen tot.

Das Semester ist bald zu Ende. Aber ich denke, daß ich ein bißchen länger hierbleiben kann, vielleicht bis zum Sommer. Ich werde auf jeden Fall bleiben, bis die Pfingstrosen blühen.

Mitte der fünfziger Jahre hätte ein Umzug von Brooklyn nach Staten Island als ein Umzug aus der Großstadt in eine nahezu ländliche Welt gegolten, eine Welt ohne U-Bahnen oder Hochhäuser, dafür mit Wäldern, Marschen, Stränden, Seen, Prärien und sogar mit Ackerland. (Nicht allzu lange davor war Staten Island tatsächlich überwiegend Ackerland gewesen.) Die Eröffnung der Verrazano-Narrows Bridge veränderte das auf dramatische

Weise und für immer, aber Mitte der fünfziger Jahre, als Familien wie Rouennas und meine sich an der Nordküste niederließen, sollten bis dahin noch gut zehn Jahre vergehen.

Manche Leute sagten *in* Staten Island, andere sagten *auf* Staten Island, und niemand schien zu wissen, wie es richtig hieß. *In* sagte Rouenna – das war mit das erste, was mir an ihrem Brief auffiel –, und in meinen Ohren hat das immer falsch geklungen. Es störte mich, und es versetzte mich in jene Zeit zurück, wenn sie sich so ausdrückte – ebenso wenn sie New York statt Manhattan sagte. »Er arbeitet in New York«, sagten die Leute, wenn sie meinten, daß er die Fähre von St. George über die New York Bay nach Manhattan nahm. (In jeder Schülerzeitung stand mindestens ein erbärmliches Gedicht, das die Pendler mit zum Hades übersetzenden Seelen verglich.)

Die Leute nannten es den vergessenen Bezirk, das Stiefkind oder den Aschenputtel-Bezirk. »Niemand lebt dort wirklich«, besagt ein sehr alter New Yorker Witz. Empfindlichkeit der Einheimischen: »Für die sind wir nur ein Ort, an dem sie Abfall abladen können.« Feindseligkeit gegenüber der Stadtverwaltung, Murren über die Steuern, Reden über die Sezession, über die Trennung von der Metropolis, nicht nur psychologisch, sondern tatsächlich. Eine freundlichere Haltung zu New Jersey, wozu viele Sezessionisten lieber gehört hätten. (Und ob Staten Island zu New York oder zu New Jersey gehörte, war eine Frage, die die Gouverneure dieser Staaten hundertfünfzig Jahre lang hitzig diskutierten.) Ein Wochenendritual: Die Kinder wurden in Schlafanzüge gesteckt und auf den Rücksitz des Wagens verfrachtet, dann wurde übergesetzt, um einen Film im Autokino zu sehen. (Viele setzten schließlich endgültig über; nicht nur Rouennas Familie und meine, sondern zahllose Leute, die wir kannten, zogen nach New Jersey.) Ein Einkaufsparadies, große Geschäfte mit Fabrikverkauf, wo man billig und umsatzsteuerfrei einkaufen konnte. Im Sommer Tagesausflüge an die Küste oder, für die Bessergestellten, eine Woche oder ein Monat in einem gemieteten Bungalow am Meer. Kapitale der Rummelplätze. Asbury Park: Bruce Springsteen nannte es »Newark-am-Strand«. Sommerliche Abenddämmerung, Stoßstange an Stoßstange an der Strandpromenade, offene Verdecke, aufgedrehte Radios: »U-R-L-A-U-B!«

Am Gestank nach faulen Eiern aus den Raffinerien merkte man, daß man fast wieder zu Hause war.

In den Gewässern von Staten Island konnte man auch schwimmen, aber, wie die Schilder an den Ufern warnten, nur »auf eigene Gefahr«. Die Leute kamen mit Teerflecken aus dem Wasser, die sie später mit Butter zu entfernen versuchten. Man hätte ein Haus bauen können aus den mit Nägeln beschlagenen Holzbrettern, die (neben einer rätselhaft großen Menge an grünen Paprika) an Land gespült wurden.

Fort Wadsworth, der Leuchtturm, der Hafen mit dem wunderlichen Namen Sailor's Snug Harbor – die Sehenswürdigkeiten, die Staten Island zu bieten hatte, waren an einem Tag abzuhaken. »Viele schöne alte Kirchen und historische Häuser stehen noch.« Lektionen in Geschichte: *Staaten Eylandt*, Henry Hudson, die niederländischen Siedler, 1661. Schulausflüge ins alte Richmondtown. »Das älteste noch erhaltene Grundschulgebäude des Landes.« Tottenville, die südlichste Spitze des Bundesstaates, der Ort, an dem sich 1776 John Adams, Benjamin Franklin und Edward Rutledge bei Rotwein und kaltem Schinken mit dem Hochkommissar Seiner Majestät, Admiral William Lord Howe, trafen. »Sie trafen sich, sie sprachen miteinander, sie gingen auseinander. Und jetzt bleibt uns nichts anderes übrig, als es auszukämpfen.« (Howes Sekretär.) Unsere Gründerväter, unsere Geschichte. Unser Erbe – möglicherweise schwer verständlich für Kinder von Einwanderern der ersten und zweiten Generation, für Flüchtlinge vor jüngeren Kriegen, Flüchtlinge vor Jim Crow. Was ist mit dem Zoo mit seinem berühmten Reptilienhaus (die größte Klapperschlangensammlung der Welt), wo den Tieren am Sonntagnachmittag um drei vor kreischenden Zuschauern lebende Beute zum Fraß vorgeworfen wurde?

Die niedrigste Kriminalitätsrate der Stadt. Ein guter Ort, um Kinder großzuziehen. Ein Ort, den zahllose Mitglieder der New Yorker Polizei ihr Zuhause nannten. Von La Cosa Nostra geliebt. (Zur Liste der Sehenswürdigkeiten gehören: das Anwesen auf Todt Hill, die höchste Erhebung von New York City, wo der Pate in aller Stille mit

Frau, Geliebter und Dobermännern lebte, bis er 1985 vor Sparks Steak House niedergeschossen wurde.)

Weiße Viertel, schwarze Viertel. Man lasse sich nicht am falschen Ort zur falschen Zeit (das heißt nie) erwischen.

Auffällig die große Zahl von Friedhöfen. Auffällig die Zahl von Heimen für Kranke, Behinderte und Unerwünschte. Von den Leuten, die in den Sozialbauten lebten, arbeiteten ein paar in der Willowbrook State School – darunter Rouennas Vater, der dort kurz einen Job als Platzwart hatte. Und ich hatte eine Klassenkameradin, die auf diesem Gelände wohnte; ihr Vater arbeitete in der Verwaltung. Sie hat uns Geschichten erzählt … 1972, als Geraldo Rivera eine Kamera hineinschmuggelte und die zurückgebliebenen Kinder in die Fernsehnachrichten brachte, schien das auf uns alle abzufärben. (»*Staten Island*? Ist dort nicht *Willowbrook*?« So entsetzt ausgesprochen, als hätte man gerade gesagt, man wäre selbst in dem Kinderheim gewesen.)

Ein bestimmter Menschentyp, eine Person, sagen wir, mit künstlerischen oder intellektuellen oder sozialen Ambitionen oder mit einer bestimmten politischen Überzeugung, verspürt immer einen Anflug von Verdruß, wenn sie aus Staten Island stammt. Die größte Müllkippe der Welt, *die sogar aus dem Weltraum zu erkennen ist*! Tiefste Provinz, Hinterland, Einödhausen, das blanke Nichts und so weiter. Republikanisches Bollwerk. Kulturelles Niemandsland. So nahe an Manhattan und doch so weit entfernt! (Was hast du dort bloß *getan*? fragten mich die

Leute Jahre später.) (Und wie viele ehrgeizige junge Rastignacs standen auf dem Deck der Fähre und schauten über das Wasser auf den Bienenkorb Manhattan, schmeckten Honig, während ihre Herzen überquollen vor *A nous deux maintenant*!) Ich spreche von Personen, die Jahre später, nachdem sie Staten Island weit hinter sich gelassen hatten, auf die Frage »Woher kommen Sie?« immer mit »New York« antworteten. (»New York City?« »Ja.«) Nicht so Rouenna. Rouenna sagte immer, daß sie aus Staten Island kam. Sie nannte es oft »die Insel«. (»In der Insel«, sagte sie, was mir in den Ohren weh tat.) Ein mir bekannter englischer Maler, der eine Zeitlang in Sailor's Snug Harbor arbeitete – das »Heim für alte, hinfällige und erschöpfte Seefahrer«, das in den achtziger Jahren zu einem Kulturzentrum umgewandelt wurde –, amüsierte sich darüber, daß die Einheimischen immer als erstes fragten: Sind Sie von der Insel?

Ich stelle mir gern vor, daß Herman Melville oft nach Snug Harbor gekommen ist, um seinen Bruder Tom, den Gouverneur, zu besuchen. Vielleicht setzte er sich zu den alten Seebären und schwelgte in Erinnerungen an das Meer.

War man einmal fort, war man weggezogen, wenn auch nur in einen anderen Teil von New York, wurde der Name *Staten Island* merkwürdigerweise nie erwähnt. Man schien nie jemanden kennenzulernen, der von dort war oder jemanden von dort kannte oder jemals dort gewesen war. Nicht-New-Yorker hatten nur eine vage Vorstellung davon: Fährt nicht die Fähre dorthin? Wenn darüber gesprochen wurde, schien niemand etwas darüber zu wissen, außer daß es die berühmte Mülldeponie Fresh Kills (oder Not-So-Fresh-Kills, wie es häufiger genannt wurde) und das berühmte Kinderheim gab. Was ist mit berühmten Leuten? Cornelius Vanderbilt wurde auf Staten Island geboren und begann seine Karriere als junger Kapitän eines der ersten Fährschiffe. Auch seine Nachfahrin, Amy Vanderbilt, wurde auf Staten Island geboren und wuchs dort auf, ebenso die Fotografin Alice Austen und der Maler Jasper Francis Cropsey. Viele andere berühmte Leute lebten dort: Frederick Law Olmsted hatte eine Farm an der Südküste, und Henry David Thoreau wohnte bei den Emersons auf Emerson Hill, benannt nach dem Richter William Emerson, dem Bruder von Ralph Waldo, der sich bisweilen auch dort aufhielt. Zwei Dichter, beide mit dem Vornamen Edwin, Edwin Arlington Robinson und Edwin Markham, und zwei Sopranistinnen, Jenny Lind und Eileen Farrell, die Tänzerin Ruth St. Denis, der Bankräuber Willie Sutton und die großen Barrymores – alle lebten irgendwann irgendwo auf Staten Island, ebenso wie Giuseppe Garibaldi, der kurzfristig bei seinem Landsmann, dem Erfinder Antonio Meucci, unterkam. Anna Leonowens, die Anna, die die über sechzig Kinder des Königs von Siam kannte, lebte auf einem Areal, das einst Daniel D. Tompkins gehörte, dem Gouverneur von New York und Vizepräsidenten unter James Monroe. Tompkins errichtete eins der ersten berühmten

Herrenhäuser auf einer Hügelkuppe der Insel, mit Blick auf den Hafen. Fast hundert Jahre später baute sich S. I. Newhouse, der gerade den *Staten Island Advance* erworben hatte, sein eigenes Haus im Tudorstil auf einem benachbarten Hügel und machte sich daran, sein Zeitungsimperium zu errichten. Alle diese Menschen lebten irgendwann einmal in dem vergessenen Bezirk, nicht zu vergessen Maksim Gorkij, Jane und Paul Bowles und Dorothy Day.

Aaron Burr starb auf Staten Island, in einem Gasthaus am Kill Van Kull, nicht weit entfernt von unserem zukünftigen Zuhause. Die Nordküste: in zwei Weltkriegen berühmt für den Schiffsbau und davor für die Austernfischerei. Umweltverschmutzung setzte der blühenden Austernindustrie 1916 ein Ende. Als wir dort ankamen, war von der alten Captain's Row fast nichts mehr übrig, in der einst die schicken Häuser reicher Austernfischer gestanden hatten.

Viele Mieter hatten sich für Wohnungen in den Sozialbauten auf eine Liste setzen lassen, noch bevor die Häuser fertiggestellt waren. Meine Eltern trugen sich ein für eine Fünfzimmerwohnung im obersten Stock eines Gebäudes, das sie nie zuvor gesehen hatten; sie lebten bereits in einem Sozialbau für Leute mit niedrigem Einkommen – warum sollte die neue Wohnung anders sein? Zweiundzwanzig Gebäude – zwölf dreistöckige und zehn sechsstöckige – auf gut acht Hektar Land, insgesamt ungefähr sechshundert Wohnungen. Wir wohnten in einem dreistöckigen Haus, und die Zycinskis wohnten uns gegenüber im vierten Stock eines sechsgeschossigen Gebäudes. Nur die größeren Häuser verfügten über Aufzüge, und als das Leben hier gefährlich wurde, wurde es zuerst in diesen Häusern gefährlich. Und noch bevor die Aufzüge zu Orten wurden, an denen man Schaden nehmen konnte, waren sie Orte, die man mied: der *Gestank*! Neben dem großen Spielplatz mit dem Basketball- und Softballfeld waren mehrere kleine Spielplätze auf dem Gelände verteilt. Die kleinen Spielplätze waren für kleine Kinder, und das Alter, in dem man allein auf den großen Spielplatz durfte, war ein größerer Meilenstein im Leben jedes Kindes. Im Erdgeschoß eines der sechsstöckigen Häuser befanden sich ein Freizeitraum und eine Waschküche. An Wahltagen ging man dorthin zum Wählen. Pfadfinderinnen wurden dazu eingeteilt, ein Auge auf die Kinder zu haben, während ihre Mütter sich in den Wahlkabinen aufhielten. Auch ich tat als Pfadfinderin Dienst, und wenn ich die Nase rümpfe, sobald ich »JFK« höre, dann weil ich Bleichmittel rieche.

Außerhalb der Sozialbauten, unter Leuten, die in richtigen Häusern lebten – Häuser, um die wir sie beneideten, gleichgültig, wie armselig sie waren –, herrschte Entsetzen. Auch die Armen mußten irgendwo leben, wohl wahr. Aber warum in ihrer Nachbarschaft? Unter Außenseitern galt eine Regel: Mache immer einen Bogen um das Sozialbaugebiet, gehe nie mitten hindurch, gleichgültig, wie groß der Umweg ist. Und für uns galt ähnliches. Einmal versuchte eine Gruppe von uns, als wir noch eineinhalb Kilometer von zu Hause entfernt waren, durch einen fremden Garten zu laufen. Es war spät, es wurde dunkel, wir suchten nach einer Abkürzung. Anscheinend aus dem Nirgendwo tauchten drei Männer auf, zwei hatten einen Baseballschläger dabei. Wie leise sie uns ermahnten, zurückzugehen, wo wir hingehörten, und dort zu bleiben. Und wie leise wir uns davonschlichen, während die unausgesprochene Frage mit der Dämmerung schwer auf uns herniedersank: Wie war es möglich, daß sie uns ansahen, wohin wir gehörten?

Eins der schlimmsten Dinge am Leben im Sozialbau war sein Ruf bei Leuten, die dort nicht wohnten, die uns mit Geschichten von Vergewaltigung, Mord und anderen Verbrechen verleumdeten, die es bei uns nicht gab, zumindest damals nicht. Die Art Verbrechen, die dort jetzt ständig begangen werden. Nein. Worüber Rouenna und ich nach all den Jahren den Kopf schüttelten, war nicht, wie gefährlich das Leben dort gewesen war, sondern wie sicher. Die meisten Bewohner schlossen ihre Türen nicht ab, zumindest tagsüber. Die Eingangstüren der Gebäude hatten keine Schlösser, die Fenster waren nicht vergittert. Im Keller jedes Gebäudes befand sich ein Raum für Fahrräder und Kinderwagen, und obschon ich mich an Dinge erinnere, die in diesen Kellerräumen verbotenerweise stattfanden, an Diebstähle erinnere ich mich nicht. Die Häuser waren innen und außen sauber. Es gab keine Graffiti. Im Sommer wurden Collegestudenten angeheuert, die die Grünanlagen pflegten, und der Anblick dieser braungebrannten jungen Männer mit Bürstenschnitt, die mit nacktem Oberkörper in der Sonne arbeiteten, verdrehte so mancher jungen Hausfrau den Kopf (und sie waren damals alle jung, diese Hausfrauen, manche noch keine zwanzig). Vermutlich kam niemand von uns auf die Idee, daß wir in einem goldenen Zeitalter lebten, aber so war es. Die Zeit der Unschuld, der Jugend der Sozialbauten. Zugegeben, nicht der Ort, an dem man freiwillig lebte, wenn man nicht mußte. Wenn Schulfreundinnen Einladungen ablehnten (»Meine Eltern erlauben es nicht«), wenn ein Taxifahrer an der Anlegestelle der Fähre sich weigerte, uns nach Hause zu fahren, dann war das schlimm, es war demütigend. Dennoch. Besser als die meisten anderen Sozialbauten für Einkommensschwache. Der Himmel auf Erden im Vergleich zu den Orten, an denen viele Mieter zuvor gelebt hatten. (»Ratten, so lang wie dein Arm!«) Kein Ghetto. Kein Slum. Und doch wie alle Sozialbaugebiete von Anfang an, per definitionem, wie Jane Jacobs warnte: *ein Fehler*.

Die Zycinskis wohnten hier nur knapp drei Jahre, bevor sie in eine Doppelhaushälfte am Wasser zogen, einen Steinwurf entfernt. Und von diesem Tag an wurde den Zycinski-Kindern eingebleut, sich von den Sozialbauten fernzuhalten. *Macht einen Umweg, geht dort nicht durch.* Wir wohnten fünfzehn Jahre im Sozialbau. Kurz nachdem ich aufs College gegangen war, zogen auch meine Eltern fort, da alle ihre Kinder aus dem Haus waren. Zu diesem Zeitpunkt waren bereits alle Familien, die wir dort gekannt hatten, weggezogen. Die Fluktuation war groß, manche Familien zogen im selben Jahr ein und wieder aus. Von denen, die eingezogen waren, als die Bauten neu waren, war nur noch eine Handvoll übrig.

Hin und wieder schafften es die Sozialbauten in die Zeitung – nicht nur in den *Advance*, sondern auch in die *New York Times* und die *Daily News*. Heute: »Jedes Gebäude ein Crack-Haus.« In einer kürzlich erschienenen Serie über Sozialbaugebiete im allgemeinen stand in der *Times*, daß »die Furcht vor Außenseitern groß ist«. Das war sie immer. Warum kamen Leute hierher, die nicht hier wohnten? Nachdem ich weggegangen war, hörte ich: Um in eine bestimmte Studentenverbindung aufgenommen zu werden, mußte man an einem Samstagabend allein durch das Sozialbaugebiet gehen. Dazu gehörte Mut.

Sich mit einem Ort verbunden zu fühlen, mit einem Haus und einer Landschaft, einem Flecken Erde – einem Ort, mit dem sich auch schon die eigenen Eltern und Großeltern verbunden fühlten –, wie seltsam das sein mußte. Wie wunderbar. So erschien es mir zumindest immer.

Wenn ich jetzt dorthin zurückkehrte, dann wäre es nicht so, als käme ich nach Hause, obwohl ich so viele Jahre dort gelebt habe. Meine gesamte Kindheit habe ich dort verbracht. Aber heute ist das ein anderes Land, ich bin jetzt die Außenseiterin, und ich glaube nicht, daß ich genügend Mut habe, um dort durch die Straßen zu gehen.

Im ersten Jahr, nachdem ich von zu Hause fort war, lernte ich ein Mädchen aus dem Staat New York kennen, das in einem Arbeiterviertel nicht weit entfernt von einem Sozialbaugebiet aufgewachsen war. »Ostersonntag nach der Kirche haben wir uns alle ins Auto gesetzt, die Fenster hochgekurbelt und die Türen verriegelt, und dann sind wir durch das Sozialbaugebiet gefahren und haben die Leute in ihrem Osterstaat angeglotzt.«

»Warum fahren wir nicht hin, du und ich?« fragte Rouenna. »Das steht uns doch zu, wir haben schließlich dort gewohnt, es ist nicht so, als hätten wir dort nichts zu suchen.«

Wir würden in ihr Auto steigen und zum Brooklyn-Queens Expressway fahren, dann über die Verrazano Bridge, auf den Staten Island Expressway Richtung Westen und schließlich auf dem Martin Luther King Jr. Expressway nach Norden.

»Wir steigen nicht aus, wir fahren nur durch.«

Mit geschlossenen Fenstern und verriegelten Türen.

»Um was zu tun?« fragte ich. »Glotzen?«

Sie zuckte die Achseln. »Die Leute glotzen mich ständig an.«

Ich war perplex. Sprach sie von ihrem Gewicht? So war es – ich wußte, daß es so war. Und es stimmte, ich hatte selbst gesehen, wie die Leute sie mitunter anstarrten, und ich wußte, daß auch sie es bemerkte.

Ich sagte: »Ich habe eine bessere Idee. Wann bist du zum letztenmal mit der Fähre gefahren?«

Aber schließlich fahre ich allein mit der Fähre an diesem schönen kalten Tag.

Später Vormittag, ein Montag, kaum Passagiere. Überwiegend Touristen. Ich höre Deutsch und Französisch. Die Touristen stehen mit mir auf dem Außendeck, als die Fähre ablegt – *klick klick klick* –, aber kaum entfernen wir uns vom Dock, eilen alle hinein. »*Quel vent!*« In einer halben Stunde, wenn wir die Bucht überquert haben, werden diese Leute die nächste Fähre zurück nach Manhattan nehmen. Sie interessiert nur die Fahrt – nein, nicht einmal die Fahrt, die Aussicht. Sie werden nicht enttäuscht sein; es ist zwar kalt, aber strahlend klar. Der leuchtendblaue Streifen zwischen der Jalousie und dem Fensterbrett, den ich am Morgen beim Aufwachen als erstes sah, hatte auch mich dazu bewogen, heute diesen kleinen Ausflug zu machen. Während der letzten dreißig Jahre habe ich nur einmal die Fähre genommen, vor dreizehn Jahren, als ich Freunden aus Brasilien die Aussicht zeigen wollte.

Nachdem ich in Manhattan durch das Drehkreuz gegangen war, blickte ich automatisch nach links zu der Theke, wo es den besten gefrorenen Vanillepudding außerhalb von Coney Island gab. Wann immer ich aus Manhattan nach Hause gefahren war, gönnte ich mir eine Portion. Nicht so heute. Die Fähre selbst war berühmt für ihre Brezeln; ich aß meine Brezel immer mit einer übersüßen Cola. Aber heute erinnere ich mich nur an den Geschmack dieser Dinge. Und ich erinnere mich gut.

Und ich erinnere mich an die Penner, die ebenso hierhergehörten wie die Tauben – manche auf Sauftour, andere schliefen ihren Rausch aus, wieder andere nahmen die Fähre, manche schlurften durch den Terminal, insbesondere auf der Manhattan-Seite: Die Bowery ist nicht weit entfernt. Mir scheint, daß es heute mehr von diesen Männern gibt, auch mehr obdachlose Frauen. Jahrelang saß dieselbe Frau mit enorm angeschwollenen Beinen auf derselben Bank im Terminal von St. George, Staten Island. Die Hände im Schoß, den Blick auf die Hände gerichtet, schweigend, abgesehen von einer gelegentlichen Bemerkung zu sich selbst, vollkommen zufrieden, als mangelte es ihr an nichts auf der Welt. Den ganzen Tag über strömten Passagiere an ihr vorbei. Hätte sie aufgeblickt, wären ihr über Jahre hinweg immer wieder die gleichen Leute aufgefallen, sie hätte manchen von ihnen beim Aufwachsen zusehen können: Zuerst waren sie Kinder, die sich an den Händen ihrer Eltern festhielten; dann laute Teenager, die sich in Pose warfen und Zigaretten rauchten (damals im Terminal und auf dem unteren Deck der Fähre noch erlaubt); dann Erwachsene, die zur Arbeit fuhren. Aber diese Frau blickte nie von ihrem Schoß auf. Von den Generationen, die an ihr vorbeigingen, sah sie nicht mehr als eine Blinde.

Aber wenn man sich umblickte, konnte man im Terminal ein paar interessante Dinge beobachten. Dort sah ich zum erstenmal echte Inderinnen, Frauen in Saris, Frauen mit Bindis, dem roten Punkt auf der Stirn. Sie wirkten wie ein Schwarm Flamingos, der gerade neben uns gelandet war. *Hör auf, so zu starren!* zischte meine Mutter.

Nachdem die Brücke und der Expressway eröffnet waren, verlor die Fähre als Transportmittel viel von ihrer Attraktivität. Die Pendler zogen es vor, mit dem Auto oder dem Bus zu fahren. Auf Staten Island leben jetzt Menschen, die nie auf der Fähre waren. (Auf Staten Island gibt es angeblich Menschen, die ihr gesamtes Leben dort verbringen, ohne die Insel auch nur einmal zu verlassen – schwer zu glauben, aber nicht unmöglich. Man versuche einmal, sich in so jemanden hineinzuversetzen – vielleicht in jemanden, der nahe genug an der Küste lebt, um an einem so klaren Tag wie diesem die Skyline von Manhattan zu sehen. Und dann stelle man sich die Frage: Warum sollte ich jemals dorthin wollen?)

Eine Zeitlang vertrieben Rowdys die Leute von der Fähre, und viele schworen sich, nie wieder damit zu fahren, nachdem eines Tages ein Mann durchdrehte und mehrere Fahrgäste mit einem Schwert attackierte. Heute patrouilliert ein Polizist auf dem Boot – vielleicht einer der vielen, die auf Staten Island leben. Gelangweilt. Vor sich hin pfeifend. Auf den Fersen wippend und den Schlagstock schwingend. Wie ein Polizist in einem Theaterstück.

Ich versuche mich an ein Gedicht zu erinnern, das ich in der Schule schrieb – einer dieser zahllosen erbärmlichen Versuche, die Pendler mit zum Hades übersetzenden Seelen vergleichen. Statt dessen fällt mir etwas von Edna St. Vincent Millay ein: *Wir waren müde, wir haben gelacht – /*

Wir haben die ganze Nacht auf einem Fährboot verbracht. Ein Liebesgedicht, an dessen Ende ein Liebespaar sein ganzes Geld bis auf das Fahrgeld für die U-Bahn einer armen alten Frau schenkt. Ja, die Fähre konnte ein romantischer Ort sein, besonders nachts, besonders im Sommer. Ich kann mich an solche Sommernächte erinnern, in denen ich verliebt und müde war und viel lachte. Ich erinnere mich an eine Fahrt mit der Fähre in der Morgendämmerung, ich trug ein langes trägerloses Kleid, war ganz entblößte Schlüsselbeine und hochgestecktes Haar, aß einen Krapfen und fühlte mich wie Audrey Hepburn in *Frühstück bei Tiffany.*

Am häufigsten fuhr ich in den Sommerferien nach Manhattan, und meistens las ich auf der Fähre. (Mein Ziel war oft die Donnell Library.) Daher rührt diese Assoziation: Charlotte Brontë und die Freiheitsstatue.

Als wir an der Freiheitsstatue vorbeifahren, erinnere ich mich nicht nur an *Jane Eyre*, sondern auch an die Schuhputzer. Keiner von ihnen arbeitet heute noch auf dem Schiff, aber ich sehe sie so klar vor mir wie die japanische Familie, die neben mir sitzt. Sie trugen marineblaue Uniformen – Hemd, Hose, Schirmmütze – und hatten hölzerne Fußschemel und hölzerne Kisten mit Bürsten, Lappen und Schuhcreme dabei, sie marschierten auf der Fähre auf und ab und riefen »Schuheputzen gefällig?« – ein barscher, tiefer, grollender Ruf, der so unmenschlich klang, daß die Kinder lachen mußten, und wenn sie versuchten, ihn nachzuahmen, mußten sie husten. Die

Männer ignorierten sie; sie hatten zu arbeiten. Das beste Geschäft machten sie zu den Stoßzeiten, wenn die Fähre so gut besetzt war, daß viele Leute die ganze Fahrt über stehen mußten.

Die Schuhputzer waren keine jungen Männer. Manche, an die ich mich erinnere, waren vom Alter gebeugt; einer humpelte schwer. Und im Gegensatz zu den Schuhputzern, die man überall in Manhattan sah, in der Shoeshine Row am Times Square zum Beispiel, waren die Männer auf der Fähre weiß. Warum glaube ich, daß es alte Seeleute waren? Weil sie Marineblau trugen – weil sie auf einem Schiff arbeiteten? Lag es daran, weil einer ging wie Popeye der Seemann oder ein anderer tätowierte Arme hatte? Wer immer – was immer – diese Männer einst gewesen waren, sie gehörten zu den merkwürdigsten Geschöpfen, denen ich je begegnet bin. In der geheimen Welt, in der ich als Kind viel Zeit verbrachte, waren sie Trolle.

Mommy, woher –

Hör auf, so zu starren!

Wo lebten sie? Wo schliefen sie, wohin gingen sie am Ende eines Tages? Wo immer es war, es war ein Ort ohne Seife. Schuhcreme war überall eingedrungen, nicht nur in die Poren ihrer Hände, sondern auch in die Falten auf ihrer Stirn und in die Windungen ihrer Ohren. Alles an ihnen war verfärbt – Haut, Kleidung, sogar die Zähne.

Zwei Männer: einer im Anzug, er sitzt auf einer Bank, ein Fuß auf dem Schemel; der andere Mann kniet vor ihm. Der eine Mann liest, die großen Seiten der *Times* oder des *Wall Street Journal* wie einen Paravant zwischen ihm und dem anderen. Ein Rätsel: Warum läßt jemand Schuhe putzen, die makellos sauber sind? Der Schuhputzer arbeitet mit unglaublicher Behendigkeit, packt Lappen, Fläschchen, Bürsten, Dosen aus, dann wischt er, cremt ein, bürstet, poliert. Warum sieht ihm außer mir niemand zu? Es ist faszinierend. Seine Hände bewegen sich schneller und schneller – wie um alles in der Welt schafft er es nur, die Socken nicht schmutzig zu machen? Schneller und schneller – eine Sache von Minuten –, und die Schuhe, die zuvor vollkommen sauber schienen, blenden jetzt nahezu, funkeln wie neu, glänzen geschmeidig wie Lakritzbonbons.

Während der Kunde (der seine verwandelten Füße kaum eines Blickes würdigt) in seiner Tasche nach Kleingeld kramt, packt der Schuhputzer seine Sachen wieder in die Kiste. Aber er steht nicht auf, er wartet auf den Knien, bis die Münzen – aus sicherer Höhe – in seine schwarze Handfläche gefallen sind. Erst dann richtet er sich auf, wischt sich über die Stirn – kein Wunder, daß die Furchen schwarz sind – und stapft davon auf der Suche nach einem neuen Kunden. »Schuheputzen gefällig?«

Einmal kam einer dieser Trolle – derjenige, der so stark humpelte – zu mir und meiner Mutter und schenkte mir wortlos ein Päckchen Juicy-Fruit-Kaugummi.

Ich gehe hinaus. Die Leute stehen auf dem Deck und betrachten die Freiheitsstatue, Ellis Island und die Skyline von Manhattan. Ein Paar bittet den Polizisten, ein Foto von ihnen mit der Skyline im Hintergrund zu machen. Als er ihnen die Kamera zurückgibt, rät er ihnen, abends wiederzukommen, »wenn Sie etwas *wirklich* Spektakuläres sehen wollen«. Ein guter Tip. Im Augenblick ist es so klar, daß man die Brooklyn, Manhattan und Williamsburg Bridges erkennen kann. Das Wasser ist kabbelig und dunkel. Kalt. Bedrohlich. Leute, die sterben wollten, sind in dieses Wasser gesprungen; manche wurden gerettet, andere nicht. Manche Menschen lassen hier ihre Asche verstreuen. Wie immer herrscht reger Verkehr: Schleppkähne, Motorboote, Frachtkähne, Tanker, riesige Containerschiffe – die selbst Inseln gleichen –, eine Fähre, die in die Gegenrichtung fährt. Und unter der geschäftigen Oberfläche liegt eine andere Flotte – die Wracks alter Segel-, Dampf- und anderer Schiffe, die im Lauf der Jahre gesunken sind, manche schon vor einem Jahrhundert. Teile dieser Wracks treiben in den Hafen, zusammen mit allem möglichen anderen Unrat – Wrackgut, Treibgut, Strandgut. Möwen sind in der Luft und auf dem Wasser – irgendwie wissen sie die Ölflecken zu vermeiden. Schmieriges braunes Wasser, in dem es einst vor Alsen, Barschen und anderen Fischen nur so wimmelte, vor allem vor Schalentieren, darunter die berühmten Austern.

Nach weiteren zwanzig Minuten erreichen wir die Stelle, wo die Upper New York Bay auf den Kill Van Kull stößt, den Kanal, der Staten Island von New Jersey trennt. Die Skylines von Jersey City, Newark und Bayonne sowie der Bogen der Bayonne Bridge sind von der Steuerbordseite der Fähre aus zu sehen. Die Aussicht auf der Backbordseite wird beherrscht von dem Koloß der Verrazano Bridge, die die Meerenge überspannt und mit einem Fuß auf der Insel in Fort Wadsworth steht, wo die ersten Geschütze vor zweihundert Jahren in Stellung gebracht wurden, um die Hafeneinfahrt zu verteidigen. Und aus unerfindlichem Grund finde ich den Gedanken, daß aus diesen Kanonen nie ein Schuß abgefeuert und das Fort inzwischen demilitarisiert und in einen Park umgewandelt wurde – aus unerfindlichem Grund finde ich das in diesem Augenblick unglaublich rührend.

Vor uns liegen die Hügel und Klippen von Staten Island – diese Anhöhen entlang der Küste, auf denen die Granden um die Jahrhundertwende anfingen, ihre Villen zu bauen und Gärten anzulegen.

Der Kapitän verlangsamt die Fahrt und steuert das Schiff zum Landungsdock in St. George. Bevor ich alt genug war, um zur Donnell Library zu fahren, ging ich immer in die öffentliche Bibliothek von St. George. Neben St. George erhebt sich der Hügel, auf dem S. I. Newhouse lebte. Im Manhattan Terminal kaufte ich, bevor ich an Bord der Fähre ging, eine Ausgabe des *Advance*, gegründet 1886 und seit 1922 eine Newhouse-Zeitung.

Henry Hudson gab Staten Island im Auftrag des holländischen Statthalters seinen Namen, und als er 1609 zu einer Fahrt auf dem Fluß aufbrach, der nach ihm benannt werden sollte, nahm er zwei Eingeborene von der Insel mit (in ihrer Sprache hieß sie Acquehonga Manacknong). Geiseln. Als das Schiff die Stelle erreichte, die heute West Point ist, sprangen sie über Bord und flüchteten. Sie waren Raritans, ein Stamm der Lenape, die an der Küste lebten und im Inneren der Insel auf Jagd gingen.

Aber das Wild und die Bären, die Füchse und Wölfe überlebten die Ankunft der Europäer nicht lange, und die Jagdgründe wurden zu Farmland. Ein paar historische Bäume aus den Zeiten, als das Land dicht bewachsen war mit Robinien, Schwarzer Walnuß und Ahornbäumen, stehen noch. Wo sich einst koloniale Obstgärten erstreckten, ragen jetzt ein paar Apfel-, Pflaumen- und Kirschbäume auf. Es gibt noch ländliche Flecken – Hickory- und Eichenwälder, Zaubernuß, Sassafras, Maulbeerbäume, Salzwiesen und Marschland, Sümpfe mit blühenden rosa Malven und stinkendem Aronstab. An der Südküste steht ein Wäldchen mit uralten Eichen, Buchen und Tulpenbäumen. Daneben erheben sich die urzeitlichen roten Lehmklippen, von wo aus man an einem klaren Tag auf der einen Seite bis nach Manhattan und auf der anderen bis zum atlantischen Hochland von New Jersey sehen kann.

Vögel. Am Strand: Möwen, Kormorane, Seeschwalben. In den Feuchtgebieten: Graureiher, Silberreiher, Ibisse, Taucher, Eisvögel, Enten. Im Wald: Drosseln, Grasmükken, rote Prachtmeisen, Eulen, Spechte, Fasane, Habichte. Und einmal im Jahr, wenn der Sommer in den Herbst übergeht, die nach Süden ziehenden Monarche.

Man kann aus diesem Wasser immer noch Austern holen, aber es bräuchte einen noch mutigeren Mann als bei Jonathan Swift, um sie zu essen. Austernschalen werden an den Strand gespült ebenso wie Miesmuschel- und Venusmuschelschalen, Teufelskrabben, Strandschnecken und Wellhornschnecken, die – wenn sie sie an der Wand ihrer Fischerhütte aufhängte – in Dorothy Days Augen aussahen wie »falsche Locken«. Seit Mitte der zwanziger Jahre – ungefähr zur gleichen Zeit wie Newhouse, aber in völlig anderem Stil – lebte Dorothy Day auf Staten Island, nicht weit von der Stelle, wo sie heute begraben liegt. Hier wurde sie zur Katholikin. Die natürliche Schönheit ihrer Umgebung – so nahe an Manhattan und doch so weit entfernt – erfüllte sie mit großer Freude, ebenso wie die Fahrten mit der Fähre, die ihrer Ansicht nach der ideale Ort war, um ernsthaft nachzudenken.

Die Geschwindigkeit, mit der wir uns bewegen, weder zu schnell noch zu langsam, das beschwichtigende Heben und Senken des Schiffs (das in den Schreien der Möwen widerhallt), das ständige Vibrieren der Motoren, das bis in die Knochen zu spüren ist, die frische Luft, die nach Salz und Teer riecht, die herrschaftliche Prozession der Brükken und Skylines – all das fördert tatsächlich den Denkprozeß.

Und ich habe wieder und wieder nachgedacht – über Rouenna und unsere Pläne, gemeinsam mit der Fähre nach Staten Island zu fahren. Aber wie es einem bei solchen Vorhaben oft ergeht, sind wir nie dazu gekommen, der Zeitpunkt war nie der richtige, das Wetter war nicht das geeignete, dann vergaßen wir es für eine Weile, und dann war sie tot. Und über meinen Entschluß, allein zu fahren, mitten im Semester, als ich kurz nach New York zurück mußte, darüber, daß ich mich entschloß, an einem dieser Tage allein die Fähre zu nehmen, für Rouenna, um ihrer zu gedenken.

Und ich denke auch über etwas nach, was Gregor von Rezzori schrieb: *Man sollte die Suche nach der verlorenen Zeit nie im Geist nostalgischen Tourismus unternehmen.* Eine Warnung. Ich sinniere darüber nach, während ich mich mit den Touristen am Bug des Schiffs einfinde – *klick* –, fasziniert, aber gezwungen einzugestehen, daß ich nicht wirklich verstehe, was Gregor von Rezzori meint.

Und ich denke an den Polizisten – *klick* –, nicht an den, der mit uns darauf wartet, daß sich die Rampe der Fähre senkt – *klick* –, sondern an den anderen, meine Sommerliebe, in jenem letzten Sommer, meinem neunzehnten, bevor ich für immer nach Manhattan zog. Wir fuhren mit der Fähre, schmachteten in der mitternächtlichen Hitze, und er sprach immer weiter (wir waren sehr müde und sehr betrunken), da sei etwas, worüber ich nachdenken solle, wirklich nachdenken, so wie er darüber nachgedacht habe, und ich dachte darüber nach – Frau eines Polizisten, Kinder, für immer auf Staten Island –, und ich sagte: *Liebling, das würde ich keinen Tag aushalten.*

Langsam senkt sich die Rampe.

Wie kannst du dich an so viel erinnern? Wie behältst du das alles im Kopf? hat mich Rouenna oft gefragt. Sie selbst hatte ein schlechtes Gedächtnis, sprach von *schwarzen Löchern* – Jahre ihres Lebens, an die sie sich kaum erinnerte. Sie staunte oft über mich: Mein vollkommen durchschnittliches Gedächtnis erschien ihr bisweilen außerordentlich. Wenn wir über die Vergangenheit sprachen, stellte sie mir immer Fragen. Wie hieß die Frau mit den krausen roten Haaren, der der Süßigkeitenladen in der Nähe der Schule gehörte? In welcher Straße stand die katholische Kirche? Und so weiter. Sie wurde ganz aufgeregt, wenn ich die Antworten wußte.

Psychotherapie: etwas so Normales wie ein Kinobesuch für meine anderen Freunde, etwas völlig Fremdes für Rouenna. Wie machten das die Leute, wie konnten sie sich einmal, zweimal oder noch öfter in der Woche hinsetzen, Woche für Woche, manchmal jahrelang, und über ihre Vergangenheit reden? Wie war das möglich? Wieso hatten sie so viel zu erzählen – wie konnten sie sich daran erinnern?

Ich versuchte ihr die Logik des Gedächtnisses zu erklären, unser Gehirn ein Haus mit vielen Zimmern, mit Türen, die von einem Zimmer ins nächste führen, immer weiter, aber sie unterbrach mich: »Ich wette, daß die Leute sich meistens falsch erinnern.« Ich versuchte ihr zu erklären, daß das letztlich nicht von Bedeutung war, auch wenn sie vermutlich recht hatte. Darüber lachte sie. Sie lachte, als ich ihr erzählte, was mir einmal ein Psychiater gesagt hatte: daß viele seiner Patienten von der gleichen Angst heimgesucht wurden, nämlich daß irgendwo in ihrer Vergangenheit eine Leiche begraben lag.

»Eine *Leiche*? *Wessen* Leiche? *Was* für eine Leiche?«

Habe ich erwähnt, daß Rouenna auf merkwürdige Weise lachte? Keuchend, Luft einsaugend: Sie lachte rückwärts, in sich hinein, nicht aus sich heraus.

Wie wichtig ist es wirklich, woran man sich erinnert, was man vergißt? Manchmal wäre ich gern jemand anders, jemand, für den es nicht viel bedeutet. Einer dieser Menschen, die ihr Leben leben, ohne zurückzublicken – für die die Vergangenheit ein großer Teppich ist, der hinter ihnen aufgerollt wird, während sie weitergehen.

Rouenna sagte: »Ich wette, die Leute, die eine Therapie machen, erfinden die Hälfte.«

Nach dem Ende des Vietnamkriegs nahmen ein paar Leute Kontakt mit ihr auf. Es waren Leute, die über den Krieg forschten, manchmal speziell über die Frauen, die Militärdienst geleistet hatten. Daß sie sich bemüht hatten, sie ausfindig zu machen, und ihre Geschichte hören wollten, überraschte Rouenna. Sie war seit Jahren aus Vietnam zurück. Damals war sie vor Geschichten nahezu geplatzt. In Vietnam hatte sie zum erstenmal – und auch das einzige Mal – in ihrem Leben etwas Außergewöhnliches getan. Jede Minute ihrer Dienstzeit war sie sich dessen bewußt gewesen – daß sie Erfahrungen machte, die die meisten Menschen nie machen würden, daß sie Dinge sah, die die meisten Menschen nie sehen würden, Dinge, die viele sogar kaum glauben würden, wenn sie davon hörten – ein unglaubliches schlafloses Jahr, das sie für immer zeichnete und dem nichts anderes in ihrem Leben gleichkam. Aber es war der falsche Zeitpunkt. Wie andere Heimkehrer mußte Rouenna feststellen, daß die Leute, wann immer sie den Krieg ansprach, das Thema wechselten oder sich abwandten. Nach einer Weile erzählte sie nicht einmal mehr, daß sie in Vietnam gewesen war – etwas, was sie nie für möglich gehalten hätte, solange sie dort war. Und dann, nachdem Jahre vergangen waren, das Rad sich gedreht und die Welt beschlossen hatte, wissen zu wollen, was dort drüben geschehen war – wie es schien, oft bis ins letzte Detail –, war es wieder nicht der richtige Zeitpunkt. Rouenna hatte sich verändert, sie wollte nicht mehr darüber sprechen. Sie hatte so lange geschwiegen, sie hatte dieses außergewöhnliche Jahr so vehement aus ihren Gedanken verbannt, daß sie sich an viele Dinge nicht mehr erinnerte, daß sich viele schwarze Löcher gebildet hatten – »Ich habe ihnen die Wahrheit gesagt: Vietnam war das letzte, worüber zu sprechen ich mich qualifiziert fühlte.«

Doch mit der Zeit drehte sich das Rad selbstverständlich weiter und brachte uns beide zusammen.

Sie sprach nicht mit den Leuten, die sie interviewen wollten, sie las die Bücher oder Artikel nicht, die diese Leute schrieben. Was die vielen Filme anbelangte, die in die Kinos kamen: »Ist dir schon mal aufgefallen, daß die Schauspieler immer zu alt sind für ihre Rollen?« Mir war es aufgefallen. Daß du alt genug bist, um Soldat zu sein, heißt noch lange nicht, daß du alt genug bist, um einen Soldaten zu spielen. »Denk an dein High-School-Jahrbuch. Ungefähr so alt waren die meisten. Manche haben sich noch nicht mal rasiert. Und man muß sie sehen, wie ich sie gesehen habe, wie sie dalagen mit diesen Schmerzen, alles voller Blut, dann sehen sie noch jünger aus. Ich schwöre, manche der Toten sahen aus wie Zehnjährige.«

Sie sprach auf ruhige, leise Art über das, was sie gesehen hatte. Sie reagierte nie emotional.

Um im Kampfgebiet zu dienen, mußte eine Krankenschwester mindestens einundzwanzig Jahre alt sein. Rouenna war zweiundzwanzig, als sie nach Vietnam kam. Die meisten Soldaten der Kampftruppen waren unter zwanzig. Für eine zweiundzwanzig Jahre alte Frau sind Achtzehnjährige *jung*.

Sie redete nicht über den Krieg, sie schloß sich keiner Veteranengruppe an, und sie nahm an keinen Veranstaltungen für Veteranen teil. Freunde, die sie im Krieg gefunden hatte – lebenslange Freundschaft hatten sie sich geschworen –, sie wußte nicht, wo sie heute waren. 1982, als in Washington D.C. das Vietnam Veterans Memorial eingeweiht wurde, lagen das Militär, Vietnam, die Arbeit als Krankenschwester mehr als zehn Jahre hinter ihr. (»Ein anderes Leben.«) Während der gesamten achtziger Jahre nahmen Leute Kontakt mit ihr auf, darunter Frauen, die beschlossen hatten, daß es an der Zeit war, zu sprechen. Rouenna wunderte das. Warum jetzt – warum nicht damals, als die Erinnerungen noch frisch waren? Und sie wunderte sich über die vielen Geschichten. Zuviel Zeit war vergangen, und sie war skeptisch. Alle diese unfehlbaren Erinnerungen – waren sie vertrauenswürdig? (»Ich wette, die Leute erfinden die Hälfte.«) Sie hielt sich nicht für die einzige, die Probleme mit schwarzen Löchern hatte. Sie sagte: »Es gibt eine Menge Lügner.« Und sie erzählte folgende Geschichte: Nachdem sie aus der Armee entlassen worden war, hatte sie eine Weile in einem Krankenhaus gearbeitet, und sie war schockiert über die Anzahl von Gammlern, die sie dort traf und die behaupteten, in Vietnam gewesen zu sein. »Ich habe einen von ihnen gefragt, wo er stationiert gewesen war, und du kannst es glauben oder nicht, aber der Typ sagte Hanoi! Pech für ihn, daß ich ihm gerade Blut abnahm – ich hab ihm die Nadel ziemlich fest in den Arm gestoßen.«

Es stimmt nicht, daß sie *nie* emotional reagierte.

Obwohl sie viele Kriegsneurosen gesehen hatte (»Wir konnten für die armen Kerle nichts anderes tun, als sie aus dem Verkehr zu ziehen und sie schlafen, schlafen, schlafen zu lassen«), wußte sie doch nichts Rechtes mit den vielen Fällen von, wie es später genannt wurde, Posttraumatischem Streß-Syndrom anzufangen. »Ein Veteran, den ich kannte, hat mir erzählt, daß seine Therapeutin zu ihm gesagt hat, daß er wahrscheinlich schon unter PTSS gelitten hat, bevor er nach Vietnam kam. Also, was soll das denn heißen? Wie kann es *post* sein, wenn man es schon *vorher* haben kann? Die Therapeutin sagt zu ihm, daß die einzige Heilungschance darin besteht, soviel wie möglich über den Krieg zu reden, alles auszuspucken. Das tut er, dann geht er wieder zu ihr und fragt sie: Jetzt sagen Sie mir mal, wie ich meine Frau und meine Freunde zurückbekomme.« Eine Variante eines alten Psychologenwitzes, den Rouenna nicht zu kennen schien. (Trotzdem, als sie die Geschichte erzählte, lachte sie überschwenglich wie über einen guten Witz.)

Sie sagte: »Sie hätten es weiterhin Kriegsneurose nennen sollen. PTSS klingt wie Nervengift.« Während des Kriegs lautete eine andere, ebenso häßliche Umschreibung »akute Reaktion auf die Umwelt«. Je weiter man in der Zeit zurückgeht, um so lyrischer wird die Bezeichnung. Vor Kriegsneurose nannte man es *Bombenangst* und davor *Soldatenherz*.

Sie sagte: »Du kennst dich doch aus mit Gedichten, oder?« Und bevor ich noch über eine Antwort nachdenken konnte, rasselte sie das ganze »Stopping by Woods on a Snowy Evening« runter. Tja. Woher stammte *das* denn? Hatte sie das Gedicht in der Schule auswendig gelernt? Sie schüttelte den Kopf. Sie war aufgeregt – und nahezu außer Atem. Und sie erzählte folgende Geschichte. Da war dieser kleine Kerl (ein weiterer Beweis dafür, wie jung diese Soldaten in ihren Augen wirkten; sie sprach stets von diesem oder jenem »kleinen Kerl«, als hätten dort drüben Züge von Zwergen gekämpft) aus New Hampshire – »oder vielleicht Vermont – von irgendwo dort oben«. Wohin dieser kleine Kerl jedenfalls nie wieder zurückkehren würde. »Wir wußten es, und er wußte es, es blieb ihm nicht mehr viel Zeit, wir konnten nichts mehr für ihn tun, und er wollte nur, daß ihm jemand aus dem Taschenbuch vorlas, das er ständig mit sich trug, ein Band mit Gedichten. Und als es dem Ende zuging, wollte er nur noch dieses eine Gedicht hören, immer wieder. Wir wußten nicht, warum ihm gerade an diesem Gedicht soviel lag.« Obwohl ihr im Lauf der Jahre immer mal wieder ein Fetzen dieses Gedichts einfiel, hatte sie sich jetzt zum erstenmal zur Gänze daran erinnert, und das hatte ihr den Atem geraubt. »Also, weißt du, wenn ich *versucht* hätte, mich daran zu erinnern, wäre es mir nie und nimmer eingefallen.« Wir saßen eine Weile in ehrfürchtigem Schweigen da. Zu diesem Zeitpunkt wußte ich bereits, daß dieser Liebhaber Frosts als »Anwärter« galt und hinter einem Wandschirm oder einem Vorhang in einem Bereich mit anderen lag, die ebenfalls auf den Tod warteten. Ich fragte mich, ob es früher auch dafür einen poetischeren Ausdruck gegeben hatte.

Rouenna sagte: »Er war ein süßer Junge. Es gab Jungs wie ihn, die wußten, daß sie sterben würden, und nichts wollten, außer in Ruhe zu sterben, ohne Umstände zu machen. Aber andere? Ich sage dir, wenn sie noch dreißig Jahre später Alpträume haben, glaub mir, sie haben sie *verdient*. Manche von diesen kranken Dingen würdest du gar nicht glauben – du weißt doch Bescheid über die Souvenirs, oder?«

Eine von Rouennas Lieblingsbemerkungen war: »Mit

dieser Sorte Mensch kann ich nichts anfangen.« Sie selbst war die Sorte Mensch, die andere als »hartgesottenes Frauenzimmer« beschreiben. Mir ging dieser Ausdruck oft durch den Kopf, wenn ich ihr zuhörte. Wenn sie sagte: »Ich weine nie«, war mir klar, daß sie die Wahrheit sagte.

»Daß ich dein Buch gefunden habe. Das war für mich ein apokryphischer Moment. Ich habe über die Sozialbauten gelesen, und dann sind mir die Dinge wieder eingefallen.« Sie meinte Dinge aus ihrer eigenen Kindheit. »An manches habe ich mich erinnert, an anderes nicht, aber ich war mir nicht sicher, ob das, woran ich mich erinnerte, wirklich so gewesen ist, oder ob ich mich getäuscht habe. Ich konnte nicht mit Sicherheit sagen, ob *irgendwas*, woran ich mich erinnerte, wirklich korrekt war. Und wenn ich über Vietnam nachdenke, ist es noch schlimmer, obwohl das noch nicht so lange her ist.« Ein Hubschrauberschütze, der Grub genannt wurde. »Mehr ist nicht – mehr kann ich dir nicht sagen. Weder seinen richtigen Namen, noch woher er stammte oder was aus ihm geworden ist. Ich kann sein Gesicht, die Farbe seiner Augen oder seiner Haare nicht beschreiben. Nur ›Grub‹ – und die Tatsache, daß wir ungefähr hundertmal miteinander geschlafen haben.«

Wenn sie das Bedürfnis verspürte, sich zu erinnern, dann war das nicht ohne Peinlichkeiten möglich. »Ich möchte nicht wie eine Memme klingen.« *Memme* war auch einer ihrer Lieblingsausdrücke. Eine Memme war die Sorte Mensch, die »über den Krieg jammerte«, statt ihr Leben weiterzuführen. Mit dieser Sorte Mensch konnte sie nichts anfangen. All dies soll aufzeigen, mit welchen Widersprüchen sie lebte, was vielleicht auch erklärt, weshalb sie keine Probleme damit hatte, sich die Idee, ein Buch über den Krieg zu schreiben, aus dem Kopf zu schlagen, als ich mich weigerte, sie zu unterstützen.

Stimmte, was ich gehört hatte – daß viele der Frauen, die in Vietnam gedient hatten, später die gleichen Probleme hatten wie die männlichen Veteranen, und daß bei vielen von ihnen PTSS diagnostiziert wurde?

Für Rouenna stand fest: »Eins kann ich mit Sicherheit behaupten: Ich habe nie PTSS gehabt.«

Das heißt: keine Alpträume, Flashbacks, Depressionen, Angstzustände, keine Schlaflosigkeit, keine Panikattacken, Selbstmordphantasien, Mordgedanken –

Oh, doch, natürlich. Irgendwann einmal.

Was?

Alles.

Und sie hatte nie daran gedacht, Hilfe bei einem Therapeuten zu suchen?

Auf keinen Fall! Sie lachte ihr komisches, nach innen gerichtetes Lachen. »Und in meinem Fall liegen in der Vergangenheit *echte* Leichen begraben.«

Als ich sie schließlich fragte, warum sie sich nicht selbst hinsetzte und das Buch schrieb, gab sie mir eine unerwartete Antwort.

»Ich dachte mir, wenn jemand anders mitmacht, dann würde ich ehrlich bleiben. Denn ich habe nicht nur Angst davor, mich zu täuschen, sondern auch vor der Versuchung, Dinge zu erfinden, und was dann?«

Jetzt mußte ich lachen. »Dann wäre es ein Roman.«

Die Logik des Gedächtnisses, ein Zimmer, das ins nächste führt, eine Erinnerung, die zur nächsten führt. Zuerst geschah dies, dann das. Und um die Lücken zu füllen, die Logik der Phantasie: So muß es gewesen sein. Als ich von der Fähre gehe und den Terminal von Staten Island betrete, denke ich an die Frau mit den geschwollenen Beinen, und dann fällt mir die Nonne ein. Auch sie saß Stunde um Stunde in der mittelalterlich wirkenden Ordenstracht, die kaum eine Nonne mehr trägt, in diesem Raum, einen Blechteller auf den Knien. Von Zeit zu Zeit hob sie den Teller mit den paar Münzen hoch und schüttelte ihn. Sie hatte ein breites, blasses, altersloses Gesicht, dessen Ausdruck sich merkwürdigerweise nie veränderte. Meine Mutter gebrauchte das Wort »einfältig«. Aber ich sah etwas anderes. Klassenausflug in die Stadt, das Metropolitan Museum of Art. Die Nonne ist überall. Dem Engel lauschend, ihr Kind wiegend, am Fuß des Kreuzes kniend. Ihr breites, blasses, immergleiches Gesicht mit dem Nonnenschleier. Eine Münze, die auf eine Ladentheke fällt, ein sanft geschütteltes Tambourin können es heraufbeschwören.

Ich schaue mich nach Bekanntem um – nach der Nonne, dem Blumenstand, der Bäckerei –, nichts davon ist noch da. Nur der Zeitungskiosk ist mir vertraut. Ich spreche von dem Bereich vor dem Terminal, wo die Luft nach den Abgasen der Busse riecht, die die Insel abfahren. Die Nummern der Busse haben sich verändert. Aber ich weiß noch, wo der Bus abfährt, der mich – nach Hause bringen würde. Vor ein paar Jahren erzählte ich einer Freundin, daß ich irgendwann einmal gern in das Sozialbaugebiet zurückkehren würde, jedoch zögerte, es allein zu tun. Ich war gerührt, als sie sich erbot, mich zu begleiten. Dann lachte sie und sagte: »Aber erst muß ich mich impfen lassen.«

Ich schlendere durch den Terminal und verpasse so die Fähre, die ablegte, kurz nachdem wir angekommen waren, die Fähre, die alle Touristen genommen haben, weil in ihren Führern steht, daß es auf Staten Island nichts gibt, was einen Aufenthalt wert wäre; jetzt muß ich eine halbe Stunde auf die nächste warten. Ich schlendere durch den Terminal und komme mir ein bißchen absurd vor. Was gibt es zu sehen? Ein Postamt, ein Fotolabor, einen Imbiß. Der Wartesaal ist leer, aber während der nächsten halben Stunde wird er sich langsam füllen. Es ist ein heruntergekommener Ort, die Abfalleimer quellen über. Ein süß-saurer Geruch hängt in der Luft. Fäulnis. Mutigere Menschen als ich suchen die Toiletten auf. Mittag – warum schlafen manche Leute? Der Mann zum Beispiel, der sich sein Hemd über den Kopf gezogen hat, als wäre er auf einem Flughafen und müßte die ganze Nacht warten. Und dort ist tatsächlich ein Schuhputzer. Er sitzt auf einer Kiste neben seinem leeren Schuhputzstand. Keine Kunden, nichts zu tun, außer mit einem Händeklatschen die Tauben zu verscheuchen, die eingeschlossen wurden, herumspazieren und nach imaginären Samen auf dem Linoleum picken. Im Gegensatz zu dem Schuhputzer macht der Fastfood-Betrieb ein gutes Geschäft – mindestens die Hälfte der Leute, die warten, scheinen etwas in fettiges Papier Gewickeltes zu essen. Eine Familie – Vater, Mutter, Sohn – ißt Pommes frites und Doughnuts. Die Art, wie der Junge ißt, scheint den Vater zu ärgern, der ihm eine Kopfnuß gibt. Der erschrockene Junge läßt den Doughnut zu Boden fallen. Er heult auf. Der Vater flucht und gibt dem Doughnut einen Tritt in Richtung eines Abfalleimers, und sofort stürzen sich die Tauben darauf. Während sie ihn auseinanderreißen, klatscht der Schuhputzer rhythmisch in die Hände, ein Geräusch, das in diesem höhlenartigen Raum laut widerhallt. Der Junge heult lauter, der Vater gibt ihm noch eine Ohrfeige, die Mutter sieht zu – während der ganzen Zeit hat sie nicht aufgehört zu essen. Niemand beachtet sie. Wer nicht wirklich schläft, schlafwandelt nach Art der Großstädter: Sie gehen ihren Geschäften nach, ohne sich ihrer Umgebung bewußt zu sein.

Dies hier ist ein wahrhaft häßlicher Ort. Am liebsten würde ich es laut herausschreien. Ich erinnere mich nicht, daß es hier immer so trostlos war. Etwas in mir möchte schreien, in dieser Höhle ein Echo hervorrufen. *Warum* so häßlich? Warum so *trostlos trostlos trostlos*?

Es ist eine Erleichterung, als die Fähre endlich kommt. Aber während der ganzen Rückfahrt bin ich unruhig. Ich habe das Gefühl, etwas nicht erledigt zu haben, und das erinnert mich an die Träume, in denen man eine Mission erfüllen muß und es nach zahllosen Ablenkungen und Hindernissen endlich fast geschafft hat, und dann wacht man natürlich auf. Was würde man nicht alles darum geben, noch einmal zurückkehren zu können ... Wahrscheinlich gibt es einen Namen für dieses Gefühl, aber ich kenne ihn nicht. Ich marschiere auf den Decks auf und ab, und das namenlose Gefühl wird immer stärker, und als wir Manhattan erreichen, werde ich von unerträglicher Ruhelosigkeit gequält. Es ist mir nicht möglich, in meine Wohnung zu gehen. Ich steige in die U-Bahn und fahre zum Union Square. Dort steige ich um, und Minuten später bin ich in Brooklyn.

Ich habe heute noch nichts gegessen, und deswegen gehe ich als erstes in ein kleines polnisches Restaurant und bestelle Kartoffelpuffer. Ich war schon ein paarmal hier, mit Rouenna und auch, bevor ich sie kannte. Ich sitze an einem Tisch, von dem aus ich die Straße beobachten kann. Es wurde schon viel über die Uniform der Künstler gesagt, und hier in diesem Viertel – und das muß einmalig sein – kann man die Künstler von den Alteingesessenen unterscheiden, weil die Künstler wesentlich besser gekleidet sind. Die Uniform der Künstler ist schick, und diejenigen, die ich vorbeigehen sehe, sind überwiegend jung oder sehen jung aus, Leute mit Stil, Männer wie Frauen, Leute, die Wert auf ihr Äußeres legen. Ich sehe phantastische Haarschnitte, phantastische Schuhe.

Wie lange wird es dauern, bis ich jemanden entdecke, den ich kenne? Wenn ich mit Rouenna zusammen war, machte ich mir deswegen Sorgen. Rouenna, die diese uniformierte Parade mit finsterem Blick beobachtete. »Schau sie dir bloß an, mit ihren schwarzen Chichikleidern und ihren Punkfrisuren. Ich wünschte, sie würden woanders hinziehen.« Tatsächlich wünschte sie, sie würden sterben. (Nie wieder zog ich gewisse schwarze Sachen an, nachdem sie mich einmal von oben bis unten gemustert und gesagt hatte: »Alles, was dir noch fehlt, sind Ho-Chi-Minh-Sandalen und eine AK-47.«)

Am Herald Square war eine Wasserleitung gebrochen, und das Geschäft, in dem Rouenna arbeitete, war überflutet. Das war der Grund, warum *sie* an einem Wochentag zu Hause war, aber was war mit den anderen? Arbeiteten diese Leute nicht? Woher hatten sie ihr Geld? Rouenna war überzeugt, daß sie alle Geld geerbt hatten. Obwohl ich weiß, daß das nicht stimmt, frage auch ich mich manchmal. Die Kleidung, die Frisuren, die Lofts (die Tage, als die Mieten in diesem Viertel niedrig waren, sind längst vorbei), das nahezu allabendliche Essen außer Haus, die Yoga- und Tai-chi-Kurse, die Psychotherapie. Die Freiheit – Zeit und Geld, um zu reisen, um für einen Monat nach Berlin oder Rom zu gehen, zwei Monate in einer Künstlerkolonie zu verbringen – wie machen sie das? Es sind schließlich harte Zeiten für Künstler, nur eine

Nachdem ich die Rechnung bezahlt habe, bin ich zwar ruhiger als zuvor, aber immer noch nicht bereit, nach Hause zu gehen. Deswegen mache ich einen Spaziergang – mehr oder weniger die gleiche Strecke, die ich gegangen bin, als ich Rouenna zum erstenmal besuchte.

Manchmal schmeckt man etwas, und dieser Geschmack weckt Erinnerungen an eine Zeit, als man den gleichen Geschmack im Mund hatte. Aber es kann auch umgekehrt sein, und das passiert mir jetzt. Während ich gehe, habe ich den Geschmack von Schokoladenkuchen im Mund.

Der Zettel der Frau, die einen Mitbewohner suchte, ist nicht mehr da. Der Spruch über den polnischen Künstler bleibt, unauslöschlich.

Das Haus, in dem Rouenna wohnte, sieht trotz allem unverändert aus. Von der anderen Straßenseite aus sehe ich, daß die Fenster ihrer Wohnung (wer wohnt jetzt dort?) geschlossen sind. Aber die Fenster der alten Frau im Erdgeschoß sind geöffnet, sie steckt ihren alten gelblich-grauen Kopf heraus, und als ich mich nähere, überrascht sie mich und ruft: »Hallo, Liebes, wie geht's dir?«, als würde sie mich kennen. Sie weiß auch, wer ich bin, denn als nächstes sagt sie: »Ist das nicht eine Schande, die Sache mit Roseanna?« *Rouenna*, korrigiere ich sie, aber sie tut so, als hätte sie mich nicht gehört. Oder sie hat mich tatsächlich nicht gehört. Sie ist alt. Sie hat Krebs in der Nase, den grauen Star in den Augen – warum nicht auch etwas an den Ohren?

Sie könnte es mir sagen: Lebt jetzt jemand anders in Rouennas Wohnung? Die Frage scheint sie zu schockieren. Sie glaubt, ich will die Wohnung haben. Das schließe ich jedenfalls aus ihrem bösen Blick, der Art, wie sie den Kopf einzieht und wortlos das Fenster schließt. Aber wer weiß. Sie ist alt. Etwas wirr im Kopf. *Kaum in der Lage, allein zurechtzukommen*, wurde sie mir nicht so beschrieben? Wer bringt ihr übriggebliebenen Truthahn, jetzt, da »Roseanna« tot ist?

Während ich die Straße entlanggehe, hüpft ein Spatz über den Weg, und mir fallen die Wellensittiche ein. *Was wurde aus Romeo und Julia?*

Ich bin müde. Schwerfällig schleppe ich mich zurück zum U-Bahnhof. Voller Schrecken denke ich an den Abend und an meinen Termin: eine Buchpräsentation. Deswegen bin ich von Massachusetts hierhergekommen. Aber bis dahin sind es noch Stunden. Ich habe noch Zeit – es gibt noch einen Ort, den ich aufsuchen will.

Am Union Square steige ich wieder um und fahre bis zur 34th Street – dieselbe Strecke, die Rouenna jeden Tag auf dem Weg zur Arbeit zurückgelegt hat. Ich war nie zuvor in dem Geschäft, in dem sie arbeitete. Ich weiß, daß es zu einer Ladenkette gehört, die ausschließlich Kleidung für Frauen ab Größe 44 verkauft. Ich habe die Anzeigen gesehen: SO KANN GRÖSSE 44 AUSSEHEN mit einem Foto von Marilyn Monroe. Das berühmte Ganzkörperfoto, aufgenommen von hinten, weißer Badeanzug, Stöckelschuhe, der Blick über die Schulter. Ich weiß, daß die

Kette nur Verkäuferinnen anstellt, die Übergrößen tragen – und ich weiß von der seltsamen Frau (Größe 36) irgendwo im Mittleren Westen, die den Besitzer der Ladenkette wegen Diskriminierung verklagt hat. (»Wie gern würde ich die magere Ziege finden und ihr einen Tritt in den mageren Hintern geben«, sagte Rouenna. »Mit der Sorte Mensch kann ich überhaupt nichts anfangen.«) Rouenna, Größe 56, war Verkäuferin (und Größe 54) gewesen, bevor sie Managerin wurde. Rouenna hatte es in dem Laden gefallen, unter anderem weil die Arbeit ihr Leben so angenehm vereinfachte. Sie haßte Bekleidungsgeschäfte, und hier konnte sie sich aus einer großen Auswahl etwas aussuchen, mit Angestelltenrabatt kaufen und mußte sich nie mehr woanders umsehen. Das Geschäft führte sogar übergroße Strümpfe und Unterwäsche und spezielle, schwer zu findende Lederhandschuhe für kleine dicke Hände (Rouennas Hände waren wie zwei Hühnerbrüste).

In den Schaufenstern stehen keine Puppen, nur verschiedene Arrangements der Kleider liegen oder hängen darin – die langen weiten Kleider und Tuniken und die weiten Hosen mit Gummizug oder zum Binden, die ich mit Rouenna assoziiere und deren Anblick mir jetzt in all ihrer gespenstischen Leere einen Stich versetzt. Die Mittagszeit ist vorbei, und es befinden sich nur wenige Kundinnen im Laden. Auf einem Stuhl neben dem Eingang döst ein Wachmann. An einer Wand strahlt eine gigantische Monroe. Dinge verändern sich. Größe 44 sieht heute anders aus. Eine Verkäuferin, die meiner Schätzung nach an die zweihundert Pfund mit sich herumträgt, nähert sich mir würdevoll. Sie ist sehr groß – *statuesk* ist das Wort, das für sie erfunden scheint –, und ihr knielanger Rock enthüllt stattliche Beine. Ich muß an mich halten, damit ich nicht den Kopf schüttle, als ich sehe, daß sie Pfennigabsätze trägt: dieses Gewicht und ein Job, bei dem sie den ganzen Tag stehen muß. Aber es scheint ihr nichts auszumachen. Ein weiteres Rätsel: Wie kann sie mit diesen Fingernägeln arbeiten? (Ich habe einmal gehört, wie jemand die Kassiererin in einem Supermarkt, die Fingernägel wie der Kaiser von China hatte, fragte: »Und wie kratzen Sie sich am Hintern?«)

Meine Absicht war es gewesen, den Laden zu betreten, mich kurz umzusehen und wieder zu gehen. Aber als mich die Frau fragt, ob sie mir helfen könne, platze ich mit der Wahrheit heraus. Ich erzähle ihr, daß ich sehen wollte, wo meine Freundin gearbeitet hat. »Oh«, sagt sie und faltet gewissenhaft die Hände. »Es ist so traurig.« Eine andere Verkäuferin, die in der Nähe steht, hört uns, kommt zu uns und fügt hinzu: »Wir waren alle so traurig.« Da stehen wir, zu dritt, sehen einander an und haben Steine auf der Zunge, bis sich eine weitere Frau zu uns gesellt, die sich als die neue Managerin entpuppt. Ich möchte diesen Frauen Fragen stellen – wenn ich nur wüßte, welche. Spontan sagen sie die Dinge, die die Leute immer über die Toten sagen. Rouenna war ein guter Mensch. Sie vermissen Rouenna. Sie erzählen mir, daß es ein Schock war, als sie von ihrem Tod erfuhren. Ihnen war nichts Ungewöhnliches an Rouenna aufgefallen, sie hatte nicht besorgt oder depressiv gewirkt, bevor sie in Urlaub gefahren war. Nein. Sie legen Mitgefühl an den Tag, diese Frauen, aber ihre Augen bleiben trocken. Es ist klar, daß sie Rouenna nicht gut kannten, ihr nicht nahestanden, daß sie nach ihrem Tod nicht oft an sie gedacht haben, oder zumindest wirken sie so auf mich. Die Minuten ziehen sich in die Länge und lasten schwer auf uns. Die Frauen verlagern das Gewicht von einem Stöckelschuh auf den anderen, betrachten ihre außergewöhnlichen, nicht zum Hinternkratzen geeigneten Fingernägel, und ich denke, daß Rouenna nicht zu ihnen gepaßt hat. Sie trug keine hochhackigen Schuhe, sie hatte keine langen Fingernägel, und sie war älter als diese Frauen, viele Jahre älter – eine Generation älter, so wie ich. Und obwohl alle drei Frauen dick sind – Rouenna war noch dicker. Ein paar Kundinnen betreten den Laden, und die Managerin wird nervös, als wäre sie der Ansicht, sie hätten genug Zeit vergeudet und sollten alle wieder an die Arbeit gehen. Ich will mich verabschieden. Aus unerfindlichem Grund schlägt mein Herz heftig. »Ich wette, keine von Ihnen wußte, daß sie Militärkrankenschwester war. Ich wette, Sie wußten nicht, daß sie in der Armee war, ein Leutnant der U.S. Army. Ich wette, Sie wußten nicht, daß sie in Vietnam gedient hat.« All das sage ich viel lauter als beabsichtigt – laut genug, um den dösenden Wachmann auf seinem Stuhl zu wekken. Die Frauen stehen steif da, starren mich an, und als ich den Ausdruck auf ihren fetten Gesichtern sehe, spüre ich kurz Befriedigung in mir aufwallen. Jedoch nur vorübergehend, sie ist bereits abgeklungen und ersetzt von dem vertrauteren Gefühl der Leere, als ich durch die Tür bin.

Nach dem College hatte ich einen Job als Sekretärin bei einer Zeitschrift. Dort, in den Büroräumen in Midtown Manhattan, lernte ich einen britischen Journalisten kennen, der für ein Jahr in New York lebte – er lehrte an der Columbia University. Zu dieser Zeit hatte ich eine Wohnung in der Nähe der Universität, und es stellte sich heraus, daß wir in benachbarten Häusern in derselben Straße wohnten. Nachdem wir uns im Büro kennengelernt hatten – er war gekommen, um einen Redakteur zu treffen, weil er einen Artikel schreiben sollte –, liefen wir uns mehrmals über den Weg, und dann begannen wir uns zu verabreden.

Ein gebrochener Mann. Das war er, wie ich später begriff, aber damals hätte ich ihn nie mit diesem Ausdruck beschrieben. *Viril* ist ein Wort, mit dem ich ihn tatsächlich charakterisierte, meinen Mitbewohnerinnen gegenüber, so peinlich es mir auch ist, das jetzt zuzugeben. Später verstand ich, daß ich damals zu jung war – zu hingerissen –, um es zu verstehen: ein Wrack von einem Mann, vor der Zeit gealtert, ein in Stücke gegangener Mann, der nie wieder heil sein würde. Nicht gutaussehend, gutaussehend konnte man ihn nicht nennen, aber attraktiv – ich denke, die meisten würden ihm das zugestehen. Er war Anfang Vierzig, sah jedoch wesentlich älter aus – und dadurch in meinen zweiundzwanzigjährigen Augen nur noch attraktiver. Tiefe Furchen – richtige Schmisse – auf der Stirn und in den Wangen. Dünnes graues Haar. Und graue – blaugraue – Augen, die ungewöhnlich scharf blickten. Intelligenz: Nicht jede gescheite Person sieht auch so aus, aber er hatte das intelligenteste Gesicht, das ich je gesehen habe. Was mich außerdem bezauberte: die Liebe zu Worten, ein hervorragendes Gedächtnis, ein Gedächtnis für Details, ein Talent für Anekdoten. Mehr als alles andere liebte ich es, ihn reden zu hören, und im Gegensatz zu den anderen Männern, die ich bis dahin gekannt hatte, redete er gern, und worüber er 1973 am liebsten redete, war Vietnam. Und das war um so spannender, als ich während meiner Collegezeit mit einem Ex-GI zusammengewesen war, der sich zwar in einem Veteranenverein gegen den Krieg engagierte, aber nie mit mir über seine Zeit dort drüben sprach, kein einziges Mal.

Wenn ich sage, daß mein Journalist über Vietnam redete, dann meine ich nicht, daß er nur über den Krieg sprach. Für ihn war Vietnam zuallererst der Name eines Landes. Als Korrespondent war er viele Male dort gewesen, zum erstenmal in den fünfziger Jahren – »bevor die meisten Amerikaner auch nur davon gehört hatten«. Er hatte das Land immer geliebt, und jetzt »trauerte« er darum. Das ging über meinen Horizont. Ich verstand die

Liebe nicht, die er beschrieb, ich dachte, daß mehr dahinterstecken mußte, mehr, als er mir erzählte, vielleicht mehr, als ihm selbst klar war. Zu Hause in England hatte er eine Frau. Zugegeben, sie lebten getrennt, dennoch – war das nicht merkwürdig? – schien er Vietnam mehr zu vermissen als England, und er schien die Leute mehr zu vermissen, die er in Vietnam gekannt hatte, als seine englische Frau, seine Familie, seine Freunde. Für das, was sie diesem Land, das er so liebte, angetan hatten, haßte er die Franzosen und die Amerikaner, aber er haßte auch die Kommunisten. Obwohl er Ho Chi Minh und General Giap bewunderte, glaubte er, daß ein Sieg der Kommunisten, mit dem jeden Tag zu rechnen war, ebenso grausame Katastrophen über das Land bringen würde wie der Krieg.

Ich würde ihn besser verstehen, sagte er einmal, wenn ich sein Lieblingsbuch lesen würde, was ich sofort tat, und so wurde *Der stille Amerikaner* für eine Weile auch mein Lieblingsbuch.

Vietnam, der Norden und der Süden – er hatte das Land bereist vor der Verwüstung durch Bomben und Entlaubungsmissionen, und was er mir ausmalte, war ein Land von großer grüner Schönheit. Ortsnamen sprach er etwas anders aus, als ich es gewohnt war – und so, wie er über Vietnam sprach, hätte er auch über Italien oder Frankreich sprechen können, ein Land, das jede vernünftige Person hätte sehen oder, noch erstrebenswerter, in dem sie hätte leben wollen: großartige Landschaften, faszinierende Menschen, exzellentes Essen. Seltsam, jemanden von den sagenhaften französischen Restaurants in Nha Trang schwärmen zu hören. (»Oh, der Hummer! Der Champagner!«) Er sprach auch von Orten, deren Namen mir vertrauter waren, das Continental, das Caravelle und das Majestic – die Hotels in Saigon, in denen die Auslandskorrespondenten abstiegen. Aber wenn er davon erzählte, wie sie sich am Ende eines Tages auf der Dachterrasse eines Hotels trafen und Cocktails tranken – mit Panoramablick auf Leuchtspurgeschosse und Granatenexplosionen –, hätte er genausogut über Martinis auf dem Mond reden können.

Ja, mein Bild von Saigon als Hölle – dreckig, chaotisch, korrupt, gefährlich – war korrekt, aber: »Stell dir weiße Villen, grüne Palmen und Sampans auf blauem Wasser vor.« Das Paris des Orients – viel davon während der Tet-Offensive zerstört – hatte im Stil des echten Paris mit Bäumen gesäumte Avenuen, einen Fluß, Brücken und Parks, einen botanischen Garten, ein Chinesenviertel, einen Zoo. Er ging gern in den Zoo von Saigon. Er mochte Tiere, und er trauerte noch um die geringsten der Tiere von Vietnam: die Hühner, Enten und Schweine, die routinemäßig geschlachtet wurden in der routinemäßigen Zerstörung der Dörfer; die Wasserbüffel, die von Minen zerrissen wurden; die Tiger, Elefanten, Affen und Vögel (manche davon sehr seltene Arten), die B-52-Angriffen und den Herbiziden zum Opfer fielen; die Tiere im Zoo, verwundet, verhungernd, gezwungen, ihre eigenen Artgenossen zu fressen. Eine schreckliche Geschichte über eine an Napalm zugrunde gehende Kreatur – ich weiß nicht mehr, was für ein Tier es war –, die plötzlich irgendwo auftauchte – »niemand konnte sich ihr nähern« (Heckenschützen, Ausgangssperre) – und ewig brauchte, um zu sterben.

Im Lauf der Jahre hatte er mit vielen Vietnamesen Freundschaft geschlossen, zu einigen von ihnen hielt er Kontakt und hoffte, sie wiederzusehen. Er sorgte sich um die, die er aus den Augen verloren hatte. Er sorgte sich um das Schicksal aller Menschen, auch um die, die er nicht kannte. Ein freundliches, stoisches Volk, so beschrieb er mir die Vietnamesen, familienorientiert und im allgemeinen gutgelaunt und unerschrocken. Es erstaunte ihn, wie viele von denen, die er kannte, es geschafft hatten, gutgelaunt und unerschrocken zu bleiben, obwohl sie so viel hatten durchmachen müssen. (Er wußte von keiner einzigen Familie ohne Kriegsopfer; wenn ein Vietnamese zum Militärdienst eingezogen wurde, ging man davon aus, daß er nicht nach Hause zurückkehren würde.) Dieser Stoizismus war für ihn ein Zeichen, daß die Vietnamesen ein von Natur aus wertvolles Volk waren. (Er hatte keinerlei Probleme mit der Vorstellung, daß manche Völker von Natur aus wertvoller waren als andere.) Unter den Amerikanern, sagte er, kursierte dort drüben ein Spruch (er kursierte auch hier): Ein amerikanischer Soldat war zwei oder drei Vietnamesen wert. Aber seiner Ansicht nach war es genau umgekehrt, und er meinte, daß ein Vietnamese so viel wert war wie ein Dutzend Amerikaner. (»Außerdem sehen sie viel besser aus.«) Seine Erfahrungen mit

Amerikanern beschränkten sich bislang überwiegend auf das Militär und die akademische Welt, und anhand dieser zwei Gruppen hatte er sich eine ziemlich schlechte Meinung von uns gebildet. Es war ihm schwergefallen, sich in Gesellschaft amerikanischer Soldaten aufzuhalten. In der Rue Tu Do in Saigon hatte er beobachtet, wie ein GI einen sechs- oder siebenjährigen Taschendieb packte und dem Kind langsam und vorsätzlich – und unter dem lauten Gejohle seiner Freunde – alle zehn Finger, die Handgelenke und die Arme brach. (Ich fragte ihn nicht, warum er nicht versucht hatte einzugreifen, wenn es so langsam vor sich ging.)

Er hatte noch mehr Horrorgeschichten auf Lager, aber die meisten Geschichten handelten von dem anderen Vietnam. Geheimnisvoll und schön entstand es vor meinen Augen: Hochland, Dschungel, Küste. Land spektakulärer Sonnenaufgänge und noch spektakulärerer Sonnenuntergänge. Land der Lächelnden und Unerschrockenen. Runde freundliche Gesichter unter dreieckigen Hüten. Liebevolle Familien, die gemeinsam auf grünen Reisfeldern arbeiteten, sich rhythmisch vorbeugten und wieder aufrichteten. Harte Arbeit, leichte Herzen, helles Gelächter unter einer strahlenden Sonne …

Diese Geschichten erweckten in mir die intensivste romantische Sehnsucht.

Wir beide, wie wir Hummer aßen und Champagner tranken in einem Restaurant mit Blick auf das Südchinesische Meer. Ich konnte mir vorstellen, daß es eines Tages möglich sein würde, er nicht. Zum einen waren die meisten dieser Restaurants in die Luft geflogen. O ja, der Krieg würde zu Ende gehen, und zwar bald. Aber das neue Vietnam wäre kein Ort für Touristen – zumindest nicht in naher Zukunft. Wahrscheinlich nicht mehr zu unseren Lebzeiten, dachte er. Falsch! Es dauerte nicht einmal eine Generation. Ich würde das durchaus nahe Zukunft nennen. Für mich vergingen diese Jahre wie ein Lidschlag …

Falsch und nicht falsch, da er selbst diese Jahre nicht überleben sollte.

Zu Beginn telefonierten wir viel – wir verbrachten wesentlich mehr Zeit am Telefon, als daß wir uns sahen. Wenn ich mich an seine Stimme erinnere, erinnere ich mich an zwei Geräusche, die sie immer begleiteten: das Entfachen von Streichhölzern und das Klimpern von Eiswürfeln in einem Glas. Ganze Zigarettenschachteln, ganze Whiskeyflaschen wurden während dieser Gespräche konsumiert. (Bei mir waren es Zigaretten und Diät-Limonade.) Wir sprachen oft bis tief in die Nacht – einmal bis zum Morgen. Ich erinnere mich, daß die Vögel im Riverside Park zwitscherten und es im Zimmer hell blieb, als ich auflegte und das Licht ausmachte. Ich erinnere mich, daß ich im Bett lag und zusah, wie sich der Raum mit Sonnenlicht füllte, daß ich erschöpft, aber unfähig war, zu schlafen, mein Kopf voller verrückter Phantasien von Flitterwochen in Vietnam (Hummer und Champagner und das Südchinesische Meer), und mir endlich eingestand, daß ich mich in einen Mann verliebt hatte, der doppelt so alt war wie ich und verheiratet, der Amerikaner haßte und nicht in mich verliebt war, und daß die Tränen, die mir aus den Augen und in die Ohren liefen – mein Nachbar unter mir war aufgestanden und hatte Roberta Flack aufgelegt (»Killing Me Softly«) –, dem Leiden galten, das ich auf mich zukommen sah. Denn ich hatte zwar noch nie in einem sagenhaften französischen Restaurant gegessen, aber ich hatte einige französische Filme gesehen.

Wir lernten uns im Winter kennen. Wenn wir uns trafen und das Wetter nicht zu windig oder zu kalt war, gingen wir über den Campus oder durch den Park. Er mochte die Kneipen in der Gegend nicht, zu viele Studenten – er hielt sich nicht gern in ihrer Gegenwart auf. Ihre Jugendlichkeit, ihre Rowdyhaftigkeit, wenn sie ein, zwei Bier getrunken hatten, und vor allem ihre Sprache – *Dieser Scheißtyp hatte seinen beschissenen Verstand verloren, Mann!* – erinnerten ihn an die verhaßten GIs. Wir vermieden es auch, in unsere Wohnungen zu gehen. Ich war zu schüchtern, um ihn zu mir einzuladen – dort ging es zu wie in einem Studentenheim, ich hatte drei Mitbewohnerinnen und kaum Rückzugsmöglichkeiten. Und er – ich vermute, er versuchte, anständig zu bleiben. Dann kam der Frühling. *(Frühling!)* Bald würde er nach England zurückkehren.

Unsere Telefongespräche wurden dringlicher, es fiel uns immer schwerer aufzulegen, es war jedesmal eine Erinnerung an den bevorstehenden großen Abschied (»Every time we say good-bye …«). Jedesmal ein kleiner Tod.

Wir begannen uns jeden Tag zu sehen.

L'heure bleue im Riverside Park. Wir haben zugesehen, wie sich die Sonne im Hudson auflöste. Der erste Kuß. Ein langer Kuß. Ein großer Tod.

Das Gesicht, das ich liebe, sieht in natürlichem Licht noch älter aus, die Schmisse sind tiefer, das Haar ist nahezu weiß. Die Augen sind so scharf und klug wie immer, aber blutunterlaufen, immer blutunterlaufen.

Was – ist dir kalt?

Nein, nicht kalt. Eine unaussprechliche Ahnung.

Eines Abends, nachdem wir Stunden telefoniert haben, seufzen wir und legen auf. Ich liege gerade im Bett, als das Telefon erneut klingelt. Verzeih mir ich brauche dich ich kann es nicht ändern willst du nicht zu mir kommen. Die Stimme, die ich liebe, zittert. *Und ich ebenfalls zitternd springe auf ziehe Mantel und Stiefel an laufe die Treppe hinunter die dunkle Straße entlang in sein Haus die Treppe hinauf durch die Tür werfe den Mantel ab bin nackt bis auf die Stiefel seine Arme oh seine Arme –*

Als es nur noch zwei Wochen waren, zog ich zu ihm. Es war der Zustand seiner Wohnung, der mich aufrüttelte. Der Dreck in den Zimmern. Die vielen leeren Flaschen. Die vielen *zerbrochenen* Flaschen. In Saigon, erzählte er, hatte er häufig eine Opiumhöhle in Cholon, dem chinesischen Viertel, aufgesucht, aber er war geheilt worden von einem Akupunkteur, den er ganz in der Nähe der Opiumhöhle entdeckte. Seine einzige Droge war jetzt Pot. Er rauchte jeden Tag etwas, für gewöhnlich früh am Tag, und ab einer bestimmten Uhrzeit trank er.

Alkoholbedingter Stupor, Stupor der Verzweiflung – ich wußte nicht, wo der eine aufhörte und der andere begann. Ich wußte nur, daß er tief drinsteckte. Die Liebe machte mich nicht völlig blind. Die meisten Tage schien er kaum zu wissen, was er mit sich anfangen sollte. Eigentlich wollte er ein Buch schreiben – Auszüge davon wurden in der Zeitschrift veröffentlicht –, aber in diesem Jahr schrieb er kaum etwas, und er sollte dieses Buch nie beenden – auch kein anderes. Den Lehrauftrag hatte er mehr oder weniger aus Verzweiflung angenommen. Zwischen ihm und dem Lektor seines Buchs war etwas schiefgelaufen, er wollte weg von England, und er brauchte das Geld. Ich ging zu manchen seiner Vorlesungen, und trotz seines großen Talents als Geschichtenerzähler stammelte er am Rednerpult, leierte er seinen Vortrag herunter. Ich sah, daß sich ein paar Studenten angrinsten, und mir brannte das Gesicht.

Der Akupunkteur hatte ihn nicht geheilt. Er starb ein paar Jahre später an einer Überdosis Heroin, die, wie einige behaupteten, nur aussah wie ein Unfall.

Zu dieser Zeit hatten wir keinen Kontakt mehr – trotz der vielen feierlichen, atemlosen Versprechen der letzten zwei Wochen hörte ich nach seinem Fortgang nie wieder von ihm, kein Wort.

Kaum war er nach England abgereist, nahm mich eine Redakteurin der Zeitschrift beiseite: Er und seine Frau waren nicht *wirklich* getrennt.

Ich hörte auch, daß er vor seinem Tod seine Erinnerungen an Vietnam niederschrieb. Ich glaube, er war noch einmal dort, aber ich bin nicht sicher. Ich hoffe es.

Der stille Amerikaner. Ich las das Buch, weil er es wollte, und anschließend dachte ich, daß ich, wenn schon nicht die Lösung des Rätsels, so doch einen wichtigen Hinweis darauf gefunden hatte.

Thomas Fowler, britischer Reporter in Vietnam, antiamerikanisch, seiner Frau entfremdet, heimgesucht von melancholischen Anfällen, Opiumraucher – tja, es fehlte, wie mir schien, nur eine Parallele – lag sie nicht auf der Hand? *Sie sehen viel besser aus* – er sagte immer, was für ein gutaussehendes Volk die Vietnamesen, wie schön die Frauen seien. Aber es mußte eine bestimmte gegeben haben, eine, die er nicht vergessen konnte. Er hatte sich dort drüben verliebt – seine leidenschaftliche Sehnsucht drehte sich in Wirklichkeit um sie. Wie Thomas Fowler hatte er eine Geliebte gehabt, eine Geliebte wie Phuong.

Er leugnete es. Ja, er war ungeheuer amüsiert von meiner Logik – oder er gab vor, es zu sein. Es habe keine Phuong gegeben, versicherte er mir und lachte. Im wirklichen Leben passierten die Dinge nicht so wie in Romanen. Aber ich glaubte ihm nicht. Sie existierte. Und nichts fiel mir leichter, als sie mir vorzustellen, gekleidet in einen sexy *ao dai*. Oder nackt, ihr langes schwarzes Haar ausgebreitet auf dem Kopfkissen. Ich sah ihre schmalen Hände vor mir, die dünnen Handgelenke, die lackierten ovalen Fingernägel, als sie seine Opiumpfeife vorbereitete. Sehr jung – jünger noch als ich – und tausendmal hübscher …

Die einzige Vietnamesin, die ich kannte, war zufälligerweise auch eine junge Frau, ihr Name reimte sich auf Phuong, und sie war meine Tante. Fünf Jahre zuvor hatte der Bruder meiner Mutter, ein Feldwebel, sie und ihren gemeinsamen kleinen Sohn nach Amerika geholt, und eine Zeitlang lebten wir alle zusammen in unserer Wohnung im Sozialbaugebiet, meine Eltern, meine zwei Schwestern, ich, mein Onkel und seine Frau, die zum zweitenmal schwanger war, und ihr Sohn. Mein Onkel hatte Vietnamesisch gelernt, aber das Englisch meiner Tante war noch nicht so gut, daß wir sie wirklich kennenlernen konnten. Ja, ich sollte sie nie wirklich kennenlernen. Wenn ich von der Schule nach Hause kam, saß sie vor dem Fernseher, Stäbchen in der einen Hand, eine Schale mit scharfen Chilischoten in der anderen. Als ich ein bißchen von dem probierte, was sie mir anbot, bekam ich sofort eine Blase auf der Zunge. Ich traute mich nicht zu schlucken. Sie lachte. »Für dich wie essen Napalm, ja?« Ja. Und während sie verwundert eine amerikanische Seifenoper ansah, sah ich sie verwundert an, bis sie die letzte Chilischote gegessen hatte. Obwohl sie schwanger war, konnte sie in der Hocke auf dem Rand der Badewanne sitzen, sich vorbeugen, ohne das Gleichgewicht zu verlieren, und ihr noch nie geschnittenes Haar waschen. Wenn sie mit ihrem kleinen Jungen zufrieden war, hielt sie den Daumen hoch: »Du Sohn Nummer eins!« Sie manikürte mir die Nägel. Wir sprachen nicht viel, kicherten jedoch um so mehr: zwei Teenager. Sie schenkte mir einen *ao dai*, den sie von

Handvoll kann von dem leben, was sie verkaufen. Der Rest muß kämpfen, so wie Künstler immer kämpfen mußten, aber die Symptome dieses Kampfes sind wundersamerweise nicht zu sehen. Rouenna gegenüber meinte ich, daß viele von ihnen wahrscheinlich nachts arbeiten. Aber das war natürlich gelogen. Ich kenne die angesagten kleinen Bars und Clubs hier und in Manhattan, wo man sie nachts trifft. Das ist eine Welt, die ich ziemlich gut kenne. Es ist G.s Welt.

Einmal, in derselben Straße, aber in einem anderen Restaurant, als ich auch an einem Tisch am Fenster saß, nicht allein, sondern mit Rouenna, sah ich jemanden, den ich zwar nicht persönlich, jedoch von Fotos kannte: Maya Lin. Ich machte Rouenna auf sie aufmerksam. Verständnisloser Blick. Ich schüttelte ungläubig den Kopf. »Die Frau, die das Denkmal entworfen hat?« Rouenna sah sie noch kurz, bevor sie außer Sichtweite war. Ihre blauen Augen wurden groß. Jetzt war sie an der Reihe, ungläubig den Kopf zu schütteln. »Du meinst, sie haben ein Schlitzauge das machen lassen?«

Während ich Kaffee trinke, nehme ich die Zeitung zur Hand, die ich im Fähren-Terminal gekauft habe, und überfliege den Leitartikel. Das ewige Thema der Mülldeponie. Der Schaden, den sie dem Ruf von Staten Island zugefügt hat … die Krebserkrankungen, für die sie möglicherweise verantwortlich ist … wird die Stadt ihr Versprechen halten und sie zu Beginn des nächsten Jahrhunderts endgültig schließen?

zu Hause mitgebracht hatte – eine enge türkisfarbene Tunika, eine weite weiße Hose. Wir waren damals ungefähr gleich groß, aber ich habe ihn nie getragen – wo hätte ich ihn tragen sollen? Aber ich wünschte, ich wüßte, was daraus geworden ist.

Jetzt weiß ich nicht mehr, ob ich meine eigene Geschichte von dem Journalisten und der vietnamesischen Liebe seines Lebens glauben soll.

Als ich von seinem Tod erfuhr, weinte ich, aber die Tränen waren zumindest teilweise Tränen der Frustration (das exquisite Leiden, das ich vorausgesehen hatte, trat nie ein) – ich verstand nicht, warum ich nicht mehr empfand. Aber in diesem Alter ist ein Jahr eine Ewigkeit – fast nichts mehr in meinem Leben war so wie zu der Zeit, als wir uns kennenlernten, und ich dachte nicht mehr oft an ihn, an uns.

Eine meiner Mitbewohnerinnen war überaus aktiv in der Frauenbewegung, die damals auf ihrem Höhepunkt war. Ich hatte Graham Greenes Buch herumliegen lassen, sie fand es, las es und verkündete, daß sich ihr davon *der Magen umdrehte*. Sie meinte selbstverständlich Phuong: Fowlers vietnamesische Geliebte, sein zwitschernder Vogel. Passiv, kindlich, bescheiden, schweigsam, immer dienstbereit, interessiert nur an Mode, Klatschgeschichten über Mitglieder der königlichen Familie, daran, einen Ehemann zu ergattern, ihrem Liebhaber zu gefallen. »Die Quintessenz männlicher Phantasie: Hure für nur einen Mann.« Alles, wogegen meine Mitbewohnerin kämpfte. »Und du –

du solltest auch kämpfen, statt herumzuliegen und diesem älteren verheirateten sexy Mann nachzutrauern.« Sie war ihm nie begegnet, aber sie haßte ihn aus ganzem Herzen. »Du hast nichts von ihm gehört, stimmt's? Und das überrascht dich? Du warst kein menschliches Wesen für ihn, Schwester, du warst nur ein weiterer kleiner Leckerbissen auf dem Teller dieses Schweins.« Ihr gefiel nur die Stelle des Buchs, wo Fowler mit einer Prostituierten ins Bett geht und keinen hochkriegt.

Ich habe noch immer die alte zerfledderte Taschenbuchausgabe, mit einer Kerbe im Buchrücken, weil meine Mitbewohnerin sie durchs Zimmer schleuderte. Ich nehme sie aus dem Regal. Ein kurzes Buch, leicht zu lesen auf der langen Zugfahrt zurück nach Massachusetts. Guter Lesestoff – ein Krimi, eine Geschichte von Liebe und Krieg. Wieder zwitschert Phuong, Fowler kämpft mit der Versuchung, sich umbringen zu lassen, und Alden Pyle, der berühmteste Amerikaner der englischen Literatur, wird getötet – nichts davon wirkt sonderlich überzeugend, zumindest nicht auf mich, nicht dieses Mal. Ich erinnere mich, daß ich hingerissen war, als ich das Buch zum erstenmal las, und es nach der letzten Seite mit einem tiefen Seufzer zuschlug. Jetzt erwachen weder Phuong noch Pyle, nicht einmal Fowler, der Erzähler und Protagonist, wirklich zum Leben. Sie sind wie Menschen, von denen man gehört hat, und nicht wie Menschen, die man selbst kennt, und bei den besten Büchern hat der Leser immer das Gefühl, daß er die Charaktere kennt, und zwar durch und durch wie im wirklichen Leben. Es ist der Krieg der Amerikaner, der dem Buch Breite, Resonanz und Komplexität verleiht, die es sonst nicht hätte. Es ist der Krieg der Amerikaner – der zum Zeitpunkt, als das Buch geschrieben wurde, noch bevorstand –, der es zum Klassiker machte, zu einem der wichtigsten Bücher, die bis zum heutigen Tag über Vietnam geschrieben wurden. Als ich es im Zug wieder lese, frage ich mich unwillkürlich, was Rouenna davon gehalten hätte. Ich frage mich, was meine Tante – die jetzt eine Großmutter ist und auch in New Jersey lebt – davon halten würde.

Und beim erneuten Lesen entdecke ich: Einzelheiten, von denen ich seit Jahren glaubte, daß sie aus den Geschichten stammten, die der Journalist erzählte, stammen tatsächlich aus Greenes Buch.

Graham Greene, britischer Reporter in Vietnam, antiamerikanisch, seiner Frau entfremdet, heimgesucht von melancholischen Anfällen, Opiumraucher …

»Die Straße entlang kamen die schönen schlanken Gestalten – die Hosen aus weißer Seide, die langen engen Jacken mit pink- oder mauvefarbenen Mustern und bis zur Hüfte geschlitzt.« So Fowler, der in der Bar des Hotel Continental auf die Rue Catinat hinaussieht, die Straße, die nach der Niederlage der Franzosen in Tu Do (»Freiheit«) umbenannt wurde – die gleiche Straße, in der der GI die winzigen Knochen des Taschendiebs brach – und nach der Niederlage der Amerikaner in Dong Khoi (»Revolution«). Stets, unter welchem Namen auch immer, eine belebte Straße voller Bars, Hotels, Cafés, Restaurants, Läden und Ausländer.

Rouenna erzählte ich nie von dem Journalisten, aber manchmal, wenn wir uns unterhielten, dachte ich an ihn. Obwohl sie völlig unterschiedliche Erfahrungen in Vietnam gemacht hatten – so unterschiedlich, daß es genausogut zwei verschiedene Länder hätten sein können –, hörte ich doch mitunter ein Echo heraus. »Vietnam war das Größte, was mir je passiert ist.« Beide gebrauchten mir gegenüber die gleichen Worte. Beide schilderten, wie glücklich sie in Vietnam gewesen waren und daß sie trotz der Schrecken und Gefahren des Kriegs am liebsten sofort wieder zurückgegangen wären.

»Ich betrachtete sie mit der Wehmut, von der ich wußte, daß ich sie verspüren würde, wenn ich dieses Land für immer verlassen hätte«, fährt Fowler fort. Und später im Buch spricht er die berühmte verträumte Vorhersage aus, »daß es in fünfhundert Jahren New York oder London vielleicht nicht mehr geben wird, aber auf diesen Feldern werden sie noch Reis anbauen, und sie werden mit ihren spitzen Hüten auf dem Kopf ihre Erzeugnisse an langen Stangen zum Markt tragen.«

Lange nachdem der Journalist von New York nach London zurückgekehrt war, nachdem, was immer ich für ihn empfunden hatte, ebenso gestorben war wie er und ich ihn nahezu vergessen hatte, erfüllte mich der Anblick dieser spitzen Hüte gelegentlich immer noch mit romantischen Gefühlen.

Während ich fort war, ist ein großer Umschlag mit der Post gekommen. Mein Herz schlägt schneller, als ich sehe, daß er von Rouennas Mutter ist. Als Antwort auf meine Bitte hat sie mir mehrere Fotos geschickt, vorwiegend Schnappschüsse, manche schwarzweiß, ein paar in Farbe. Nur eins der Fotos ist neu: Rouenna, so, wie ich mich an sie erinnere, nur mit längerem, etwas vollerem Haar. Sie trägt ein Sweatshirt, das ich kenne, und obwohl sie sitzt, erinnert mich die Art, wie sie das Foto ausfüllt, an die Art, wie sie die Tür ihrer Wohnung ausfüllte, als ich sie zum erstenmal sah. Ein breites Lächeln. Alle anderen Fotos wurden vor vielen Jahren aufgenommen, und wenn ihre Augen nicht wären, würde ich Rouenna vielleicht nicht wiedererkennen. Auf dem frühesten Foto hält sie ein Baby, vermutlich den jüngeren ihrer zwei Brüder. Das Baby – riesig in den Armen des kleinen Mädchens – ist in ein weißes Tuch gewickelt, und weil seine Augen in einem hellen Polaroid-Rot erstrahlen, sieht es (schrecklicherweise, lächerlicherweise) so aus, als würde Rouenna einen großen weißen Hasen mit einer menschlichen Schnauze halten. Im Hintergrund mit Lametta behängte Äste eines Weihnachtsbaums und – wieder schlägt mein Herz schneller – ein Stück des Linoleums, das auf dem Boden aller Sozialwohnungen lag. Es sind ein paar Aufnahmen aus der Schulzeit dabei, ein Foto von der Erstkommunion, ein verschwommenes Bild eines Mädchens mit Engelsflügeln und einem verrutschten Heiligenschein. Ganz in Rosa am Senior Day – einen Moment lang glaube ich, daß Rouenna einen Turban trägt, aber nein, es ist ihr eigenes toupiertes Haar. Toupiertes Haar, Rock mit Petticoat darunter, falsche Perlen, kurze weiße Handschuhe. Ihre Schwesternuniform *liegt an* wie ein kurzer weißer Handschuh. (»Was hätte schlimmer sein können? Für einen Job, der so verdammt dreckig ist und so großen körperlichen Einsatz erfordert, ein enger weißer Kittel, weiße Strümpfe, weiße Schuhe. Damals mußte natürlich jedes anständige Mädchen einen Hüfthalter tragen, gleichgültig, wie schlank sie war. Krankenschwestern wurde gesagt, daß Hüfthalter gut sind, weil sie den Rücken stützen. Dann hätte natürlich auch jeder Arzt einen tragen sollen. Aber ich habe mich damit immer gefühlt, als hätte ich Verstopfung. Ich kann dir gar nicht sagen, wie oft mir trotz Hüfthalter eine Naht gerissen ist, wenn ich einen Patienten umgedreht oder ein Bett abgezogen habe. In Vietnam habe ich Gott sei Dank in Hosen arbeiten können. Auf dem Hinflug hatte ich unter meiner Uniform einen Hüfthalter an, aber das war das letzte Mal. Die Befreiung von diesem Kleidungsstück ist eins der Dinge, die ich mit Vietnam in Verbindung bringe.«)

Zwei Fotos aus der Zeit beim Militär. Auf einem trägt sie die große Dienstuniform mit Rock, ihr Lächeln ist so übertrieben, daß es spöttisch wirkt, mit dem Daumen lenkt sie die Aufmerksamkeit auf ihre militärischen Abzeichen als Leutnant. Das war noch in Amerika. Sie sollte erst in Vietnam zum Oberleutnant befördert werden. (»Rang – das bedeutete nicht viel, im Krieg wird man schnell befördert. Ich erinnere mich, daß an einer Mauer des Flughafens von Saigon stand: *Wenn der Krieg die Hölle ist, dann zum Teufel mit der Beförderung.* Alle Militärkrankenschwestern waren Offiziere, aber die Männer kümmerte das einen Dreck. Du warst immer noch eine Frau und nicht jemand, von dem sie Befehle entgegennahmen. Und manche hatten eine wirklich widerliche Einstellung Frauen beim Militär gegenüber, sie glaubten, daß wir nebenher als Huren arbeiteten. Als ob wir dafür zum Militär gehen, um die halbe Welt fliegen und drei Schichten bis zum Hals in der Scheiße unter Raketenbeschuß arbeiten hätten müssen – ich sage dir, manche Typen waren echt strohdumm. Das waren die gleichen strohdummen Jungs, die fest daran glaubten, daß in jedem Bordell Vietcong mit Rasierklingen in der Vagina auf sie warteten. Ich hatte es so satt, diese Geschichten zu hören – als ob es nicht genügend echte Möglichkeiten gegeben hätte, ihren Schwanz in Vietnam zu verlieren. Gott sei Dank waren nicht alle Männer so. Aber vor denen, die diese Geschichten glaubten, mußte man auf der Hut sein. Von denen konnte man kriegen, worauf man ihrer Ansicht nach aus war. Für uns war es nicht ganz so schlimm wie für die anderen Frauen, die nicht beim Militär waren, sondern mit der USO oder als Freiwillige mit dem Roten Kreuz rüberkamen, die Doughnut-Dollies. Diese Mädchen wurden regelrecht durch den Dreck gezogen. Eine Menge Leute glaubte einfach, daß Frauen nur aus einem Grund nach Vietnam wollten.«) Und nicht nur Männer hatten eine negative Einstellung. Rouenna fand bittere Worte für die Stewardessen auf dem Flug nach Übersee. »Ich war die einzige Frau unter zweihundert Männern in diesem Flugzeug. Man hätte meinen können, ich würde herausstechen, aber nein, nicht für diese Tussis. Für die war ich unsichtbar.«

Manche Armeeärzte waren grundsätzlich gegen Frauen im Kampfgebiet. »Sie wollten nur männliche Krankenschwestern. Ich erinnere mich an diesen einen Arzt, der genauso dachte und es immer wieder an mir ausließ. Da steh ich und klaube Maden aus dem Loch, das früher der Hintern von einem Jungen war, und dieser Arzt motzt herum, daß wir Frauen nicht hierhergehören – als hätten diese verlogenen Rekrutierungsoffiziere uns Frauen nicht erzählt, daß keine Krankenschwester in Vietnam enden würde, außer sie würde sich freiwillig melden. Ich ließ mir nichts anmerken, aber in mir kochte und brodelte es wie in dieser Wunde, die ich zu säubern versuchte. Der Arzt trank zwischendurch immer wieder einen Schluck aus einer Dose Cola, und irgendwann mußte er sie wegstellen und zum nächsten Bett gehen, und mir kam die Idee, daß ich ein, zwei Maden in die Dose tun könnte. Schau mich nicht so an. Ich spreche von einem echten Dreckskerl. Er war ein schlechter Arzt, der seiner Aufgabe nicht gewachsen war. Wir nannten ihn Doktor Do Little. Er gab immer viel zu schnell auf – bei Kerlen, die wirklich übel zugerichtet waren, aber vielleicht trotzdem noch eine winzige Chance gehabt hätten. Die Krankenschwestern und die Sanitäter – wir alle haßten ihn. In dem

Lazarett waren zwei von der Sorte, einer schlimmer als der andere, und wir nannten sie Doktor Do Little und Doktor Do Less.

Aber Doktor Do Little war eine Ausnahme. Die meisten Ärzte waren überglücklich, wenn sie ein paar weiße Frauen um sich hatten. Obwohl viele von ihnen zu Hause verheiratet waren, schliefen sich diese Ärzte, wie Ärzte überall, gern durch die Betten. Sie waren genauso großzügig mit der Pille wie mit dem Dexedrin – es war wie mit den Schokoeiern an Ostern, man mußte bloß die Hand aufhalten –, und wenn eine der Krankenschwestern schwanger wurde, wußten alle, daß es vorsätzlich passiert war, und auch, warum. Es war das weibliche Gegenstück zum Schuß in den Fuß oder in die Hand, was im Lauf des Kriegs immer häufiger vorkam. Ich hatte noch während der Ausbildung zu Hause ein oder zwei solche Fälle gesehen – Fälle von Männern, die sich selbst verstümmelt hatten, manchmal ziemlich schwer. Da war dieser Junge, der seinen Freund gebeten hatte, mit dem Jeep über ihn drüberzufahren. Beide Beine zerquetscht – mußten beide amputiert werden! Er sah auch nicht anders aus als die Veteranen in den anderen Betten! Ich sagte: Himmel, Soldat, da hättest du genausogut rübergehen und kämpfen können, dann hättest du deinem Freund die Schuldgefühle und dir selbst die Schande erspart. Wie gesagt, manche von diesen Typen waren wirklich *strohdumm*. Als ich aus Vietnam wieder abgezogen wurde, füllten sich die Lazarette mit Männern, die sich selbst verstümmelt hatten, und

Drückebergern aller Art, Männer, die fast alles taten, um nicht ins Kampfgebiet zu müssen. Am schlimmsten waren die, die vortäuschten, wahnsinnig zu sein. Sie hatten alle die gleiche Folge von *Hoppla Lucy* gesehen – du weißt schon: *Wo bin ich? Wer bin ich?* Man wußte nicht, wo man hinsehen sollte. Am Anfang hielt ich nichts von diesen Männern, ich konnte mit dieser Sorte nichts anfangen und noch weniger mit Kerlen, die sich vor der Einziehung drückten – über diese Typen will ich gar nicht erst reden! –, aber dann habe ich meine Meinung geändert. Ich will ehrlich sein, es gab Zeiten, da habe auch ich daran gedacht, schwanger zu werden oder Wahnsinn zu simulieren. Wir haben alle daran gedacht.«

Auf dem anderen Foto trägt Rouenna ihre geliebte Hose, einen Helm und eine Flakjacke, als wäre sie auf dem Weg in den Luftschutzbunker, aber sie grinst und schwenkt eine Flasche Johnnie Walker Red, und oben auf dem Foto steht *Schnaps im Schuppen!* Sie erinnerte sich gern an die Partys, auf denen sie gewesen war, die Bierpartys und die Potpartys und die Grillpartys, auf denen man Heimweh kriegte. (»Habe ich dir von den Marines erzählt, die einen Büffel zum Stützpunkt zerrten und versuchten, ihn am Spieß zu braten?« Wann immer sie sich daran erinnerte, lachte sie Tränen.) »Wenn man auf einer Party ist, und da sind vielleicht nur zwei, drei Mädchen unter den vielen Männern, dann glaubst du leicht, daß du schön bist. Auch das hat mir an Vietnam gefallen.« Das einzige Mal in ihrem Leben, daß sie sich als schön empfand. »Natürlich war es verboten, aber die meisten Krankenschwestern, die sich mit einem Soldaten treffen wollten, taten es einfach. Manchmal mußten sie dafür herbe Kritik einstekken – von Berufsoffizieren zum Beispiel. Aber im allgemeinen ließ man vieles durchgehen. Manche Frauen hatten die gleiche Einstellung wie die Männer: Was konnten sie einem schon anhaben? Sie waren ja schließlich schon *in* Vietnam.«

Und noch etwas Angenehmes: »Man konnte essen wie ein Schwein und nahm nicht zu, weil wir so lange auf den Beinen waren, plus die vielen Aufputschmittel, die wir während einer Offensive schluckten.« Eine beständige Diät aus gegrillten Steaks, Scotch und Eiscreme aus Milchpulver.

Essen. »Manchmal saßen wir in der Messe und redeten über das Essen, das wir am meisten vermißten. Alle sagten, was sie als erstes verschlingen würden, kaum wären sie zurück in der Welt. Eine Menge Leute wollten einen Big Mac. Andere nannten Lasagne oder einen frischen Maiskolben oder eine große Portion von einem Lieblingsgericht, das ihre Mutter oder ihre Freundin kochte. Bei mir war es immer eine Tomate. Eine große, dicke rote Jersey-Tomate, wie wir sie früher am Stand kauften. Eine schöne frische Tomate mit viel Salz. Ich dachte so intensiv daran, daß ich den Saft auf mein Kinn tropfen spürte. Ich hätte hundert dicke Steaks für eine Tomate gegeben.«

Da sich dieses Foto im Besitz ihrer Mutter befand, denke ich, daß sie es aus Übersee schickte, zusammen mit einem Brief – obwohl Rouenna mir erzählte, daß sie in diesem Jahr nicht viele Briefe schrieb. Es ist längst nicht das älteste Foto, trotzdem ist es das abgegriffenste, es hat Eselsohren und Knicke, als wäre es oft in die Hand genommen worden. Oder es kam schon so mit der Post (falls es mit der Post kam): abgenutzt. Wenn ich Rouenna gewesen wäre, hätte ich dieses Foto nicht hergegeben. Ich hätte es behalten. Ich hätte gut darauf aufgepaßt, hätte mir zumindest überlegt, ob ich es vergrößern und rahmen lassen sollte. Obwohl man sie auf den ersten Blick leicht mit einem GI verwechseln konnte, bezweifle ich, daß Rouenna je besser ausgesehen hat. Oder vielleicht war es genau das, was sie nicht wollte: daran erinnert zu werden, wieviel besser sie damals ausgesehen hat. Wie dünn sie war. Das Gesicht so schmal, daß die Augen hervorstachen. Diese großen blauen Augen. Ein breites Lächeln – Rouenna scheint immer gern für die Kameras gelächelt zu haben.

Schnaps im Schuppen. »Ich war jederzeit bereit für eine Party.«

Sie sagte: »Sogar im Krieg gab es Möglichkeiten, sich zu amüsieren.«

Nachdem ich alle Fotos mehrmals betrachtet habe, nachdem ich mich, obwohl mein Magen knurrt, eine ganze Stunde lang von ihnen habe entführen lassen, mache ich mir etwas zu essen. Während die Suppe heiß wird, versuche ich herauszufinden, was mich stört. *Ein Leben in Bildern* – der Satz hallt wider, als wolle er mich verspotten.

In jedem Haus, an jedem Ort, an dem Alben aufbewahrt werden, findet man Bilder wie diese – Fotos, die im Urlaub oder zu besonderen Gelegenheiten aufgenommen wurden –, eine Familie ohne so eine Sammlung wäre merkwürdig. Häufig sind diese Fotos von schlechter Qualität, unscharf, über- oder unterbelichtet, meist ein seltsames Licht und Schatten und Hasenaugen. Für gewöhnlich stand die Person, die das Foto aufnahm, entweder zu nahe am Objekt oder zu weit weg davon. Ja, daß Familienfotos so schlecht sind, ist ihr vertrautestes Charakteristikum und dafür verantwortlich, daß sie einander so gleichen.

Ich schöpfe Suppe in eine Schale, blicke auf und sehe, wie die Fotos daliegen; ich habe sie in Reihen auf den Tisch gelegt – wie Tarotkarten. Nur daß in diesem Fall nicht eine Zukunft darauf wartet, gelesen zu werden, sondern eine Vergangenheit. Und als ich mich mit der Schale und dem Löffel an den Tisch setze, sacke ich vor Hoffnungslosigkeit ein wenig zusammen – es ist, als wäre ein Bann gebrochen und die Vergeblichkeit meines Unterfangens nicht mehr zu übersehen.

Roro. Ein großes, kräftiges Mädchen mit schmutzigblondem Haar. So habe ich sie beschrieben, aber sie ist nicht hier, sie ist nicht auf den Fotos, die auf dem Tisch liegen. Das nackte rosahäutige Geschöpf, das kreischend in meinem Kopf herumrennt –

Fotze!

Ich esse, ohne nachzudenken, einen Löffel Suppe, bevor

sie abkühlen konnte, und verbrenne mir den Mund. Ich schiebe die Schale von mir fort, schlucke Suppe, schlucke Schmerz. Mit beiden Händen schiebe ich die Fotos weg, schiebe sie vom Tisch, auf den Boden, und auf die leere Fläche lege ich die Arme, lege ich den Kopf.

Denk nach, denk nach – wo waren wir an jenem Tag? In meiner Wohnung – das erste Mal, daß sie bei mir war. (»Sieht aus hier, als wärst du gerade eingezogen.«) Durchs Fenster dringt ein Fetzen Musik, ein Autoradio, unglaublich laut, das Kreischen einer elektrischen Gitarre, unverwechselbar. Jimi Hendrix, der einst selbst bei der Luftwaffe war. Ich sah, wie es sich in ihr verfing wie ein Angelhaken. »Oh, wie dieses Lied Danang erschüttert hat.« Ich stand auf, ging in die Küche, holte ihr noch ein Bier und bat sie, von Anfang an zu erzählen. Warum war sie in Vietnam? Newark, die Schwesternschule, an der auf Biegen oder Brechen rekrutiert wurde: Geht zum Krankenschwestern-Corps der U.S. Army, und wir bezahlen die Ausbildung – und macht euch bloß keine Sorgen, ihr müßt nicht in den Krieg. Ich sagte: Wie konnten sie euch so anlügen – wie konnten sie damit durchkommen? Du mußt unglaublich wütend gewesen sein! *Ich* war an ihrer Stelle wütend. Ich war zornig, mein Blut kochte, am liebsten wäre ich in Tränen ausgebrochen. Sie verdrehte die Augen. Sie konnte nicht widerstehen. *Wie konnten sie euch so anlügen* – äffte sie mich nach, ganz mäuschenstimmige Empörung. *Wie konnte die große böse Army damit durchkommen?* Es war das einzige Mal, daß sie gemein zu mir war. Ein großer Schluck Bier. Entspann dich, Mädchen, du hast mich falsch verstanden. Sie haben gelogen, ja, aber das hat mich nicht betroffen. Ich habe mich freiwillig gemeldet.

Als ich den Kopf wieder hebe, sehe ich unscharf. Ich starre dumpf auf die Wand vor mir. Eine leere weiße Wand – wie alle Wände in dieser Wohnung –, die vermutlich nach etwas schreit: einem Bild, einem Poster, einem Spiegel, einer Uhr.

Aber wenn man lange und intensiv genug eine leere Fläche anstarrt, wird irgendwann ein Bild daraus hervortreten.

Eine Frau, die sich die Hände an den Kopf hält, den Mund aufreißt und lautlos schreit.

Eine fette, betrunkene Frau mittleren Alters, die zu einem dreißig Jahre alten Jimi-Hendrix-Song schunkelt und sich auf den Schenkel klopft.

Eine sexy junge Frau in Uniform, in deren großen blauen Augen Vergnügen und Gier aufblitzen, während sie in eine riesige Tomate beißt. Roter Saft und Kerne tropfen auf ihr Kinn.

Zweiter Teil

Meine Mutter hat die Schlafkrankheit, sagte Roro zur Klasse.

In dieser Woche handelte die audiovisuelle Vorführung von Krankheiten in Afrika. Die Jungen lachten, und die Mädchen kreischten angesichts der halbnackten Afrikaner mit den unförmig verdickten Gliedmaßen der Elefantiasis, den Leprastümpfen und dem unkontrollierbaren Zittern der von Fliegen übertragenen Schlafkrankheit. Letztere waren nur noch Haut und Knochen.

Mrs. Stritch, kein Fan von Roro, sprach durch die Zähne zur Decke. Ich möchte, daß alle hier ignorieren, was Miss Zycinski gerade gesagt hat. Weil es gelogen ist. Und das weiß sie auch.

Natürlich wußte sie es. Sie hatte einen *Witz* gemacht. Egal. Das nächste Mal würde sie ein Schild hochhalten.

Bevor sie zur Schule ging, machte Roro ihrer Mutter jeden Morgen eine Tasse Instantkaffee, verrührte die Körnchen, so wie es ihr beigebracht worden war, nicht mit Wasser, sondern mit heißer Milch. Es war eine knifflige Angelegenheit, die Milch in dem kleinen Topf im richtigen Augenblick zu erwischen, bevor sie überkochte und über den ganzen Herd lief – wenn sie auch nur gähnte, konnte es schon zu spät sein, so schnell ging es. Und was war das dann für eine Schweinerei. Bis sie alles weggeputzt hatte, war sie zu spät dran zur Schule. Sie verrührte drei Stück Würfelzucker im Kaffee und warf sich vier in den Mund, um daran zu saugen, während sie auf den Bus wartete. Frühstück.

Wenn sie von der Schule zurückkam, lag ihre Mutter häufig noch im Bett, oft schlief sie. Die klebrige Tasse stand auf dem Boden. In der Tasse saß ein Kakerlak. Sie wußte, daß ihre Mutter weder die Schlafkrankheit noch irgendeine andere Krankheit hatte, gleichgültig, was sie behauptete, und daß ihr Vater den Nagel auf den Kopf traf, wenn er sie ein faules Stück nannte. Schließlich lag sie nicht im Sterben wie die Afrikaner. Und nur weil sie den ganzen Tag im Bett lag, hieß das noch lange nicht, daß sie den ganzen Tag schlief. Sie rollte den Fernseher aus dem Wohnzimmer vors Bett und sah stundenlang fern, Zeichentrickfilme am Vormittag und Seifenopern am Nachmittag, und sie wurde zwar nicht fett (dafür rauchte sie zuviel), aber sie magerte auch nicht ab wie die Afrikaner. Sie behauptete, sie sei krank – zu krank, um zu kochen, und Appetit hatte sie auch keinen –, aber um das Bett herum lag zerknülltes Einwickelpapier aus Zellophan verstreut. Ein Picknick für die Kakerlaken. Am liebsten mischte sie Salziges mit Süßem, eine Tüte mit Brezeln oder Chips mit Schokoriegeln von Hershey. Sie behauptete, sie sei zu schwach, um auch nur diese Papiere aufzuheben oder die schmutzige Tasse in die Spüle zu stellen – aber die Hand, die hervorschoß, wenn Roro rebellierte, war kräftig genug. (»Das ist dein Saustall, warum räumst du nicht selbst auf?«)

Roro hätte Dornröschen gern schlafen lassen, aber sie wußte, daß das die Hölle zur Folge hätte. Nichts reizte ihren Vater mehr, als nach Hause zu kommen und ihre Mutter im Bett vorzufinden. Das war einmal zu oft passiert, und da hatte er sie an den Haaren aus dem Bett gezerrt. Ihre Mutter, die fest geschlafen hatte, als er sie packte, hatte solche Angst, daß sie auf den Boden pinkelte. Und dann tat er etwas Schreckliches. Er stieß ihr Gesicht hinein, er wischte die Pfütze auf dem Boden mit ihrem Haar auf.

Ihre Mutter versprach, sie bei lebendigem Leib zu häuten, wenn sie auch nur ein Wörtchen davon erzählte, was an diesem Tag geschehen war. Es war sowieso Roros Schuld, weil sie sie nicht geweckt hatte. *Klatsch!* Danach waren Mutter und Tochter vorsichtiger. Zwischen Roros Rückkehr und der ihres Vaters blieb gerade genug Zeit, um das Schlafzimmer aufzuräumen, das Bett zu machen, den Fernseher an seinen Platz zurückzurollen und mit den Vorbereitungen fürs Abendessen anzufangen. Letzteres war nicht so wichtig. Ihr Vater akzeptierte jede Ausrede, um etwas zu bestellen. Ins Haus gebrachtes Essen – damals eine Neuigkeit –, wie sollte man davon nicht begeistert sein? Es gab drei Dinge zur Auswahl: Pizza, Brathuhn oder chinesisches Essen. Wofür immer sie sich entschieden, es war wunderbar, wie die trübselige kleine

Küche um die dampfenden Schachteln herum zum Leben erwachte.

Die Jungen waren nicht mehr da. Großmutter Marie, die Mutter ihres Vaters, die in der Nähe lebte und sie oft besuchte, sah, wie die Dinge standen. Eine Zehnjährige, die den größten Teil der Hausarbeit erledigte und sich um die jüngeren Geschwister kümmerte. Ich nehme die Jungs zu mir, bis ihr zwei wieder zur Vernunft kommt, sagte sie zu ihren Eltern, und versucht bloß nicht, mich daran zu hindern. Niemand dachte auch nur im Traum daran, sie daran zu hindern. Aber Roro hätte schreien können. *Und was ist mit mir?* Sie weinte bitterlich. Aber bald wurde ihr leichter ums Herz. Das Leben war jetzt soviel einfacher. Angebrannte Milch vom Herd zu kratzen und Einwickelpapier aufzuheben war nichts, verglichen mit Windeln wechseln. Früher war sie mit ihrer Arbeit nie fertig geworden – sie war Aschenputtel gewesen, Aschenputtel mit zwei frechen kleinen Brüdern an Stelle von zwei großen gemeinen Stiefschwestern.

Ihr Los hätte schlimmer ausfallen können. Man brauchte sich bloß umzusehen: In den Sozialbauten lebten jede Menge Aschenputtel. Mädchen, die erst zum Spielen hinaus durften, wenn sie den Boden im Bad gewischt hatten, Mädchen, die bisweilen nicht zur Schule gingen, weil sie ihren Müttern helfen mußten, Mütter, die sie überhaupt nicht zur Schule geschickt hätten, wenn es nicht gegen das Gesetz verstoßen hätte. Mädchen wie die Schwestern Deane aus einer Familie, die jedes Jahr ein Kind in die Welt setzte. Mädchen, die statt mit Puppen mit echten, rotgesichtigen, kreischenden, stinkenden Babys zum Spielplatz kamen. Viele Jahre später ließ sich im Offiziersclub von Long Binh ein großmäuliger Oberstleutnant aus: *Ich möchte wissen, was das für Leute sind – kleine Kinder, die sich auf den Feldern krumm arbeiten – keine Gesetze gegen Kinderarbeit – eine zum Himmel schreiende Schande –* und da waren sie alle wieder: die kleinen Dienstmädchen und die Mütter aus den Sozialbauten. Kleine Kosmetikerinnen: Mädchen, die ihren Müttern die Nägel maniküren, die Haare legen und die Mitesser ausdrücken mußten – o Gott, was, wenn ihre Mutter das auch noch von ihr verlangte! Was, wenn ihr Vater von ihr forderte, was Mr. John seiner Tochter befahl: ihm jeden Tag, wenn er von der Arbeit nach Hause kam, die Füße zu waschen.

Die Johns wohnten zwei Stockwerke unter ihnen. Mr. John war ein großer ruhiger Mann, der als Wachmann in einer Bank arbeitete (den ganzen Tag auf den Beinen). Sissy John, die ebenfalls ruhig war und groß für ihr Alter, beschwerte sich nie über ihre abendliche Pflicht, obwohl sie sich dafür zu schämen schien, als wüßte sie, daß ihr Vater zu weit ging. Für das Fußbad zog er sich bis auf die Unterhose aus. Roro war einmal Zeugin dieses Rituals geworden, zufällig. Die meisten Weißen, die in den Sozialbauten lebten, wollten nicht, daß ihre Kinder mit schwarzen Kindern spielten, und Roros Eltern hatten ihre eigene Regel: Roro durfte mit Sissy im Freien spielen, aber sie wollten nicht, daß sie zu Sissy in die Wohnung ging oder sie zu sich einlud – das wäre zu nahe gewesen. Eines Tages, als es wie aus Eimern schüttete, gingen Roros Mutter die Zigaretten aus. Sie gab Roro zwanzig Cent und schickte sie nach unten, um Sissys Mutter, die ebenfalls Kools rauchte, Zigaretten abzukaufen. Als Mrs. John die Tür öffnete, konnte Roro direkt in die Küche sehen, wo Mr. John dasaß, mit nichts weiter bekleidet als mit hellblauen Boxershorts. Sissy, die nicht aufblickte, kniete auf dem Boden und seifte mit nackten Händen einen langen Fuß mit rosa Sohle in einer Plastikschüssel voll schaumigem Wasser ein. Mr. Johns Augen waren halb geschlossen, er lächelte leise, zog die Zehen an und streckte sie wieder, er war im Himmel. Es machte ihm nichts aus, in der Unterhose gesehen zu werden, es war, als wäre Roro überhaupt nicht da – wie Sissy ignorierte er sie vollkommen. Aber so war er eben. Mr. John war einer der wenigen Väter, die Roro nicht fürchtete. Er bewegte sich so langsam und schien immer irgendwo anders zu sein, in seiner eigenen Welt. Die halbgeschlossenen Augen, das verträumte kleine Lächeln – als würde er sich an etwas Angenehmes erinnern – gehörten zu seinen Eigenarten, und er schlug seine Kinder nicht. In einer Welt, in der das Schlagen von Kindern eine Selbstverständlichkeit war, hieß das schon etwas. Die Norm war, daß die Männer, die acht Stunden oder länger für wenig Geld Befehle entgegengenommen hatten, nach Hause kamen, die Finger bereits an der Gürtelschnalle, wenn sie durch die Tür traten, und wissen wollten, welches ihrer gottverdammten Kinder diesmal den Tag vermasselt hatte.

Mrs. John, die gerade an einer kostbaren Kool zog, sah die Münzen in Roros Hand und schüttelte den Kopf. Sag deiner Mama, daß ich einem kleinen Mädchen keine Zigaretten verkaufen kann. Sie soll selbst kommen und mich fragen.

Oben hatte Roros Mutter einen Wutanfall. Sie will nur, daß ich sie anbettle, das ist alles. Sie will nur, daß eine weiße Frau angekrochen kommt und sie anbettelt. Von mir aus kann sie zur Hölle fahren.

Dann wieder hörte Roro ihre Mutter sagen: Ich mag nicht, wie mich dieses schwarze Miststück ansieht. Als ob ich nicht wüßte, was sie denkt. Sie denkt: *weißer Abschaum*. Das sagt sie sich insgeheim. Sie soll nur raufkommen und es mir ins Gesicht sagen.

Wie ihre Mutter mit solcher Sicherheit wissen konnte, was Mrs. John dachte, begriff Roro nicht. Aber wenn sie später daran zurückdachte, meinte sie, daß ihre Mutter wahrscheinlich recht gehabt hatte.

Und vielleicht war sie wirklich ein bißchen krank, ihre Mutter. Man konnte nicht leugnen, daß sie mitunter Schmerzen hatte. Man weinte nicht so – so krampfhafte Schluchzer, daß sie sich erbrechen mußte –, wenn man nicht echte Schmerzen hatte. Und manchmal nahm ihr Gesicht einen Ausdruck an, als hätte ihr jemand gerade ein Bild von sich im Alter oder als Tote vorgehalten. So traurig, so angsterfüllt. Oder dieser andere Ausdruck, weder traurig noch ängstlich, sondern einfach nur unglücklich, als könnte das Ende nicht schnell genug kommen. Sie litt nicht an der Schlafkrankheit, aber sie war wirklich müde. Und wenn sie auch nicht starb, so welkte doch ein Teil von ihr, vielleicht sogar der beste Teil von ihr, dahin.

Sie durchlebten schwere Zeiten, und es würde auch schwer sein, sich daran zu erinnern. Als erwachsene Frau mied Roro es, an ihre Kindheit zu denken. Wenn die Erinnerungen von sich aus kamen, wenn sie sich – zum Beispiel vor dem Einschlafen – auf sie stürzten, Gott weiß warum von Gott weiß woher, und sich nicht verscheuchen ließen, überraschten sie die gemischten Gefühle, die sie mit sich brachten, die Zärtlichkeit und die Scham.

Ihr Vater hielt es in keinem Job lange aus. Er war leicht erregbar und legte sich immer wieder mit dem Boß an. Er war einfach der Typ Mann, der keine Befehle entgegennehmen konnte, der es nicht ertrug, daß ihm ein anderer Mann (geschweige denn eine Frau) sagte, was er zu tun hatte. Roro begriff nicht, wie er es jemals durch den Militärdienst geschafft hatte. Aber ihre Mutter, die ihn seit der High School kannte, sagte, daß er nicht immer so gewesen war, und Großmutter Marie meinte, er wäre auch jetzt nicht so, wenn er von der Flasche lassen würde. Aber Vater und Mutter tranken gern, und wenn sie getrunken hatten, waren sie oft bester Laune, lachten und turtelten. Beide konnten singen, und manchmal, wenn sie tranken (und nur, wenn sie tranken), sangen sie gemeinsam, und das waren die Augenblicke, in denen Roro ihre Eltern aus ganzem Herzen liebte. Sie waren talentiert, sie harmonierten miteinander, sie sangen Hits aus dem Radio und klangen genauso gut – Roro verstand nicht, warum sie sich nicht zusammenrissen und irgendwo auftraten, sie waren so gut, sie hätten bei *Ed Sullivan* auftreten können. Und sie sahen auch entsprechend aus. Ihre Mutter hatte den feinen Teint, den Roro bei vielen jungen Polinnen wiedererkennen würde, als sie nach Williamsburg zog: blasse Haut, rauchgraue Augen und Haar von einem natürlichen Rotbraun, für das viele Frauen auf Henna zurückgriffen. (Ihre Mutter beging später die Dummheit, sich das Haar zuerst blond bleichen zu lassen, dann färbte sie es schwarz, dann wieder blond, dann schwarz – blond – schwarz –, und als sie zu ihrer natürlichen Farbe zurückkehren wollte, wuchs ihr Haar, entweder aus Trotz oder weil es die Farbe tatsächlich vergessen hatte, nicht mehr in diesem schönen Ton nach, und auch sie mußte sich mit Henna behelfen.)

Das Haar ihres Vaters war so blond, daß man hätte meinen können, *er* würde Bleiche benutzen, und seine Augen waren von einem harten Hellblau. Man stelle sich ihn am Steuer eines Wikingerschiffs vor. Er war groß, mit langen Beinen und einem Kopf wie aus Stein gemeißelt. Einmal, als das Trinken und Singen und Harmonieren ausuferte, rief jemand im Haus die Polizei. Die zwei Polizisten, die kamen, hätten Vater und Sohn sein können. Der jüngere konnte den Blick nicht von Roros Mutter wenden, die vergessen zu haben schien, daß sie nur halb angezogen war und nichts über ihrem BH mit Leopardenfellmuster trug. Der andere hatte Augen nur für Roros Vater, der auf steifen Beinen durchs Zimmer torkelte, die Arme ausgestreckt, um das Gleichgewicht nicht zu verlieren, wie Frankensteins Monster. Der Polizist, der selbst sternhagelvoll war, sagte mehrmals: Immer mit der Ruhe, Großer. Immer mit der Ruhe.

Ihr Vater war *zu* groß. In ihrer vollgestopften Wohnung stieß er ständig irgendwo dagegen. So wie er zurücktrat, konnte man jedoch meinen, die Möbel wären gegen *ihn* gestoßen. Wie bei der Milch wußte man nie, wann er überkochte. Wenn sein Magen knurrte, klang es wie Donner, wenn er nieste, bebten die Fensterscheiben. Er neigte zu Heuschnupfen und Kopfschmerzen: Anspannung. Er war immer angespannt. Wie ein Tier, das in einem engen Käfig im Kreis läuft, wilder und wilder wird und dem man nicht zu nahe kommen darf. Ein Hund oder ein Pferd, das ausbrechen und laufen laufen laufen will.

Obwohl er selbst harte Muskeln hatte, liebte er weiche Frauen, fleischige Frauen, Frauen wie seine Frau, von der man, wie man sich damals ausdrückte, sagen konnte: *an den richtigen Stellen gepolstert.* Er hatte nichts übrig für dünne Frauen und verspottete sie ausnahmslos als »Olyve Oyl«. Aber nach dem dritten Kind wurde Roros Mutter wirklich dick, und auch dafür hatte ihr Mann nichts übrig. Er drohte ihr, sie ans Bett zu ketten und ihr Abfälle hinzuwerfen. So wie er das sagte – er lächelte nicht dabei. Schnell verlor sie das überschüssige Gewicht wieder.

Aber wenige Jahre später, als ihre Mutter Pfunde zulegte, als gäbe es kein Morgen, machte Roros Vater nicht nur seine Drohung nicht wahr, es schien ihm nicht nur gleichgültig zu sein, sondern er schien es nicht einmal zu bemerken. Zu diesem Zeitpunkt war er selbst allerdings auch schon aufgedunsen, die dicken Muskeln waren zu schlaffem Fleisch geworden.

Aber all das Gerede, von der Flasche zu lassen, war Unsinn. Das Trinken mochte die Ursache der Sorgen sein, es war jedoch auch genau das Richtige, um die Sorgen zu vertreiben. Sein Scotch mit Soda, ihre Rum-Cola – was wären sie ohne ihre Drinks gewesen? Sollte nicht jeder manchmal lachen und singen? Und wäre nicht ein Tier gewesen, wer ihrer Mutter die Kools weggenommen hätte? War es nicht offensichtlich, welchen Trost sie ihr spendeten – wie sie beim ersten Anzeichen von Streß danach griff? Nein, was Roro anbelangte, waren diese Dinge gottgesandt, wie das Fernsehen. Sie machten das Leben erträglicher, und sie wollte nicht einmal darüber nachdenken, wie es ohne diese Dinge ausgesehen hätte. Nie würde sie die Woche vergessen, als der Fernseher kaputt war und sie gezwungen waren, sich gegenseitig anzusehen. Also bitte, kein Gerede mehr, von der Flasche zu lassen.

Und manchmal, wenn ihre Mutter sich schön gemacht hatte, um auszugehen, betrachtete Roro sie und verstand sehr gut, warum diese Frau Schwierigkeiten mit schmutzigem Geschirr und Windeln hatte. Man schaue sich nur das Gesicht auf dem Titelbild einer Zeitschrift an. Wenn die Avon-Beraterin kam, sagte sie: Sie sind genau die Art von schöner Frau, die unsere Produkte benutzen sollte. Und Roro verzieh ihrer Mutter alles.

Mehrere Männer, die in den Sozialbauten wohnten, arbeiteten in einer großen Bäckerei in New Jersey. Eine Zeitlang war Roros Vater einer von ihnen. Die Männer organisierten eine Fahrgemeinschaft. Bisweilen tranken sie nach der Arbeit in der einen oder anderen Wohnung Bier. Roro, die in ihrem Zimmer Hausaufgaben machte, wurde von dem entsetzten Kreischen ihrer Mutter herausgelockt. Um den Küchentisch bogen sich die Männer vor Lachen, sie hatten ausgeplaudert, wie sie in die Creme und die Marmelade spuckten, mit denen in der Bäckerei die Doughnuts gefüllt wurden. Und deswegen konnte Roro für den Rest ihres Lebens keine Doughnuts mehr essen. Als sie ein Teenager wurde, kam eine Zeit, in der sie jeglichen Appetit verlor – das einzige Mal in ihrem Leben, und es war nicht von Dauer –, und während dieser Zeit wurde sie heimgesucht von der Erinnerung an diese Männer. Sie erinnerte sich an die Geschichte, sie sah sie vor sich, wie sie um den Küchentisch lachten und sich räusperten, und stellte sich vor, daß überall, wo Lebensmittel zubereitet wurden, so ein Mann lauerte und jeden Bissen versaute. (Und wenn sie in der Armee gemeinsam mit zwei Rekruten eine Pizza aß und ein Stück übrigblieb – wer bekam es? *Ich!* rief ein Soldat und spuckte auf das Stück Pizza.)

Roros Mutter hatte die widerwärtige Angewohnheit, Roros Gesicht mitunter mit ihrer Spucke zu säubern, und wenn sie das tat, wand sich Roro wie ein Folteropfer. Dann wurde Vicky Merz von einem Auto angefahren. Roro war keine Augenzeugin des Unfalls, sie kam ein paar Minuten später auf dem Weg zum Laden an der Stelle vorbei und sah Vicky auf der Straße liegen, und das Blut auf ihrem weizenblonden Hinterkopf sah aus wie Marmelade, die aus einem Doughnut quillt.

Kein schlimmer Unfall, Gott sei Dank, und Vicky überlebte, um die wichtigste Person in der fünften Klasse zu werden.

Unfälle passierten, und besonders Kinder neigten zu Unfällen – alle wußten das.

Wie verlor das Baby der Robinsons drei Finger?

Es hatte die Hand in der Tür, als sie zugeschlagen wurde.

Was passierte mit Kimberleys Auge?

Die Gabel rutschte aus.

Eines Tages durchdrang ein überirdischer Schrei die Luft: Ein Kanarienvogel war in einen heißen Backofen geflogen.

Der merkwürdigste Unfall stieß einem taubstummen Mädchen zu, das Happy genannt wurde. Er war so merkwürdig, daß die Leute nicht nur von einem Unfall sprachen, sondern von einem *verrückten* Unfall. Aus irgendeinem Grund war Happy im Keller, wo ihr in den Sinn kam, sich rittlings auf einen großen eisernen Abfalleimer zu setzen, und irgendwie löste sich ein Draht und stach in ihr Geschlechtsteil. Sie ist jetzt im Krankenhaus, sagte ihre Mutter. Und was war mit dem Gesicht ihrer Mutter passiert? Ihr war ein Zahn gerissen worden. Und sie lächelte, vorsichtig, und es fehlte nicht nur ein Zahn, sondern noch ein halber dazu.

Unfälle passierten, und es stimmte nicht, was behauptet wurde, nämlich daß Gott kleine Kinder und Betrunkene beschützte. Wie Humpty Dumpty fiel Mr. Deane, Maurer, betrunken, von einer hohen Mauer. Er sollte sehr lange Zeit nicht mehr nach Hause kommen, und er sollte nie wieder gehen.

Schlimme Sachen passierten, klar, und es stimmte nicht, daß der Blitz nicht zweimal am selben Ort einschlug. Mr. Deane war noch im Krankenhaus, als er einen weiteren Unfall erlitt, diesmal einen verrückten. Als der Pfleger, der ihn hinaus an die frische Luft gefahren hatte, den Rollstuhl wendete, sahen sie eine Blutspur. Einer von Mr. Deanes gelähmten Füßen war unter das Rad geraten. Als sie das Blut bemerkten, war der Fuß bis auf den Knochen aufgeschürft.

Die Deanes waren zu zahlreich für ihre Wohnung und standen auf der Warteliste für eine größere. In der Zwischenzeit mußten sie zu fünft oder sechst in einem Zimmer schlafen. Mrs. Deane hatte Probleme mit den Augen und trug manchmal eine dunkle, grünschwarze Brille, mit der sie aussah wie eine Blinde. Sie hatten kein Telefon, und als sie einmal kam, um bei den Zycinskis zu telefonieren, wischte Roros Mutter anschließend den Telefonhörer und alles, was Mrs. Deane berührt hatte, mit Alkohol ab. Einen Zahn für jedes Baby, sagten die Leute – und die arme Mrs. Deane hatte ein Lächeln wie ein Halloween-Kürbis, ein paar schiefe Grabsteine und ein paar Stummel, die ebenso grünschwarz waren wie ihre Brille. Von ihren vierzehn Kindern waren nur drei Jungen. Einer starb an plötzlichem Kindstod, ein zweiter wurde bei der Schlacht von Hue getötet, und der dritte, der auch in Vietnam kämpfte, kam heil nach Hause, starb jedoch später an Aids. Manchmal schlägt der Blitz wieder und wieder ein.

Den Job in der Bäckerei hatte er nicht einmal ein Jahr. Doughnut-Bäcker, Supermarktkassierer, Klempnergehilfe, Schreinergehilfe, Schulbusfahrer, Taxifahrer, Möbelpacker, Platzwart, Fensterputzer, Autowäscher, Tellerwäscher – keinen dieser Jobs hatte Roros Vater besonders lange. Na und? *Ein Job war ein Job*, und der eine war wie der andere, und keiner war es wert, sich daran zu klammern, *Herrgott noch mal*, wenn er weg war, war er eben weg, und *solange man keine Angst hatte, sich die Hände schmutzig zu machen*, fand man immer irgendeine Arbeit. *Und egal, was passierte*, er war nie länger als ein paar Wochen ohne Arbeit, seine Frau mußte nie irgendeinen Job annehmen, und er war nie *auf Sozialhilfe angewiesen*. Darauf war er besonders stolz, daß er nie auf Sozialhilfe angewiesen war. Aber die Wahrheit war, daß die Zycinskis diese Jahre nie überstanden hätten, wären da nicht die hart arbeitenden, sparsamen Immigrantengroßeltern gewesen. Und als die Großeltern einer nach dem anderen starben, verbesserte sich das Leben der Familie beständig. Zuerst zogen sie aus der Sozialwohnung in eine Doppelhaushälfte, und schließlich konnten sie sich ein eigenes Einfamilienhaus kaufen.

Das Doppelhaus war keine wirkliche Verbesserung. Sein größter Vorteil bestand darin, daß es kein Sozialbau war. Nicht, daß es weit entfernt von dem Sozialbaugebiet gewesen wäre. Aber zumindest waren die neuen Nachbarn allesamt weiß. Den Zycinskis gehörte die Doppelhaushälfte natürlich nicht. Dennoch war es ein Riesenschritt in Richtung eines eigenen Zuhauses.

Die Jungen waren wieder da. Sie waren größer geworden, eine teuflische Bande, und Großmutter Marie mit ihrem kranken Herzen wurde nicht länger mit ihnen fertig. Was für ein Segen war es da, mehr Platz zu haben, ganz zu schweigen von der Veranda und der Hälfte des kleinen Gartens hinter dem Haus. Und jetzt konnten die Zycinskis sich auch zulegen, was sie schon immer hatten haben wollen, was in der Sozialwohnung jedoch verboten gewesen war.

Der Hund war noch ein Welpe, als die Zufriedenheit mit dem neuen Zuhause nachließ, zumindest bei Ros Mutter, die es später richtig hassen würde. Zum einen stand es zu nahe am Wasser: Es war immer feucht. Und wo Wasser ist, müssen auch Ratten sein, und sie hatte schon immer eine Heidenangst vor allen Nagetieren gehabt, sogar vor harmlosen Eichhörnchen. Im Haus war bislang noch keine Ratte gesichtet worden, aber eines Tages schleppte sich eine besonders große Ratte mit dickem Bauch über die hintere Veranda. Roros Mutter träumte von dieser Ratte und Hunderten von nackten rosa Rattenbabys, die sich durchs Schlüsselloch zwängten, und obwohl es nur ein Traum war, steigerte sie sich in einen Zustand, in dem die Grenze zwischen Traum und Wirklichkeit verschwamm.

Sie waren nahe am Wasser, sie waren nahe am Meer, und wo das Meer ist, sind Möwen, und Roros Mutter peinigten die lauten, klagenden, unheimlichen Schreie, die in ihren Ohren so trauervoll klangen wie Nebelhörner – ein weiteres Geräusch, dem man nahe am Wasser nicht entkommen konnte. Sie haßte Möwen ebenso wie Krähen – beide brachte sie mit dem Tod in Verbindung. (Als sie den Hitchcock-Film sah, nahm sie ihn sich sehr zu Herzen und glaubte sofort, daß Vögel und erst recht Ratten in der Lage waren, sich zu verschwören, um Menschen zu töten.) Und dann kam ein großer Schlag: Das nette, junge, kinderlose Paar, das in der anderen Haushälfte wohnte und mit dem sich die Zycinskis angefreundet hatten, zog aus, und ein Haufen Beatniks zog ein – Bärte, Baskenmützen, Bongos und so weiter. Keine gewöhnliche Kleinfamilie, sondern fünf Erwachsene und sieben Kinder, deren Verwandtschaftsverhältnisse völlig unklar waren. Roros Mutter haßte die Platten, die sie spielten (Jazz), traute sich jedoch nicht, sich zu beschweren wegen der anderen Geräusche, die mitunter herüberdrangen, ein Singsang und Gebrumm, immer wieder dasselbe Wort, ein Wort mit einem r und einem k. *Rek Rek Rek Rek Rek?* Obwohl der Strom nie ausfiel, zündeten sie oft Kerzen an, um das Haus zu erhellen, und der stechende Geruch nach Weihrauch sickerte durch die Wände, der Geruch nach einer Messe – einer schwarzen Messe, was sonst, dort drüben praktizierten sie Hexerei, und sie wurde die Angst nicht los, daß etwas Böses auf sie lauerte. *Schreck Schreck Schreck Schreck Schreck?* Wenn die Ratten und Vögel sie nicht erwischten, dann die Beatniks.

Und jetzt kam Roro mit der Schlafkrankheit darnieder – wie mit einer bösen Grippe, die einfach nicht weggehen wollte. Gliederschmerzen und Fieber, geschwollene Drüsen. Sie versäumte so viel Unterricht, daß sie die Klasse wiederholen mußte. Das würde sie später fürchterlich ärgern, aber im Moment war sie zu krank, um sich Sorgen zu machen. Alles, was sie wollte, war schlafen. Aber gleichgültig, wieviel sie schlief, sie fühlte sich nie ausgeruht.

Mononukleose oder auch Pfeiffer-Drüsenfieber. Roro war nicht die einzige in den unteren Klassen der High School, die daran erkrankte. Es waren eine Menge Gerüchte in Umlauf. Man zog es sich beim Küssen zu, man zog es sich zu, wenn man Jude war, man zog es sich zu, wenn man einen Juden küßte – alle möglichen Dinge wurden behauptet. Es war überhaupt keine richtige Krankheit, man zog es sich zu, weil man geistesgestört war.

(Gerüchte: Als Rouenna zum Militär ging und Fragebögen zu ihrer Kankheitsgeschichte ausfüllen mußte, erinnerte sie sich vage daran, gehört zu haben, daß einen die Armee nicht nahm, wenn man Mono gehabt hatte, und deswegen log sie.)

Eine seltsame Krankheit mit einem seltsamen Namen, über die keiner viel zu wissen schien und schon gar nicht, wie man sie heilte. Wie ansteckend war sie? Niemand wußte es, aber der Arzt meinte, es könne nicht schaden, die Jungen fortzuschicken, und schon waren sie weg, bei Großmutter Eva in Brooklyn diesmal. (Marie war gestorben.)

Obwohl der Arzt erklärte, daß Roros Mutter nie Mononukleose gehabt hatte und es deswegen auch nicht an ihre Tochter hatte weitergeben können, bestand Roros Vater darauf, daß genau das passiert war, und erzählte es auch allen. Er wollte Mitgefühl, er tat sich selbst unendlich leid, es sei, als würde er mit zwei Zombies leben, nölte er. Er selbst war das genaue Gegenteil: Er war eine große Kugel voll rastloser Energie, er hatte nicht das Bedürfnis zu schlafen, er kam mit zwei, drei Stunden pro Nacht aus. Seine Kopfschmerzen wurden stärker, schlimmer als je zuvor, er lebte von Kodein, aber er war noch in der Lage zu arbeiten. Es war vorwiegend körperliche Arbeit. Der Bau der Brücke über die Meerenge hatte begonnen, der Bauboom auf Staten Island hatte eingesetzt, und es fand sich immer ein Bauunternehmer, der Aushilfskräfte brauchte und gewillt war, sich über Gewerkschafts- oder staatliche Bestimmungen hinwegzusetzen.

Aber nicht einmal lange Tage physischer Anstrengung machten ihn fertig. Bis spät in die Nacht saß er zwischen den Kartons, die sich auf jeder Stellfläche in der verschmutzten Küche stapelten. Pizza, Brathuhn und chinesisches Essen. Hin und wieder erwachte Roro aus einem Fiebertraum, nur um Zeugin des gleichermaßen alptraumhaften Spektakels zu werden, das ihr Vater aufführte, der betrunken vor sich hin brabbelte und sang und seine Faust wie einen schweren Hammer auf den Tisch krachen ließ (ein Spiel: mal schauen, ob sich ein Kakerlak, der auf dem Rücken lag, noch umdrehen konnte, bevor er ihn erschlug). Der Hund, King, ein magerer Schäferhund mit durchhängendem Rücken, der jetzt ausgewachsen und sich seines Zustands voll bewußt war (seine Tage waren gezählt), lag wie gelähmt unter den Füßen seines Herrn.

Aber er war nicht immer allein, ihr Vater. Wenn sie aufwachte und horchte, meinte Roro, daß er nicht allein diesen Lärm veranstalten konnte. Es waren ein paar seiner Freunde da, Männer, mit denen er arbeitete, und er erzählte ihnen die Geschichte, diese rührselige Geschichte, bei der jeder Mann in sein Bier weinen mußte: Seine Frau hatte einen Juden geküßt und sich die Schlafkrankheit zugezogen, sie an seine Tochter weitergegeben und seine Söhne aus dem Haus getrieben, die jetzt, da seine eigene arme liebe Mutter tot war, bei seiner Schwiegermutter lebten – o weh!

Einmal, hätte Roro schwören können, war eine Frau bei ihm, eine Frau mit einer nörgelnden monotonen Stimme. Nicht ihre Mutter. Und auch dieser Frau erzählte ihr Vater die Geschichte. Aber es war nicht klar, ob er die Geschichte, daß Frau und Tochter an der gleichen Krankheit litten, wirklich glaubte oder ob er sie nur deswegen immer wieder erzählte, damit er seinen Witz an den Mann bringen konnte. *Stereonukleose!* Das haben wir hier in diesem Haus. Wir haben Stereonukleose!

Er und die Nachbarn befanden sich ständig im Krieg. Wenn er zuviel Krach machte, versuchten die Beatniks, die es nicht in sich hatten, die Polizei zu rufen, wieder und wieder vernünftig mit ihm zu reden. Ein Fehler. Um seinen Gesang zu übertönen – und das Japsen des Hundes, wenn er ihn trat –, drehten sie ihre Musik laut auf. Sie trommelten auf ihre Bongos ein als Antwort auf seine Faustschläge. Sie verbrannten soviel Weihrauch, daß man hätte meinen können, sie wollten ihn ausräuchern. Sie sangen und dröhnten, und wenn Roros Mutter recht hatte, taten sie noch etwas. Sie säten die Keime dessen, was ihn krank machen und nach fünf Jahren und großem Leiden dahinraffen sollte. *Verreck verreck verreck verreck verreck.*

Eines Tages im Frühjahr 1980 räumte Rouenna den Kleiderschrank ihrer Mutter aus und fand eine alte herzförmige Pralinenschachtel mit einem Bündel Briefen. Alte

Briefe, das Papier so trocken, daß es zerfiel. Der früheste Brief war mit Bleistift auf liniertes blaues Papier gekritzelt, das (hastig, unbedacht) aus einem Schulblock gerissen war. Verblichen, aber noch lesbar. *Mathe ist soo langweilig, aber ich höre nicht zu. Ich sitze da und zähle alle Arten, auf die ich Dich liebe.*

Liebesbriefe. Von ihrem Vater an ihre Mutter. Sogar ein paar Gedichte (Gedichte! von ihrem Vater!), aber Rouenna brachte es nicht über sich, sie zu lesen. Die Briefe zu lesen (sie überflog sie nur) war bedrückend genug.

Du mußt es gewußt haben, an dem Tag, als wir es zum erstenmal getan haben, daß es nie jemand anders für MICH *geben wird, daß ich* STERBEN *würde, um Dich glücklich zu machen, und jeden* UMBRINGEN *werde, der versucht, uns* AUSEINANDERZUBRINGEN *wie Dein Vater damals. Du mußt sie* ZUINNERST *gespürt haben, wie ich, diese* BRENNENDE LIEBE.

Jugendliche Liebhaber (BRENNEND, VERRÜCKT, UNVERSTANDEN), die bald AUSEINANDERGEBRACHT werden sollten. Die meisten der Briefe in der Pralinenschachtel waren geschrieben worden, während ihr Vater beim Militär war. In den Briefen aus Übersee stand so gut wie nichts darüber, was im Krieg passierte; sie handelten alle von der Zukunft. Wenn er nach Hause käme *(und mach Dir bloß keine Sorgen, ich* WERDE *zu Dir nach Hause kommen, Baby, genau wie ich versprochen habe, sobald wir diese Japsen geschlagen haben, was* NICHT *lange dauern wird, das verspreche ich Dir)*, würden sie heiraten. Mit allem Drum und Dran:

Hochzeit, Kinder, ein wunderschönes Haus mit einem wunderschönen Garten *(weil ich weiß, wie sehr mein Baby Blumen liebt)*, einem Hund *(weil ich weiß, wie sehr Du sie liebst)* und all den anderen Dingen, die ihr Babyherz begehrte.

Sie war sein Engel, sein heißgeliebtes Mädchen. Er würde sie *lieben bis ans Ende der Zeit (und noch einen Tag länger)*. Er hatte ein Foto und eine Haarlocke in einem Beutel, der an seine Erkennungsmarke gebunden war, *damit Du immer bei mir bist.* Hin und wieder holte er sie heraus, um damit vor den anderen Männern anzugeben und *sie eifersüchtig zu machen.* Keiner von ihnen konnte auch nur ein halb so tolles Mädchen zu Hause sein eigen nennen. Kein Mädchen auf der Welt hatte Haar von schönerer Farbe.

Ein Brief war in kleine Fetzen gerissen und dann liebevoll wieder zusammengesetzt und -geklebt worden.

Rouenna saß auf dem Boden des begehbaren Kleiderschranks ihrer Mutter (ihre Mutter war in der Nachmittagsvorstellung mit ihrem dritten Mann in spe) und wunderte sich. Hatte sie diese Briefe schon einmal gelesen? Nein. Wie war es dann möglich, daß sie wußte, was darin stand?

Ihre *Hand* erinnerte sich.

»›Ich habe viel darüber nachgedacht, wie sehr ich Dich liebe, Baby, und wenn ich nach Hause komme –‹ He, schreib ›liebe‹ in Großbuchstaben und unterstreich es, okay?«

»Mal ein Herz um ihren Namen, denn das mach ich auch immer.«

»– Schrapnell: S-c-h-r-a-p-«

Die Adressaten waren meistens Frauen. Freundinnen und Ehefrauen, aber auch Mütter. »Bitte, gib Daddy und Piglet und Opa einen Kuß von mir, aber der größte Kuß ist für Dich, Mama.«

Statt Prosa bisweilen ein Gedicht. Einmal ein Gebet für einen neugeborenen Sohn. »Mögest Du nie erfahren, was es heißt, in den Krieg zu ziehen.«

Und diejenigen, die antworteten, die Briefe oder Pakete von zu Hause schickten – auch das waren überwiegend Frauen. Und so wie es Männer gab, die Briefe schreiben lassen mußten, gab es Männer, die sich Briefe vorlesen lassen mußten.

»Geliebter Sohn, ich bete zu Gott, daß Dich dieser Brief wohlauf erreicht.«

»Komm schon, Zycinski, mach was Nützliches. Er ist hinüber, du weißt doch, daß er dich nicht hören kann.«

Sie wußte, daß sie manche Dinge nie vergessen würde. Manche Dinge würden sie nie loslassen.

»Liebling, ich weiß nicht, wie ich es Dir sagen soll, aber ich werde nie wieder in der Lage sein, Dich zu berühren.«

Wie sie sich der Aufgabe fügte, die Worte auf ein Blatt USO-Briefpapier schrieb und der Stift plötzlich über die ganze Seite rutschte. O mein Gott, dachte sie, wie kann er nur, was wird er – wie sie anfing zu lachen. Wie sie nicht mehr aufhören konnte. Aber sie und dieser Marine-

Feldwebel waren Kumpel, sie hatten sich von dem Tag an, an dem er gebracht worden war, gut verstanden, und kaum war sein Zustand stabil, hatte sie ihn als erstes gefragt, woher er sei, und er keuchte, *Staten Island*. Er war kein Kind mehr, es war nicht seine erste Dienstzeit, auch nicht seine erste Verwundung. Er wußte Bescheid, und jetzt lag er schweigend da, wartete darauf, daß sie sich wieder faßte, aber das tat sie nicht, sie konnte nicht, und dann ließ er sich anstecken und begann ebenfalls zu lachen. Das war es: das Unvergeßliche, das Bild, das sie nie wieder loslassen würde: Wie er dalag und hilflos seine Stümpfe in die Luft streckte. Wie sie den Stift fallen ließ und der unters Bett rollte, und man hätte meinen können, das sei das Lustigste, was je passiert war: Die beiden lachten noch lauter. Rouenna war außer sich, sie trampelte mit den Füßen, sie bog sich vor Lachen, Papier und Unterlage, auf der sie geschrieben hatte, glitten zu Boden, und als sie sich wieder aufrichtete, sah sie der Oberschwester ins Gesicht – wo kam die plötzlich her? Ihre Miene versprach schlechte Neuigkeiten. Rouenna war überzeugt, daß sie abgekanzelt würde, aber die Oberschwester ging mit ihr ins Schwesternzimmer, setzte sie mit einem Glas Wasser auf einen Stuhl und ließ sie allein damit fertigwerden.

Sie wußte, wie so eine Geschichte in der normalen Welt klingen mußte: verrückt, krank, unglaublich. Und sie würde nicht erklären können, daß so etwas jeden Tag passierte.

Aber dort drüben fiel niemand wegen eines solchen Ausrutschers über dich her. Alle verstanden es. Was nicht so leicht verziehen wurde, war, wenn man seinen Gefühlen freien Lauf ließ. Ein sensibles Pflänzchen wird von niemandem wirklich gemocht, und eine Krankenschwester, die nicht verhehlen konnte, wie sehr das viele Leiden und Sterben ihr zusetzten, gewann keine Freunde. Man war allein, wenn man zusammenbrach – wenn es denn sein mußte. Und selbstverständlich war jeder irgendwann einmal soweit. Es geschah ständig: Man öffnete die Tür zu einer Wäschekammer oder einem Vorratsraum und sah sich einer Schwester gegenüber, die angeblich eine Rauchpause einlegte, tatsächlich jedoch vornübergebeugt heulte, vor- und zurückschwankte und sich in einem Fall buchstäblich auf dem Boden wand (einen Augenblick lang dachte Rouenna: *ein Anfall*) und sich auf die Hand biß, um nicht laut herauszuschreien. Wie reagierte man? Ging man zu ihr und nahm sie schwesterlich in die Arme? Himmel, nein. Man holte, weswegen man gekommen war, und dann nichts wie weg. Minuten später nahm sie ihre Arbeit wieder auf. Niemand sagte ein Wort. Alle wußten, wie die anderen sich die ganze Zeit über fühlten, Worte waren nicht nötig. Worte wären dem sowieso nicht gerecht geworden. Alle wußten das.

Und alle kannten die Geschichte von der Krankenschwester in Chu Lai, die während eines Angriffs vergewaltigt worden war. Auf dem Weg ins Krankenhaus wurde sie von hinten angefallen. *Dreh den Kopf um, und du bist tot*. Er schrie, um den Gefechtslärm zu übertönen. Sie sah sein Gesicht nicht. Er riet ihr, bis hundert zu zählen, nachdem er gegangen wäre. Sie zählte überhaupt nicht, wartete nur kurz, dann kroch sie aus dem Schützengraben und trat ihren Dienst in der Notaufnahme an. Das war während des Höhepunkts der Tet-Offensive. (»Was hätte ich denn tun sollen? Überall lagen sterbende, blutende und zerfetzte Männer herum – was hätte ich denn tun sollen, ein Theater machen?«)

Eine weitere Geschichte, die zu Hause nicht gut ankommen würde. Aber das war die Sorte Krankenschwester, die dort drüben gebraucht wurde. Keine sensiblen Pflänzchen.

In Vietnam wurde Rouenna häufig vom Gespenst ihres Vaters heimgesucht – nicht als der Mann, an den sie sich erinnerte, sondern als junger GI. Sie war aufgewachsen in dem Wissen, daß einer der Gründe, warum er trotz seines ständigen Scheiterns nie große Schwierigkeiten hatte, Arbeit zu finden, etwas mit seinen Kriegsauszeichnungen zu tun hatte. Irgendwo, vielleicht in demselben Schrank, in dem sie seine Briefe entdeckt hatte, befanden sich auch seine Orden. Irgendwo lag ein alter vergilbter Ausschnitt aus dem *Staten Island Advance.*

Ich möchte jedes Schlitzauge umbringen, das mir über den Weg läuft, und dann möchte ich nach Hause.

Das war eine der vielen Überraschungen, die in Vietnam auf Rouenna warteten: das Gespenst ihres toten Vaters, das regelmäßig zwischen all den Soldaten auftauchte.

Und die noch größere Überraschung: Er war ein Trost für sie.

Briefe. Ungefähr einen Monat nach ihrer Ankunft in Vietnam erhielt Rouenna einen dicken Umschlag von Kindern, die sie nicht kannte, einer Gruppe Pfadfinderinnen aus der Kleinstadt in Jersey, in der die Zycinskis Anfang der sechziger Jahre ihr erstes Haus gekauft hatten. *Lieber Leutnant Zycinski.* Sie war ihre gute Tat des Tages. Die Briefe lauteten alle mehr oder weniger gleich, die Wortwahl war nahezu identisch und höchst fehlerhaft. *Sie sollen wiesen, daß Sie an Sie denken.* Sie las ungefähr die Hälfte, bevor sie sie wegwarf. Beim nächsten Alarm dachte sie sich unter ihrem Bett Briefe an diese jungen Mädchen aus, in denen sie ein paar der Dinge beschrieb, die sie hier erlebte. Ein Monat in Vietnam, und schon fühlte sie sich so. (Viele Jahre später, während des Golfkriegs, hörte sie von Gruppen, die um Spenden baten: *Mit zwanzig Dollar können Sie einem einsamen Soldaten ein Weihnachtsgeschenk kaufen.* Und sie erinnerte sich an die Geschenkpackungen, die in ihrem Stützpunkt eintrafen und jeweils eine kleine Tüte Kartoffelchips, einen Apfel und ein großes Schokoladenkeks enthielten. Der Apfel war auf dem Weg nach Übersee viel herumgerollt. Ein angeschlagener Apfel und ein paar süße und salzige Krümel. Sie sollen wiesen, daß Sie an Sie denken.)

Überraschungen, Geschenke. Während ihres letzten Urlaubs in den Staaten, ein paar Tage bevor sie nach Saigon fliegen sollte, fuhr ein Lieferwagen vor ihrem Haus vor. Er kam von einer italienischen Bäckerei: eine rot-weiß-blau verzierte Torte. Der Bäcker war ein Immigrant, dessen Sohn als einer der ersten Amerikaner im Krieg gefallen war. Sie-die-nie-weint weinte jetzt.

Die Torte verschwand augenblicklich in der Tiefkühltruhe ihrer Mutter. Rouenna ließ niemanden daran.

Es ist nicht, daß ich Angst habe zu sterben. Es ist der Gedanke, daß ich Dich nie wiedersehen werde.

Die Neuangekommenen behaupten, daß die Mädchen zu Hause Röcke tragen, die kaum ihr Hinterteil bedecken. Du weißt, daß ich mich schämen würde, wenn Du so etwas tun würdest.

Ich bin der einzige von meiner Gruppe, der den Angriff überlebt hat, meine Kumpel sind alle tot.

Vielleicht werde ich eines Tages ein Buch schreiben, in dem die Wahrheit über diesen Krieg steht. Wahrscheinlich könnte ich es genauso diktieren wie diesen Brief.

Schneit es im Reservat?

Manchmal nahm ihr ein Soldat das Versprechen ab, daß sie, wenn er es nicht schaffte, seinen Lieben einen Brief schreiben würde, in dem sie schilderte, wie er starb, eine Pflicht, die in ihr mitunter den Wunsch aufkommen ließ, selbst tot zu sein. Auch viele dieser Briefe lauteten letztlich gleich. »Wir haben ihm genügend Morphium gegeben, damit er keine Schmerzen hatte. Er konnte nicht sprechen, aber er wirkte friedlich.« Sie hätte sich lieber in die Hand geschossen, statt etwas anderes zu schreiben.

Wäre Rouenna während dieses Frühjahrsputzes auf eigene Briefe gestoßen, hätte sie sie nicht gelesen.

Nichts hatte sie darauf vorbereitet. Nichts hätte sie darauf vorbereiten *können*. Nicht die Schuß- und Messerwunden, die sie während ihrer Ausbildung in einem Krankenhaus in Newark sah. Nicht die Kriegsversehrten, die sie auf den Stationen von Fort Ord vorfand, wohin sie nach den acht Wochen militärischer Grundausbildung in Fort Sam Houston versetzt worden war. Das lag nicht nur daran, daß sie nie zuvor so zerfetzte Körper gesehen hatte (*Stück für Stück auseinandergerissen* sagte man nicht nur in Vietnam). Es lag daran, daß ihr die Erfahrung fehlte, wie solche Fälle zu behandeln waren.

»Jetzt hören Sie mal zu, Leutnant. Wenn Sie das nächste Mal nicht wissen, was Sie tun, dann versuchen Sie, zehn Sekunden früher draufzukommen.«

Nachdem sie sich daran gewöhnt hatte (ein Wunder, daß man sich daran gewöhnte), während der Raketenangriffe zu leben und zu arbeiten (wenn auch nicht wie manche andere zu schlafen), nachdem sie gelernt hatte, die hereinkommenden Verwundeten von den Toten zu unterscheiden, die hinausgeschafft wurden, machte sie sich nicht mehr so große Sorgen, daß auch sie in diesem Krieg verwundet werden könnte. Obwohl in Vietnam Krankenschwestern verwundet und auch getötet wurden, betete Rouenna nicht darum, verschont zu werden, sondern darum, daß ihr das weitaus Schlimmere, selbst anderen Schaden zuzufügen, erspart blieb – das Gebet der unerfahrenen Krankenschwester. Die meisten Schwestern waren Anfang Zwanzig und hatten gerade erst ihre Ausbildung abgeschlossen. Rouenna hatte acht Monate Berufserfahrung, als sie nach Vietnam kam: mehr als manche andere. Sie hielten sich an die Veteraninnen, die schon einige Zeit hier waren, an ältere Schwestern mit fünf, zehn Jahren Erfahrung, aber diese Frauen hatten alle Hände voll zu tun. Ärzte verschwendeten nur selten Zeit damit, Krankenschwestern zu helfen, da waren auch die Armee und der Krieg keine Ausnahme. Und was die Sanitäter anbelangte – sie warteten auf die Anweisungen der Schwestern.

Massenhaft Verwundete, Schwerverwundete (und selten ein Soldat, der nur eine einzige Verletzung aufwies): die Katastrophe war nur eine falsche Bewegung, ein kurzes Zögern entfernt.

»Man lernt bei der Arbeit«, sagte die Oberschwester, ein Captain, die zum zweitenmal in Vietnam war. Gelassen. Als ob Rouenna gerade als Stenotypistin eingestellt worden wäre.

»Manchmal bekommt man eben nasse Füße«, sagte ein Arzt gern. Hier bedeutete das naß vor Blut.

Und wenn es etwas gab, was einem garantiert den Schlaf raubte, was die ersten Wochen mit einer so intensiven Angst würzte, daß sie meinte, eher *davon* zu sterben als von einer Bombe, dann war es die Angst, daß – nicht notwendigerweise aufgrund der eigenen oder eines anderen Inkompetenz, sondern schlichtweg weil so etwas in der

Hölle nicht zu vermeiden war – ein Lebender mit den Toten hinausgeschafft wurde.

Noch eine Geschichte, die die Runde machte: Ein Sanitäter will einen toten Soldaten in einem Leichensack verstauen, zieht den Reißverschluß bis zum Kinn des Soldaten hoch, der Soldat schlägt die Augen auf. »He, Mann, was soll der Scheiß?«

Das war natürlich woanders passiert, während jemand anders Dienst tat, weit weg, irgendwo im Delta, und damit hatte es sich vermutlich, es war eine von vielen Geschichten, die im Krieg erzählt wurden, vermutlich in jedem Krieg, sie klang sogar, als hätte man sie schon einmal gehört. Unbestätigt und ungewissen Ursprungs wie die Geschichte von der vergewaltigten Krankenschwester in Chu Lai oder das Gerücht, daß Washington plane, die Atombombe abzuwerfen, nur könnten sie die Truppen nicht schnell genug abziehen, ohne daß Hanoi Verdacht schöpfte (und was genau tun würde? Das war nicht ganz klar), und deswegen wollten sie nur die oberen Ränge evakuieren, die in letzter Minute ausgeflogen werden sollten. Die Huren mit den Rasiermessern zwischen den Beinen, die Heckenschützen, die darauf warteten, dich abzuschießen, bevor du in das Flugzeug nach Hause steigst. Oder, in einer anderen Tonart, die Marineschwester, die sich erhängte, als sie erfuhr, daß der Anästhesist, mit dem sie sich als verheiratet betrachtete, in den Staaten schon eine Frau hatte. Et cetera. Und schließlich war die Geschichte von dem Soldaten in dem Leichensack, so wie sie erzählt wurde, eine lustige Geschichte. Aber alle wußten, daß es passieren konnte, hier im Bauch des Chaos, während einer großen Offensive zum Beispiel, wenn innerhalb von zwei Stunden über hundert Verwundete eingeliefert wurden, wenn die Leute zwei, drei Tage arbeiteten, ohne zu schlafen, und manchmal über einem Patienten zusammenbrachen, ein Wunder wäre es gewesen, wenn es nicht passiert wäre, irgendwo, zumindest einmal, vielleicht auch öfter, obwohl niemand je vorgetreten wäre und gesagt hätte: *Es ist passiert.* Weswegen auf die Geschichte, wann immer sie erzählt wurde (»He, was soll der Scheiß?«), hysterisches Lachen folgte, auch wenn man sie schon einmal gehört hatte.

Und nicht lange nachdem Rouenna die Geschichte zum erstenmal gehört hat, ereignete sich auf dem Hubschrauberlandeplatz vor dem Krankenhaus, in dem sie Dienst tat, folgendes: Männer rannten hin und her und trugen die Verletzten von den Hubschraubern in die Aufnahme. Daneben ein Haufen Toter. Unten im Haufen ein Arm – ihr Blick fällt auf die Hand, sie bewegt sich, die Finger zucken. Rouenna schreit, und ein Arzt, der mit einer Bahre vorbeirennt, wird auf sie aufmerksam. »Holt ihn da raus!«

Ein paar Minuten später, als sie eine Aderpresse anlegt, kommt der Arzt zu ihr und informiert sie schmallippig, daß sie sich Dinge einbildet. Rouenna schämt sich in Grund und Boden.

Am Abend: Happy Hour im Offiziersclub, sie trinkt

ihren dritten Scotch mit Soda, raucht eine Kool nach der anderen. Die Hand hört nicht auf, ihr zu winken.

Hatte sie es sich tatsächlich eingebildet? Wie wäre es damit: Der Mann lebte, wäre sogar noch zu retten, aber in dem ganzen Durcheinander wurde er versehentlich hinausgeschafft. Und dann quetschte das Gewicht der vielen Leichen, die auf ihn geworfen wurden, den letzten Rest Leben aus ihm. Und das hatte sie gesehen, das letzte Zucken.

Plötzlich schob sich spinnenartig eine Hand vor ihr Gesicht. Der Arzt, der sich von hinten angeschlichen hatte. »Kann ich dir einen Drink spendieren?«

»Mistkerl.«

Er hatte einen höheren Rang als sie, aber er lachte laut, um nicht entsprechend reagieren zu müssen.

Später am Abend kam ein Sanitäter zu ihr. »Bei allem Respekt, Ma'am, als wir bei ihm ankamen – der Arm war nirgendwo mehr dran. Sie müssen es sich eingebildet haben.« Er hatte Gras mitgebracht, um sie auf andere Gedanken zu bringen. Dann vögelten sie, trotz des Rangunterschieds.

Sie kam darüber hinweg. Man konnte nicht über solche Sachen nachgrübeln und gleichzeitig seinen Job machen. Später dachte sie, daß der Sanitäter sie angelogen hatte, um alle Zweifel auszuräumen. Aber sie wußte auch, daß der Kopf einem solche Streiche spielen konnte. Dinge sehen, Dinge hören, sich einbilden, daß Dinge anders passiert waren als in Wirklichkeit – es war alles Teil der Anspannung. Eine Woche lang, nachdem ein Hubschrauberpilot abgeschossen worden war (bei Kriegsende galt er immer noch als vermißt), drehte sich Rouenna mehrmals mit ausgebreiteten Armen auf der Stelle um, weil sie überzeugt war, gerade sein unverwechselbares, häufig imitiertes Lachen gehört zu haben, hi-ha, hi-ha. Und während des Monsuns, als es schien, daß Gott versuchte, den Krieg zu ertränken, hörte man nach einer Weile Dinge unter der Tätowierung des Regens. Stimmen, Gelächter, jemanden, der sang, Applaus, Gezischel, Stöhnen, wiehernde Pferde, ein Orchester, das sich einstimmte, das Läuten eines Telefons, ein Herz, das schlug – lauter und lauter wie das Herz in der Geschichte, die sie auf der High School hatten lesen müssen. »When You Wish Upon a Star«, das Ave-Maria, das Treuegelöbnis, die Titelmelodie von *Lassie*, den eigenen Namen. Jemand, der deinen Namen rief. *(Komme gleich, Mom.)* Hi-ha, hi-ha.

Oder der Tag, an dem Rouenna auf dem Flughafen von Tan Son Nhut eintraf, nach einem schlaflosen Vierundzwanzigstundenflug, der Rock ihrer Uniform mit Akkordeonfalten. Sie kam fast um in ihren Nylonstrümpfen und dem Hüfthalter, als sie zum erstenmal in diese Hitze trat, diese Blasen werfende Hitze wie im Maul eines Drachen, die Luft stank nach etwas, was sie nie zuvor gerochen hatte (in Kerosin gebratener Fisch?), sie trippelte über den Asphalt in ihren hochhackigen Schuhen, die ihre vom Flug geschwollenen Füße gnadenlos einzwängten, ihre ersten zittrigen Babyschritte in Südvietnam –

Auf dem Boden sah sie nichts außer Kampfstiefel. Dann einen grünen Wald, der sich um sie schloß. *Eine kranke Krankenschwester. Genau das, was wir hier brauchen.* Die nächsten drei Tage wälzte sie sich auf einem schweißgetränkten Feldbett, sie hatte Fieber, und ihr war schlecht, immer wieder hörte sie die sarkastische Bemerkung, jedesmal klang sie noch ein bißchen sarkastischer, und stets folgte ihr lautes Männerlachen. Und obwohl ihr gesagt worden war, daß so etwas vorkam und sie nicht die erste war, die bei der Ankunft in Vietnam krank wurde, schämte sich Rouenna. Ein Anfang in Schande, den sie wiedergutmachen mußte. (Wie sie sich auch der makellos sauberen Hosen und der glänzenden quietschenden Stiefel, in denen jeder Neuankömmling sich so unbehaglich fühlte, erst noch würdig erweisen mußte.)

Aber als es ihr wieder gutging, als sie in Long Binh eingewiesen worden war und die C-130 bestiegen hatte, die sie zu ihrer ersten Stationierung bringen sollte, einem Evakuierungskrankenhaus in Danang, wußte sie, daß sie sich die sarkastischen Worte und das johlende Lachen eingebildet hatte. Ihre eigene Angst und Scham hatten sich bemerkbar gemacht.

Aber die Hand, die Hand –

– ließ sie nicht los, solange sie dort war. Jetzt streckte sie sich ihr über zehn Jahre hinweg entgegen, und die blutigen Fingerspitzen – kalt wie der Tod – fuhren ihr über die Wange. Sie stand vom Boden im Schrank ihrer Mutter auf, ging ins Bad und klatschte sich Wasser ins Gesicht.

Sie kehrte auf Zehenspitzen ins Schlafzimmer zurück, kaum atmend, und legte sich auf das Bett ihrer Mutter. So leise, als wäre das Zimmer voller Babys, die sie gerade in den Schlaf gewiegt hatte. *Psst.* Zu dieser Stunde war der Raum für gewöhnlich sonnig, aber da es bedeckt war, herrschte Dämmerlicht. Abgesehen von Gigi, dem Pitbull ihrer Mutter, der unten auf dem Sofa schlief, war Rouenna allein im Haus. Es war nicht das Haus, das die Zycinskis gekauft hatten, als sie von Staten Island nach New Jersey zogen. Dieses Haus war verkauft worden – ihre Mutter hatte darauf bestanden, nachdem Rouennas Bruder Thad mit seinem Motorrad an einem nassen Morgen auf dem Nachhauseweg von einer Party gegen einen Brückenpfeiler gefahren war. Das war ungefähr zwei Jahre nach Rouennas Rückkehr aus Vietnam passiert, und wenn etwas die Erinnerungen an den Krieg wachrufen konnte, dann der Anblick ihres zerschmetterten Bruders (er hatte keinen Sturzhelm getragen und war angeblich 130 km/h gefahren) in der Leichenhalle des Krankenhauses. Bevor sie ihren zweiten Mann kennenlernte, hatte Rouennas Mutter eine Zeitlang mit ihrem Jüngsten, Henry, in einem winterfesten Bungalow an der Küste gelebt. Als sie wieder heiratete, zog sie in dieses alte Haus, ein hübsches, solide gebautes Kolonialhaus in einer ruhigen freundlichen Straße, dicht bestanden mit schattenspendenden Bäumen; es war das Haus, in dem ihr zweiter Mann aufgewachsen war. Sie war glücklich gewesen mit ihrem zweiten Mann, einem Autohändler, der so hübsch, solide und spießig war wie sein Haus. Als er an Krebs starb, fürchtete Rouenna, daß ihre Mutter in die alten Gewohnheiten zurückfallen und ihre Tage verschlafen und trinken würde. Statt dessen absolvierte Teresa LoPresto (sie hatte den Namen ihres zweiten Mannes angenommen) Kurse in einem Kosmetikinstitut in Trenton, lernte epilieren und fand eine Stelle in einem Schönheitssalon in einem der neuen Einkaufszentren. Sie richtete das Haus neu ein. Sie achtete auf sich, auch während der Zeit der größten Trauer, sie hörte auf zu rauchen (ihr Mann war an Lungenkrebs gestorben, und sie erfüllte ihm damit den Wunsch, den er auf dem Totenbett geäußert hatte), und kaum war die Trauerzeit vorüber, begann sie mit Männern auszugehen. Sie war nicht mehr jung, trotzdem hatte sie weder ihr Interesse an Männern noch ihre Fähigkeit verloren, sie auf sich aufmerksam zu machen. Und die mittleren Jahre ihres Lebens waren in jeder Hinsicht glücklicher als ihre Jugend. Wie viele Frauen ihrer Generation hatte sie zu jung geheiratet, den ersten – den einzigen – Jungen, den sie geküßt hatte, und sofort Kinder bekommen. Langsam, langsam vergingen die Jahre, sie hatte alle Zeit der Welt, ihr Gefängnis genau zu studieren, und sie konnte keine Fluchtmöglichkeit entdecken, außer den Verstand zu verlieren. Aber sie war nicht wie diese Frauen, von denen man damals ständig hörte, dazu verdammt, ihr Leben lang den gleichen dummen Fehler zu wiederholen. Nachdem ihr erster Mann gestorben war, mied sie Männer wie ihn, und obwohl sie hin und wieder mit der Gefahr liebäugelte und mit wilden Männern ausging, weil Gefahr spannend sein und auch ab und zu Spaß machen konnte, zog sie zum Heiraten nur stabile, verläßliche, freundliche Männer in Betracht. Wie Rouenna zu Henry sagte: »Ich glaube, Mom ist endlich erwachsen geworden.« Rouenna sah es als Folge der vielen Tode: eine Mutter, ein Vater, zwei Ehemänner, ein Sohn – nichts läßt eine Person so erwachsen werden wie der Tod. So war es auch im Krieg, nur ging es dort viel schneller. Ein einziges Feuergefecht konnte ausreichen. Eine Schicht in der Notaufnahme.

Und jetzt sollte aus Teresa LoPresto Teresa McFaye werden. Sie hatte ihren Verlobten über eine Partnervermittlung für »reife« katholische Singles kennengelernt. Ein Witwer, ein pensionierter Feuerwehrcaptain, ein ehemaliger Marine, wie Rouennas Vater ein Veteran aus dem Zweiten Weltkrieg, der in Okinawa gekämpft hatte. Er war altmodisch. Er weigerte sich, mit ihr zusammenzuleben, solange sie nicht verheiratet waren. In einem Monat wäre das ihr gemeinsames Haus, ihr gemeinsames Zimmer, ihr gemeinsames Bett.

Und wann hatte Rouennas Mutter zum letztenmal Rouennas Vater erwähnt? Rouenna erinnerte sich nicht. Es war fast so, als hätte es diese erste Ehe, diese Phase im Leben ihrer Mutter nicht gegeben. Sie hatte sie weit weggeschoben, tief vergraben unter einem Berg Kohlen. An diesem Ort trieben sich Ratten herum, kreischten Möwen und tuteten Nebelhörner, bewacht von Kings Gespenst.

(Der Anblick eines deutschen Schäferhunds – was auf einem Militärstützpunkt nahezu unvermeidlich war – war für Rouenna immer schmerzhaft.)

Das Schlafzimmer ihrer Mutter: hübsch, sauber, ganz anders als die Räume, in denen Rouenna aufgewachsen war. Der Kakerlak mußte schon den Bus nehmen, um hierherzugelangen. Vor dem Fenster blühte der Hartriegel, neigte sich im Wind, der Schatten eines Asts kratzte an der Schlafzimmerwand wie Gigi an der Tür, wenn sie ins Freie wollte. Einen Augenblick lang brach die Sonne durch die Wolken und wurde von einem Ausbruch ekstatischen Vogelgezwitschers begrüßt.

Rouenna lag reglos auf dem Bett ihrer Mutter. Es war, als wäre Gas aus der herzförmigen Schachtel ausgetreten. Wenn sie sich zusammengerissen hätte, hätte sie aufstehen können, aber wollte sie das wirklich? Seit langem hatte sie nicht mehr so ausführlich über die Vergangenheit nachgedacht. Und sie erlebte jetzt nicht eine entsetzliche Rückblende, sondern diese unbeschreibliche Mischung aus Freude, Seelenqual und Sehnsucht, die nur Vietnam in ihr hervorrufen konnte.

»Wohin würden Sie gern gehen, Leutnant?«

Was für eine Frage. Sie hatte nicht damit gerechnet, gefragt zu werden, und wußte keine Antwort. Sie konnte eine Gegend von Vietnam nicht von der anderen unterscheiden. Sie hatte nur gehofft, die zwei Krankenhäuser zu umgehen, in denen Schwestern statt Hosen weiße Kittel tragen mußten. Sie entgegnete dem Offizier, der sie einteilte, daß es ihr gleichgültig sei, wo sie stationiert würde, aber wenn möglich, wolle sie nicht die ganze Dienstzeit am selben Ort festsitzen und immer das gleiche tun. Der Offizier konnte nicht widerstehen: »Haben Sie Angst, Sie werden sich langweilen?« Rouenna wurde ihr Wunsch umstandslos gewährt. Nach sechs Monaten in Danang (und zwei Wochen Urlaub in Hongkong) fand sie sich in einem anderen Evakuierungskrankenhaus im Süden wieder, in Long Binh. In beiden Krankenhäusern tat sie Dienst in der Notaufnahme, der postoperativen und der Intensivstation, der Krankenstation und der vietnamesischen Station. Außerdem verbrachte sie Zeit damit, vietnamesische Krankenschwestern in einer zivilen Klinik auszubilden, einem armseligen, heruntergekommenen Gebäude (die meisten vietnamesischen Krankenhäuser waren längst nicht so gut ausgestattet wie die Hundeklinik der US-Armee in Long Binh), das sie auf den ersten Blick an einen Film über kranke Afrikaner erinnerte, den sie als Kind in der Schule gesehen hatte, und an diese Lehrerin, die sie haßte, wie hieß sie gleich wieder, ihr Name reimte sich auf Kitsch. Nicht, daß sich Rouenna an irgendeine Lehrkraft erinnerte, der sie sympathisch gewesen war. Sie war nie eine gute Schülerin gewesen. Auch in der Schwesternausbildung, die sie gehaßt hatte, wie sie jede Schule gehaßt hatte, gehörte sie zu den schlechtesten. Nur in Vietnam wurde sie zu jemandem, der sie nie zuvor gewesen war: jemand, der schnell lernte. Natürlich lernte man in einem Monat in der Kampfzone mehr als in einem Jahr in irgendeinem Krankenhaus in den USA. (Eins der wenigen Dinge, die Rouenna vor der Abreise nach Vietnam erzählt worden waren und die sich als absolut zutreffend herausstellten.) Hier sah eine Schwester Dinge, die sie sonst nirgendwo gesehen hätte. Viele der Fähigkeiten, die sie hier erwarb, konnte sie nie wieder einsetzen. Abgesehen von der ganzen Skala von Kriegsverletzungen sah Rouenna hier Fälle von Malaria, Dengue-Fieber, Typhus, Ruhr, Beulenpest, Tuberkulose und Cholera. Lepra und andere Hautkrankheiten, die keinen wissenschaftlichen Namen hatten: der schleichende Dreck, diese-oder-jene Fäule. Dschungelfuß und Dschungelschritt. Schlangenbisse, Insektenstiche, die fast so schlimm waren wie Schlangenbisse. Andere Bisse, von Affen, Hunden, Menschen, Ratten. Tollwut. Würmer, Blutegel, Krätze, Läuse. Hitzschlag, Kriegspsychosen, Monsunkoller. Geschlechtskrankheiten, *beaucoup* Geschlechtskrankheiten – angeblich wurde man in einem schweren Fall von Geschlechtskrankheit mit dem Purple Heart ausgezeichnet. Sie sah nie einen Penis, der von einem Rasiermesser zerschnitten war. (Aber einmal, unvergeßlich, einen Kopf, der in die Rotorblätter eines Hubschraubers geraten war.) Langeweile? Man wußte nie, was als nächstes kommen würde. Das Zeitsoldaten-Syndrom, das sich zu einer Psychose auswuchs. Der Neuankömmling, der es nur bis zum Ersatzteillager schaffte, wo sein Blinddarm durchbrach. (»Ich simuliere nicht! Ich schwöre, ich simuliere nicht!«) Die verdorbenen Bohnen und Würste, die eine ganze Kompanie lahmlegten. Schnittwunden von Flaschen und eingeschlagene Köpfe, zugezogen bei Rassenunruhen. Betrunkene, denen der Magen ausgepumpt werden mußte. Der Späher, der von einem Tiger angefallen wurde. Ein Junge, der tot vom Schlachtfeld getragen wurde, aber keinen einzigen Kratzer hatte (Aneurisma). Der Green-Beret-Captain, bei dem Leukämie diagnostiziert wurde. (»Ist das nicht ein Schlag in die Magengrube?«) Ein General, der im Genesungszimmer Orden verteilte und einen Herzinfarkt erlitt. Eine Nordvietnamesin, auf deren Brüsten Zigaretten ausgedrückt worden waren und die so kleine Zwillinge auf die Welt brachte, daß man sie beide in einer Hand halten konnte. Totgeburten.

»So eine Scheiße könnte man nicht einmal erfinden«, meinte ein Sanitäter namens Luciano. *Unlucky* Luciano – weil er eine dieser Trantüten in der Armee war, die nie etwas richtig machten und ständig dafür gemaßregelt wurden. Er half Rouenna dabei, die persönliche Habe eines nicht identifizierten Soldaten durchzugehen, den sie gerade für eine Operation vorbereitet hatte. Der Junge sollte überleben, wäre aber nie wieder derselbe. Es stellte sich heraus, daß er den Körperteil gesammelt hatte, den er selbst an eine explodierende Mine verloren hatte. »Das Schlimmste, Mann«, sagte Unlucky immer wieder. »Das absolut Schlimmste, was einem passieren kann.«

Das Schlimmste, was Rouenna vor dem Krieg gesehen hatte, war ein Baby, das ohne Augen geboren wurde. Sie erinnerte sich an das Geräusch – ein kollektives Luftschnappen im Kreißsaal, als der Kopf des Kindes herauskam – und daß wochenlang im Krankenhaus über nichts anderes geredet wurde. Die fehlenden Augen waren nur eins der vielen Dinge, die mit dem Baby nicht stimmten. In Vietnam benutzte Rouenna das augenlose Baby mitunter als Maßstab. Zumindest waren es hier Erwachsene, sagte sie sich. Zumindest hatten sie die Chance gehabt, ein paar Jahre lang ein normales Leben zu führen, Gutes zu erleben, Spaß zu haben. Es war der Versuch, eine Perspektive einzunehmen, die ihr dabei helfen würde, nicht den Verstand zu verlieren, aber auch das funktionierte nur bedingt. Zum einen waren unter den am grauenhaftesten zugerichteten Opfern, die sie gesehen hatte, zwei siebzehnjährige High-School-Abbrecher, und sie hatte sogar von Fünfzehnjährigen gehört, die ein falsches Alter angegeben hatten, damit ihr kindischer Wunsch, in diesem Krieg zu kämpfen, erfüllt wurde. Bei den Vietnamesen gab es auf beiden Seiten ebenso junge oder noch jüngere Soldaten, und wohin man blickte, sah man Kinder – unzweideutig Kinder – mit den gleichen schrecklichen Verletzungen und abgetrennten Gliedmaßen wie die verwundeten Soldaten. Hysterische Mütter brachten hoffnungslos verstümmelte Kinder in die Notaufnahme des Militärkrankenhauses. Todkranke und behinderte Kinder wurden auf allen Stützpunkten ausgesetzt. Einmal, in einer Schuhschachtel, ein unterernährtes Baby, das nur Stunden überlebte. Wann immer sie Zeit hatten, fuhren Ärzte und Schwestern in die Dörfer, um die Bevölkerung medizinisch zu versorgen. Auf einer dieser Medcap-Missionen zu einem Waisenhaus außerhalb von Hue war das erste, was Rouenna sah, eine Nonne, die ein Baby mit einem grausam entstellten Gesicht in den Armen hielt. Die Nonne ging direkt auf sie zu, und mit einem breiten Grinsen drückte sie Rouenna das Mädchen, dessen Augen von Schrapnellsplittern zerschnitten waren, in die zitternden Hände.

Medcaps waren eine Sache, eine gute Sache, auch wenn die Herzen mancher Dörfler für die andere Seite schlugen, auch wenn die Medikamente auf dem schwarzen Markt oder in den Händen des Feindes landeten. Aber wie alle anderen schreckte Rouenna davor zurück, Kriegsgefangene zu behandeln. Sich vom Leiden und Sterben unserer Jungs abzuwenden, um den Mistkerlen zu helfen, die für ihr Elend verantwortlich waren? Warum um alles in der Welt sollte man so etwas tun? Weil es befohlen wurde. Und Rouenna kam sich noch illoyaler vor aufgrund der Bewunderung, die sie wider Willen empfand. Nicht, daß die Amerikaner nicht stoisch gewesen wären, das waren sie unzweifelhaft – besonders die Marines bewiesen ein ums andere Mal ihren Mumm. Aber etwas an der Art, wie die Vietnamesen sich hielten, nicht nur die Gefangenen, auch die Zivilisten, sogar die Frauen und manche Kinder, beeindruckte alle. Die Stille auf diesen Stationen – wem wäre da nicht mulmig geworden? Ein Militärpolizist, der die Gefangenen bewachte, sagte: »Das beweist nur, daß sie Schmerz nicht so empfinden wie wir.«

Eine weitverbreitete Erklärung. Der Mann tat Dienst, als Rouenna einmal Nachtschicht hatte. Sie erneuerte den Verband am Bein eines nordvietnamesischen Soldaten und vermied die ganze Zeit, ihm ins Gesicht zu schauen (sie wußte, daß er sie finster anblickte). Erst im letzten Moment sah sie ihm ins Gesicht, und er spuckte sie an. Als sie aufschrie, lief der MP zu ihr und stieß dem Mann mehrmals den Kolben seiner M-16 in den Bauch. Er stöhnte nicht einmal. »Verstehen Sie, was ich meine?« Der MP ging zurück auf seinen Posten und schüttelte angewidert den Kopf. »Wir werden diesen Scheißkrieg nie gewinnen.«

Am meisten erstaunte Rouenna, wie schnell es passiert war. Als hätte der Mann überhaupt nicht darüber nachgedacht, was er tat. Als hätte er instinktiv gehandelt, als wäre die Spucke in dem Augenblick von seinen Lippen geflogen, in dem Rouenna ihn ansah, als hätte er Böses abwehren wollen. So instinktiv von jemandem gehaßt zu werden, den sie nicht kannte, dem sie nur Gutes getan hatte – das war merkwürdig und schwer zu verdauen. Sie behandelte nordvietnamesische Soldaten und Vietcong zwar nicht gern, aber wenn sie mußte, tat sie es richtig, ließ ihnen die gleiche Behandlung wie allen anderen zuteil werden. Andere Krankenschwestern behandelten Gefangene grob, ließen ihre nicht unbeträchtliche Wut und Frustration an ihnen aus und machten auch keinen Hehl daraus. Sie wußte von Operationsteams, die sich kaum die Mühe machten, sich zu desinfizieren, bevor sie Gefangene operierten, von Fällen, in denen Schmerzmittel oder Antibiotika oder manchmal sogar die Anästhesie verweigert wurden. Rouenna hatte wie ihre Mutter eine abergläubische Ader. Sie glaubte, daß sie selbst verletzt würde, wenn sie ihren Eid brechen, wenn sie der Versuchung nachgeben und jemandem Schaden zufügen würde. *Auge um Auge* war hier nicht nur ein sprachlicher Ausdruck – man denke nur an den jungen Soldaten und seine Souvenirs. Und es gab so viele Möglichkeiten, wie man in Vietnam verwundet werden konnte.

Die Verbrennung auf dem Oberschenkel des vietnamesischen Soldaten war schlimm. Rouenna hatte den Verband sehr vorsichtig gewechselt und darauf geachtet, das Risiko einer Infektion gering zu halten. Sie hatte die Würde und Privatsphäre des Soldaten respektiert und versucht, Blickkontakt zu vermeiden, um es ihm leichter zu machen. Und das verdammte Scheißschlitzauge hatte sie angespuckt.

Sie kam darüber hinweg. Das war die einzige Möglichkeit – *keine sensiblen Pflänzchen!* Aber danach fiel es ihr nicht leicht, ihn weiterhin zu versorgen. Um sich selbst Mut zu machen und ihn möglichst zu ärgern, wenn sie seinen Verband oder den Tropf wechselte, sang sie jetzt immer laut und falsch »The Star-Spangled Banner« und »Yankee Doodle Dandy«. Da zuckte er schon zusammen. Manchmal sagte er etwas zu ihr. Im Krankenhaus gab es Dolmetscher, aber die brauchte Rouenna nicht wirklich.

»Na, Prinz Charles, einer der wenigen Sätze, die ich auf

vietnamesisch sagen kann, ist ›Es tut mir leid‹, aber dir hat das wohl niemand beigebracht, was?«

Es war eine Erleichterung, als es diesem Major gut genug ging, daß er ins Gefangenenlager überstellt werden konnte, wo er zudem die Chance hatte, Rouennas Behandlung schätzen zu lernen.

Und als es an der Zeit war, die Geschichte des Vietnamkriegs zu erzählen und all die Fehler, die die US-Armee gemacht hatte, unter die Lupe zu nehmen, wer erinnerte sich da an Polly?

Polly, Pretty Polly. Ihr richtiger Name lautete Helga. Helga Paulina di Venere. Polly. Daß die Armee sie überhaupt rekrutiert hatte, war unbedacht genug gewesen. Sie nach Vietnam zu schicken war unverantwortlich. Es war, als hätte keiner der Beteiligten je vom Schreibtisch aufgeblickt.

Mit den Worten eines überaufgeregten Unteroffiziers: »Die ist zusammengewürfelt aus Ann-Margret und Gina Lollobrigida.« Der Junge hatte wenigstens ein gutes Auge. Polly war halb schwedisch, halb italienisch. Sie sprach sogar ein bißchen Schwedisch, was in Vietnam so nützlich war wie alles andere an ihr.

Hierher, wo auch noch die graueste Maus soviel Aufmerksamkeit auf sich zog wie eine langbeinige, vollbusige blonde Schönheit, schickten sie eine langbeinige, vollbusige blonde Schönheit.

Ständig angegafft und verfolgt, ständig fotografiert zu werden – das gehörte zum Leben jeder Militärkrankenschwester. Gelächter, Gejohle, Pfiffe, Applaus. Hin und wieder schlug die Aufmerksamkeit in Belästigung um, und es gab immer ein, zwei Voyeure, aber überwiegend herrschte Höflichkeit – ja, sogar Galanterie. Mit Polly hielt jedoch ein chaotisches Element Einzug. Es war wie zu der Zeit, als das Gerücht umging, die echte Ann-Margret würde kommen, und die Männer nahezu außer sich waren. Nun ja, Ann-Margret kam nicht (solche Gerüchte waren häufig in Umlauf, und ebenso häufig waren sie falsch), dafür eine andere Sexbombe, und die warf einen Blick auf die vielen zwei- oder dreifach Amputierten und lief davon. *Fotze*, zischte ihr eine wütende Schwester nach. Die Männer waren niedergeschmettert, aber das war nicht die einzige Enttäuschung dieser Art; nicht jede kann Martha Raye sein. Was die Krankenschwestern anbelangte, so waren sie nicht übermäßig erfreut über die Berühmtheiten und Stars, die gelegentlich vorbeirauschten. Manche waren regelrecht eifersüchtig wegen des Theaters, das um sie gemacht wurde. Denn was taten diese Glamourpuppen schon für die Männer, verglichen mit den Krankenschwestern?

Doch was war mit Polly – Krankenschwester, Glamourpuppe und Leutnant, »alles zusammengewürfelt«, die nicht nur vorbeirauschte? Sie konnte nicht in den Offiziersclub gehen oder im PX-Laden einkaufen, ohne gemobbt zu werden. Ihr Offizierspatent bot ihr soviel Schutz wie der Rock eines Cheerleader-Mädchens, das ein Rad schlägt. GIs schlugen selbst Räder, wenn sie auftauchte. Vorgesetzte befahlen ihr, mit ihnen zu trinken, zu essen, zu tanzen. Ihre Anwesenheit war Pflicht an Orten, wohin kein anderer einfacher Leutnant gebeten wurde. Sie war selbst eine Berühmtheit, Pretty Polly. Und wie alles andere an der Armee und an Vietnam haßte sie es.

»Mir wurde gesagt, ich würde in Deutschland stationiert. Sie haben gesagt, daß ich auf keinen Fall nach Vietnam käme, außer ich wollte dorthin, und ich habe eindeutig klar gemacht, daß ich das nicht will. *Ich kann nicht fassen, daß ich hier bin!* Als ich meinen Marschbefehl kriegte, habe ich mich zuerst überhaupt nicht aufgeregt, weil ich sicher war, daß ihnen ein Fehler unterlaufen war. Ich ging zur Oberschwester« – sie verzerrte ihre Züge zu dem häßlichsten Grinsen, das diese Züge zustande brachten –, »und die sagt: ›Tut mir leid, Leutnant, diese Art Fehler unterläuft der Armee nicht.‹« (Die Geschichte bekam allmählich einen Bart.)

Zwei Dinge bedeuteten Pretty Polly etwas: ihr Irish Setter und ihr gutaussehender großer Bruder (beide hießen »Red«), und beide waren zu Hause in Minneapolis. Fotos von ihnen hingen überall in ihrem Zimmer. Ihr einziger Gedanke war, zu ihnen zurückzukehren. Die hübscheste Weiße in ganz Vietnam, und keinerlei Interesse an einer Affäre. Woraufhin das Gerücht in Umlauf gesetzt wurde, sie sei lesbisch – eine weitere abgedroschene Erklärung (und ein weitverbreitetes Gerücht über Frauen in der Armee im allgemeinen). Rouenna wußte, daß es daran nicht lag – aber woran zum Teufel lag es? Ihr selbst fiel es schwer, sich nicht mindestens einmal pro Woche zu verlieben, sie mußte ihre ganze Selbstbeherrschung aufbringen, um nicht jede freie Minute in den dschungelgebräunten Armen des einen oder anderen Soldaten zu verbringen. (»Komm schon, Baby, morgen muß ich auf Patrouille, du weißt doch, daß ich dabei umkommen kann.« »Das hat dein Kumpel auch gesagt.« »Was soll ich denn sagen?« »Sag überhaupt nichts, küß mich einfach.«) Es wäre etwas anderes gewesen, wenn Polly zu Hause einen Freund gehabt hätte, für den sie sich aufsparte, aber sie erzählte Rouenna, daß sie keinen Freund hatte. Daraufhin begann Rouenna, sich über diesen großen Bruder Gedanken zu machen.

Mit Polly in derselben Baracke zu wohnen war mehr als eine Prüfung. Sie war ein sensibles Pflänzchen. Sie litt unter Heimweh, wie man als Mensch unter Heimweh nur leiden kann, die meiste Zeit weinte sie. Sie konnte sich mit ihrem Schicksal nicht abfinden, mit dem schmutzigen Trick, der sie mitten in einen Krieg katapultiert hatte. (»Ich wollte nur ein bißchen Unterstützung, um die Ausbildung finanzieren zu können.«) Der Arbeit während eines Gefechts war sie überhaupt nicht gewachsen. Als Schwesternschülerin hatte sie davon geträumt, eines Tages einen Job als Krankenschwester in einer Privatschule zu finden – soviel zu ihren Karrierewünschen. Kein Fehler, sondern ein schreckliches Unrecht war dafür verantwortlich, daß Polly in Vietnam gelandet war, und sie würde nicht das Beste daraus machen. Nicht einmal an die kleineren Unannehmlichkeiten – Ärgernisse wie die Hitze, der Schimmel, die Insekten, die kalten Duschen und die Latrinen im Freien – konnte Polly sich gewöhnen. (Auch der Gang auf die Latrine war für Polly nicht der schlichte Vorgang wie für jeden anderen, zumindest nicht mehr, seitdem sich jemand eingeschlichen und auf die Innenseite der Tür gekritzelt hatte: »Lieber Lt. di V. Dieser Soldat würde einen Kilometer Ihrer Scheiße fressen, nur um zu sehen, woher sie kommt.«)

Übelkeit, Brechreiz – selbst erfahrene Krankenschwestern hatten manchmal Schwierigkeiten, vor allem mit Brandopfern. Aber Polly war die einzige, die häufig aus dem Raum rennen mußte.

»Eine zimperliche Schwester. Genau das, was wir hier brauchen.« Diesmal wurde es ausgesprochen: von Rouenna.

Polly war auch zimperlich, was Maden anbelangte, und Maden – nun, vor denen gab es kein Entrinnen.

Während Polly in den USA ihre Grundausbildung beendete, war etwas passiert, was sie bei ihrer Ankunft in Vietnam noch nicht überwunden hatte. Sie und eine Freundin hatten das Ausbildungscamp verlassen, um Hamburger und Pommes frites zu kaufen. Die Freundin holte das Essen, während Polly beim Jeep blieb, aber ausstieg, um ihre langen Beine zu strecken. Sie fielen über sie her, noch bevor sie sie sah, sie boxten und traten sie, stießen sie zu Boden. Bewaffnet mit Plastikflaschen, spritzten sie

sie voll Ketchup: Uniform, Gesicht, Haare. »Das ist vietnamesisches Blut, du Fotze, du Scheißmilitärfotze, das willst du doch, stimmt's, du verdammtes Schwein.« Zu diesem Zeitpunkt glaubte Polly noch, daß sie nach Deutschland geschickt würde. Die Jugendlichen waren in ihr Auto gesprungen und davongefahren, bevor ihre Freundin zurückkam und sie fand. Zwei Tage später erhielt Polly ihren Marschbefehl nach Vietnam.

Einer der heißesten, herausforderndsten und gefährlichsten Orte in Vietnam, an denen eine Krankenschwester stationiert werden konnte, war Pleiku. Nach Pleiku also schickt die Armee Pretty Polly als erstes. Als sie dort eintrifft, wird der Stützpunkt ununterbrochen beschossen. Der Strom der eingelieferten Verwundeten reißt nicht ab, alle Kräfte werden rund um die Uhr gebraucht. Wenn sie endlich einmal eine Pause hat, ist an Schlaf nicht zu denken: der Lärm, die Angst. Bald ist Polly zu so gut wie nichts mehr zu gebrauchen: Es ist schwer, eine Wunde zu nähen, wenn einem die Hände zittern. Sie kann vor Schlafmangel kaum mehr aufrecht stehen. Sie verweigert das Dex, das alle anderen schlucken. (Noch etwas, was Polly von allen anderen unterscheidet: Sie raucht nicht, sie trinkt nicht exzessiv, und sie nimmt keine Drogen. Was tut sie hier eigentlich? fragten sich die Leute.) Sie weint, rauft sich das blonde Haar, bittet darum, nach Hause geschickt zu werden. (»Oder laßt mich zumindest wie versprochen nach Deutschland gehen.«) Statt dessen wird sie nach Long Binh versetzt. Nicht gerade

Frankfurt, aber relativ sicher. Sie und Rouenna treffen in der gleichen Woche im Krankenhaus ein. Rouenna hat mittlerweile die Hälfte ihrer Dienstzeit und die schlimmsten Tage hinter sich, sie ist zum Oberleutnant befördert worden, hat Hunderte von Patienten behandelt, und aus ihr ist eine Gefechtskrankenschwester von beträchtlichem Geschick geworden. Polly ist in jeder Beziehung nach wie vor ein Neuankömmling und hat noch zehn Monate vor sich. Aber der wichtigste Unterschied ist: Rouenna gehört hierher, Polly nicht.

Abgesehen von ein paar Ärzten und Mitarbeitern der Krankenhausverwaltung, den Berufssoldaten – die REMFs (*rear echelon motherfuckers* oder Arschlöcher an den Schreibtischen), die *alle* haßten –, kam Rouenna gut aus mit den Leuten, die sie beim Militär kennenlernte, und mit niemandem war sie so gern zusammen wie mit den Freunden, die sie im Krieg fand. Manche meinten, daß die schweren Zeiten, die zermürbende Arbeit, die endlosen Schrecken und das Leid die guten Zeiten so gut machten. Andere glaubten, es liege an dem hervorragenden Haschisch. Was immer es war, nie zuvor oder danach lachte Rouenna soviel und hatte soviel Spaß wie in diesem Jahr in Vietnam. Und es gab eine weitere Überraschung: Die Leute, mit denen sie sich am engsten zusammenschloß, waren Frauen. Schwesterliche Gefühle, das war etwas Neues für Rouenna. Als das einzige Mädchen in ihrer Familie war sie bis zur High School ein Wildfang. (Als sie in den Drugstore ging, um zum erstenmal Damenbinden zu kaufen, blickte der Mann hinter dem Ladentisch auf und sagte: »Kann ich dir helfen, Junge?«) Als sie älter war, hatte sie Angst vor anderen Mädchen, besonders vor den beliebten, die blasiert und grausam waren und für die sie Luft war. Und obwohl sie ein paar Freundinnen hatte, wußte sie doch, daß keine Einzelmeinung zum Ausdruck brachte, wer immer es gewesen war, der »Verrückte« und »Flasche« auf ihren Garderobenschrank in der Schule gekritzelt hatte. An Mono zu erkranken und sitzenzubleiben war auch nicht gerade hilfreich. Trotz der paar Freundinnen war sie eine Einzelgängerin, die sich an den sozialen Aktivitäten der Schule kaum beteiligte. So etwas wie die Nähe, die sie im Korps der Militärkrankenschwestern fand, hatte sie zuvor nicht gekannt und erlebte sie auch danach nicht mehr. Zurück aus dem Krieg, schockierte es sie, wie schwer es plötzlich war, Freundschaften mit Frauen zu schließen. Zum einen war da die Tatsache, daß sie in Vietnam gewesen war, die alle Frauen, die sie kannte, verwirrte, um nicht zu sagen abstieß (auch ihre Mutter, die dagegen gewesen war, aber auch die positive Seite daran entdeckt hatte: »Zumindest geht nicht einer meiner Jungs«). Ein weiblicher Vietnamveteran: Sie war wieder einmal eine »Verrückte« und eine »Flasche«. Aber das war nicht die einzige Barriere. Rouenna schien, daß zwischen Frauen immer etwas stand, so wie zwischen jugendlichen Mädchen etwas gestanden hatte. Vielleicht war es Rivalität oder ein Mangel an Vertrauen; etwas, was mißtrauisch machte.

Vielleicht hatte es etwas damit zu tun, daß die meisten Frauen sehr kritisch waren, besonders anderen Frauen gegenüber. Jedenfalls war die Kameraderie, die in Vietnam ganz selbstverständlich gewesen war, hier unvorstellbar.

Sie erinnerte sich verträumt an die Stunden, die sie in der dienstfreien Zeit mit anderen Krankenschwestern verbrachte; sie tranken zusammen oder rauchten Gras und hörten Musik. Sie erinnerte sich, damals gedacht zu haben, daß es auch im College so sein mußte, in einem Studentinnenwohnheim. Manchmal, wenn sie genug von den Partys hatten, den Film mit Clint Eastwood, der auf dem Stützpunkt gezeigt wurde, zwei- oder dreimal gesehen hatten, wenn sie sich nicht mehr verabreden wollten und Zeit für sich brauchten, dann veranstalteten sie einen Frauenabend. Sie spielten ihre geliebten Motown-Platten und drehten im Lauf der Nacht immer lauter auf. Sie wuschen sich gegenseitig die Haare, pedikürten sich die Füße und massierten einander den Rücken. Sie holten die Kekse und das Bananenbrot hervor, die eine Mutter geschickt hatte, und die mit Opium versetzten Marlboros, die sie bei der Putzfrau, Van, gekauft hatten. Sie erzählten Geschichten und dreckige Witze, wurden immer higher, kreischten und stachelten einander an. In einer Nacht endete es damit, daß sie zusammen tanzten, nur mit Helmen und Stiefeln bekleidet. So posierten sie auch für Fotos, obwohl sie wußten, daß sie nie den Mut hätten, die Filme in Vietnam entwickeln zu lassen. »Wir müßten vors

Kriegsgericht!« »Na los, machen wir's – dann müssen sie uns nach Hause schicken!«

Es war an einem anderen Abend, auf einer Abschiedsparty für einen der Piloten. Rouenna saß auf dem Boden zwischen zwei Männern, mit denen sie einen Joint rauchte, und dachte: Ich bin glücklich. Ich täusche nichts vor. Ich tue nicht so als ob oder nehme mich zusammen, ich bin innerlich nicht verkrampft und frage mich nicht, ob alle auf der Party mich mögen. Ich weiß, daß alle mich mögen, genauso wie ich sie mag. Ich war noch nie so glücklich. Das Lächeln auf meinem Gesicht ist echt.

Und sie wußte: So sehr sie von der Arbeit erschöpft, so sehr sie des Blutbads überdrüssig war und so laut sie mit den anderen »We Gotta Get Out of This Place« sang und so ernst sie das auch meinte, sie würde Vietnam vermissen. Auf ihrer eigenen Abschiedsparty würde sie traurig sein. Der Gedanke daran schmerzte sie jetzt schon. Es war nicht die Art Erfahrung, die man mit Leuten teilen konnte, die nicht dabeigewesen waren. Die, die nach einem Aufenthalt in den USA nach Vietnam zurückkehrten, verlautbarten alle die gleiche Warnung: Erwartet euch zu Hause kein herzliches Willkommen, und erwartet nicht, daß irgend jemand versteht, wovon zum Teufel ihr redet.

Am schwersten wäre es zu erklären, warum sie so *glücklich* gewesen war.

Jedesmal, wenn jemand nach Hause zurückkehrte, gab es eine Party, und auf jeder Party wurden Adressen und das Versprechen ausgetauscht, in Verbindung zu bleiben, aber natürlich wußte jeder, daß es nicht so sein würde. Und außerdem konnte kein Wiedersehen das gleiche bieten; der einzigartige magische Trip, auf dem sie hier waren, wäre vollkommen verflogen, wenn sie erst einmal weg waren, und die Freundschaften, alte oder neue, die sie zu Hause hätten, wären nie so intensiv – das wußten alle. Das war ein weiterer Verlust, den man als Veteran auf sich nehmen mußte. Und während sie zwischen ihren Freunden auf dem Boden saß, fragte sich Rouenna, wie es möglich war, so stoned und gleichzeitig so klarsichtig zu sein. Sie glaubte nicht, je zuvor in ihrem Leben so klarsichtig gewesen zu sein. Sie war überzeugt, nie zuvor so eine verblüffende Vision gehabt zu haben, als hätte ihr jemand eine Kristallkugel gegeben, in der sie sich selbst viele Jahre später sah, eine Frau, die allein in einem fremden Zimmer saß, ein Schatten, der sich an der Wand bewegte und Stücke eines Herzens in der Hand hielt. Eine Frau, die diese Gedanken dachte. Und als sie den Joint nahm, der wieder bei ihr gelandet war (war nur so wenig Zeit verstrichen? die Zeit, die zwei Leute brauchten, um einmal zu inhalieren?), hob Rouenna die Stimme über den Lärm der Musik und sagte: »Mann, das ist vielleicht ein starkes Zeug!«

Aber wie paßte Pretty Polly in diese Welt? Sie versuchte es nicht einmal. Sie mied die Partys ebenso wie den Offiziersclub. Sonst hätte man sie nicht in Ruhe gelassen. Außerdem war sie zu wütend, zu verbittert und zu verängstigt, um sich auch nur eine Minute in Vietnam zu entspannen. Und sie hatte nichts übrig für Soldaten. Viele GIs waren in ihren Augen einfach nur Tiere. (Das hatten sie von ihren unablässigen Versuchen, sie zu beeindrukken, mit ihren blutrünstigen Geschichten zu beweisen, was für verrückte, böse, knallharte, geborene Krieger sie waren.) Wie Rouenna hatte sie keine Meinung über den Krieg gehabt, bevor sie ankam. Aber jetzt sah sie mit eigenen Augen, wie grauenhaft er war, und sie konnte es gar nicht erwarten, nach Hause zurückzukehren und den Leuten davon zu erzählen. (Nicht, daß sie das einzige in Vietnam stationierte Mitglied des Militärs war, das gegen den Krieg war; man mußte mittlerweile lange suchen, bis man jemanden fand, der anders dachte.) In Minneapolis engagierte sich ihr Bruder inzwischen in der Protestbewegung und benutzte ihre Briefe, um das Feuer zu schüren.

Die Ärzte nutzten nach wie vor jede Gelegenheit, um sie zu streifen oder sich an sie zu drängen, aber ihre Geduld mit Polly ging langsam zu Ende. Die meisten, die mit ihr arbeiten mußten, taten dies widerwillig, und das nicht nur, weil sie ungeschickt war. »Leutnant, wenn ein sterbender GI Sie das nächste Mal bittet, seine Hand zu halten, und Sie wieder so zurückschrecken, werde ich Sie persönlich in den Arsch treten, daß Sie nicht mehr wissen, wo oben und unten ist.«

Sie weinte sich oft an Unluckys Schulter aus.

»Ich wünschte, ich könnte irgendwas für sie tun, Mann«, sagte er.

Rouenna wünschte sich dasselbe – aber was konnten sie tun? »Unlucky« wäre auch ein passender Name für Polly gewesen. Der schwache Magen zum Beispiel. Es war einfach Pech. Es gab angehende Ärzte, die den Beruf wechseln mußten, als sie zu ihrer eigenen Überraschung feststellten, daß sie zu leicht mit Übelkeit oder Ohnmachtsanfällen reagierten. (Die Armee hätte sie nach Vietnam geschickt.) Natürlich war es Polly, der eine Kontaktlinse in eine klaffende Brustwunde fiel, der bei einem Besuch in Saigon die Geldbörse geklaut wurde und die bei ebenjenem Besuch von einem Moped umgefahren wurde – vorsätzlich, wie sie behauptete, als sie den trotzig schadenfreudigen Blick des Fahrers beschrieb, der sich kurz umschaute, als er davonfuhr. (Für die Vietnamesen war Polly keine atemberaubende Göttin, sondern auch nur eine riesige großnasige Amerikanerin, deren Körpergerüche so scharf wie die eines Hundes waren und die Stühle zerbrach, wenn sie sich nur darauf setzte.)

Eines Tages, als sie ungefähr einen Monat in Long Binh waren, fragte Polly, die nicht im Traum daran gedacht hätte, allein zu gehen, Rouenna, ob sie mit ihr in den PX kommen würde, und Rouenna, die selbst auch ein paar Dinge kaufen wollte, stimmte zu.

Wie gewöhnlich wimmelte es im PX von GIs, die auf das Auftauchen der Frauen mit dem üblichen Aufruhr reagierten, dem die Frauen ihrerseits mit der üblichen geheuchelten Nonchalance begegneten.

Die Männer folgten ihnen, als sie sich den Toilettenartikeln zuwandten.

»Scheiße«, sagte Polly und betrachtete die Regale. »Keine Tampons – genau wie in Pleiku.«

Wie in Pleiku und auch sonst überall in Vietnam; das gehörte zu den vielen kleinen Unannehmlichkeiten im Leben der Krankenschwestern. Auch der Schwarzmarkt schaffte da keine Abhilfe. Die vietnamesischen Putzfrauen sahen einen an, als wäre man wahnsinnig. Jadeohrringe, Vietcongflaggen und »jede Droge, Sie wollen, Babysan«. Aber Tampons? Unmöglich.

»Was sollen wir tun?«

Rouenna wußte, daß Polly die Antwort auf diese Frage ebensogut kannte wie sie: sich Tampons von ihrer Mutter schicken lassen.

»Ich dachte, hier wäre es anders«, sagte Polly. »Hier ist doch alles so groß.« Ein großer PX-Laden auf einem riesigen Stützpunkt, dem größten Militärstützpunkt in Vietnam. Zehntausende Amerikaner waren in Long Binh stationiert. Long Binh, USA: eine große, aber tamponlose amerikanische Stadt im Herzen Südostasiens.

Polly sprach zu laut. Zwei Soldaten standen in der Nähe und sogen jedes Wort auf, lachten und stießen sich gegenseitig die Ellbogen in die Rippen. Rouenna seufzte. Diese Typen.

»Mach kein Theater, Polly. Ich hab eine Schachtel in meinem Zimmer. Und vielleicht haben sie welche im PX von Saigon.«

Aber als ob sie kein Wort gehört hätte, fuhr Polly fort: »Der Laden ist so verdammt groß. Sie haben alles hier. Sie haben Fernseher, Stereoanlagen und Radios, sie haben Fotoapparate, sie haben Lebensmittel und Kleidung und Schnaps und Zigaretten.« Es stimmte. Sie hatten alles. Golfschläger. Füllfederhalter. Armbanduhren. Schachspiele. Eine Krankenschwester trug einen Verlobungsring mit einem Diamanten aus dem PX. Man konnte eine Pizza, ein Motorrad oder eine Nerzstola kaufen. Rouenna hatte sich eine Gitarre gekauft. Es gab sogar eine Spielzeugabteilung, in der Rouenna eine Barbiepuppe gesehen hatte, die mit dem Gesicht nach unten im Schoß von GI Joe lag. »Sie haben sogar beschissene *Surfbretter* –«

»Nur die Ruhe«, sagte Rouenna scharf. »Was brauchst du noch von hier? *Und sprich verdammt noch mal leiser.*« Rouenna hatte nicht die Absicht, Teil eines noch größeren Spektakels zu werden, als sie es bereits waren. Aber Polly – wieder als hätte sie kein Wort gehört – setzte sich in Bewegung. Was zum Teufel hatte sie vor? Sie ging so schnell, daß ihr die Leute aus dem Weg springen mußten. Wahrscheinlich will sie zum Ausgang, nahm Rouenna an, als sie ihr hinterherlief. Aber als sie um eine Ecke bogen, blieb Polly stehen.

»Oh, schau nur. Hier gibt es Frauensachen.«

Rouenna zuckte zusammen. Wäsche. Ja, im PX wurde Wäsche verkauft, alle wußten das. Was zum Teufel hatte dieses verrückte Miststück vor? Polly zupfte an einem ausgestellten Negligé, rieb den durchsichtigen schwarzen

Stoff zwischen Daumen und Zeigefinger. Wo glaubte sie, daß sie war – bei Macy's?

»Darunter kann man nicht viel verstecken, was? Perfekt für die heißen tropischen Nächte. Oooh – und schau nur: Netzstrümpfe. Also ehrlich, unsere tolle Armee denkt doch an alles. Ich wette, daß sie hier irgendwo auch im Schritt offene Strumpfhosen haben. Was meinst du?«

Rouenna meinte, daß Polly mittlerweile merkwürdig aussah. Grau, abgesehen von zwei ungleichmäßigen roten Flecken auf den Wangen, wie betrunken aufgetragenes Rouge. Ihre Haut schimmerte feucht, aber ihre Lippen waren trocken und unnatürlich bleich. Rouenna dachte, daß sie genauso aussah, als müßte sie jede Minute aus dem Raum rennen. Rouenna rechnete halb damit, daß sie gleich davonstürzen würde. Statt dessen hob sie die Stimme und fuhr fort: »Erstaunlich, nicht wahr, daß die Armee nicht vergißt, diese Sachen auf Lager zu halten. Für die Jungs. Für ihre kleinen vietnamesischen Huren. Aber sie sind nicht in der Lage, Tampons oder Binden für die Krankenschwestern zu beschaffen.«

Wenn niemand dabeigewesen wäre, erzählte Rouenna den Schwestern später, wäre es leicht gewesen. »Ich hätte ihr eine runtergehauen und sie an den Haaren aus dem Laden geschleift.« Aber es sahen jede Menge Männer zu, und sie hätten nicht konzentrierter glotzen können. Das Lachen und In-die-Rippen-Stoßen hatten aufgehört. Nach Pollys letzten Worten rührte sich die Menge, weil alle das Gewicht von einem Fuß auf den anderen verlagerten. Es war ein Geräusch wie das *Wuuusch* entfernten Artilleriefeuers. Die meisten Männer starrten sie weiterhin an, runzelten die Stirn, hatten die Hände in die Hüften gestemmt, aber ein paar hatten sich abgewandt oder blickten auf ihre Füße. Ganz hinten murmelte jemand: »– wovon redet sie bloß?« Niemand rührte sich. Schließlich fand Rouenna ihren Befehlston wieder. »Okay, Leutnant, gehen Sie los, bleiben Sie nicht stehen, bevor wir draußen sind, und halten Sie den Mund, verstanden? Kein verdammtes Wort mehr über Tampons.«

»Verstanden. Kein Wort mehr über Tampons.« Polly sprach jetzt mit einer heiseren Flüsterstimme. »Pssst. Vergessen wir die Tampons. Ich werde einfach vor mich hin bluten. Ich werde diesen ganzen beschissenen Ort vollbluten. Wir sehen sowieso nichts anderes als verdammtes Blut. Wem wird schon ein bißchen mehr Blut auffallen? Blut, Blut, Blut, Blut, Blut.« Mit jedem »Blut« vergrößerte sich die Speichelblase, die sich zwischen Pollys Lippen gebildet hatte. Dann stieß sie auf, und die Blase platzte. Sie beugte sich vor, ihr Kopf berührte fast ihre Schienbeine, und als sie sich wieder aufrichtete – es sah nahezu wie ein Tanzschritt aus, erklärte Rouenna später –, warf sie den Kopf zurück und gackerte.

Für Rouenna gehörten die nächsten fünfzehn Minuten – die Zeit, die sie brauchte, um Polly hinauszubringen – zu den schlimmsten, die sie in Vietnam verbringen sollte. Ein Schritt nach dem anderen, das Herz schlug ihr bis zum Hals, die Haare in ihrem Nacken hatten sich aufgerichtet – es war, als ob sie über vermintes Gelände ginge. Sie gab insgeheim den Männern recht, die meinten, es wäre einfacher, wenn einer von ihnen Polly hinaustragen würde, aber ihr Instinkt sagte ihr, daß Polly in dem Augenblick, da ein Mann sie berührte, anfangen würde zu schreien. Sie waren jetzt alle bedrückt und besorgt, die Männer – jetzt, da sie wußten, was sie sahen, weil die meisten es zuvor schon gesehen hatten, allerdings noch nie bei einer Frau.

Der Himmel draußen war nahezu schwarz, und es regnete. Auf vietnamesische Art: aus allen Richtungen. Als sie in ihrer Unterkunft ankamen, waren sie vollkommen durchnäßt. Erst als Polly in ihrem Zimmer stand, schien sie zu bemerken, wo sie war, und dann fing sie wirklich an zu schreien und weckte alle Nachtschwestern auf, die zu schlafen versuchten. Eine warf sich ein Regencape über und rannte ins Krankenhaus, um eine Spritze und ein Fläschchen Librium zu holen. Rouenna blieb bei Polly, bis sie schlief. Und obwohl es noch früh am Tag war, ging sie anschließend ein paar Türen weiter in den Offiziersclub. Sie brach ihre Regel, nie kurz vor Beginn ihrer Schicht zu trinken, aber andererseits trank sie – wie die meisten – in ihrer dienstfreien Zeit so viel, daß sie es mit Sicherheit verkraften würde, auch auf nüchternen Magen, drei Wodka Tonic, gluck, gluck, gluck, kein Problem.

Ein Silberstreifen am Horizont: Polly ging aus dieser Krise als veränderter Mensch hervor. Es war, als ob Spuren des Librium in ihrem System geblieben wären. Sie war ruhiger, effizienter in der Arbeit, entspannter in der Freizeit. Sie würde ihre Dienstzeit also doch bis zum Ende durchhalten. Sie ließ sich von Rouenna sogar auf ein paar Partys schleppen. Aber sie verabredete sich noch immer nicht mit Männern. Die meisten, so sagte sie zu Rouenna, waren nicht ihr Typ. Rouenna verstand das nicht. Soweit sie sehen konnte, waren hier alle Typen vertreten, vom Westküsten-Beach-Boy bis zum Staten-Island-Rowdy. Abgesehen von den Memmen und den geschniegelten Arschkriechern waren alle ihr Typ, gestand sie. Polly machte sich über sie lustig. »Leutnant, Sie sind die Sorte Mädchen, die den Frauen in der Armee einen schlechten Ruf verpaßt.«

War Polly noch Jungfrau? Lag es daran? Polly lachte und schüttelte den Kopf. Was war es dann? Man mußte sich nur umsehen: Auf dem Stützpunkt lief herum, was das Frauenherz begehrte. Troy Donahue, James Dean, Tab Hunter, Richard Chamberlain, Sal Mineo, Warren Beatty, Steve McQueen. Und Polly hatte die Wahl! Polly hätte sie alle haben können! Wieder fragte sich Rouenna, was wohl mit dem großen Bruder war.

Und es gab noch etwas, worüber sie sich wunderte: Wie konnte jemandem, der so hübsch war wie Polly, so wenig am eigenen Aussehen gelegen sein? Sie war zweifellos das am wenigsten eingebildete Mädchen, das Rouenna je kennengelernt hatte.

Eines Tages laufen die beiden Frauen gemeinsam einer Truppe über den Weg, die gerade aus dem Kampfgebiet auf den Stützpunkt zurückkehrt. Die Männer bieten den üblichen Anblick: trübe Augen, eingefallene Wangen, schmutzig, benommen und sich ihrer Umgebung kaum bewußt. Dann schaut ein schlammverspritzter Junge zu ihnen und sieht Polly. Er bleibt stehen und schüttelt mehrmals den Kopf, als wollte er sich vergewissern, daß er richtig sieht, dann stolpert er auf sie zu, läßt sie nicht aus den Augen, und als er vor ihr steht, geht er auf die Knie. Er sagt kein Wort. So etwas passiert Polly ständig, und sie haßt es. Sie wendet sich um und geht davon, läßt Rouenna zurück, die denkt, daß sie – wenn sie, Rouenna, diese Macht hätte – nicht würde widerstehen können. Sie würde diese Macht benutzen, wie eine Peitsche. Um etwas zu bekommen – um zu bekommen, was immer sie wollte. Um sich die Leute gefügig zu machen. Um die Leute zu Tränen zu rühren. In den Duschen der Frauen gibt es weder Türen noch Vorhänge, Rouenna weiß, was der Körper ihrer Freundin zu bieten hat, und sie weiß, daß sie – hätte sie, was Polly hat – es jeden Tag ihres Lebens einsetzen würde, so wie sie es bei vielen schönen Frauen gesehen hat. Sie würde es einsetzen, um die Leute auf die Knie zu zwingen.

Das waren keine Gedanken, auf die man stolz sein konnte, und auch das wußte Rouenna. Pollys Verhalten erschien ihr nicht nur verwunderlich, sondern auch als ein Zeichen guten Charakters. Sie ist ein besserer Mensch als ich, dachte Rouenna bisweilen. Sie mochte Polly deswegen nicht weniger.

Es war Rouenna, die Polly dazu überredete, sich freiwillig für Medcaps zu melden. »Es tut gut, hier mal einen Tag wegzukommen, und es ist eine angenehme Abwechslung.«

Diese spezielle Mission führte sie in ein Dorf zwischen Saigon und Cu Chi. Sie wollten nach dem Frühstück losfahren und vor dem Einbruch der gefährlichen Dunkelheit zurück sein, ein Arzt, zwei Krankenschwestern, ein Sanitäter und natürlich der obligatorische Begleitschutz. Einer der Fahrer war ein Junge aus Oklahoma City, der ebenso spektakulär gut aussah wie Polly. Er wurde Johnny Angel genannt und war erst seit ein paar Wochen in Vietnam. Wenn man ihn und Pretty Polly zusammen sah, konnte man denken, es würde ein Film über den Krieg gedreht, mit den beiden als Hauptdarstellern. Da war es nur folgerichtig, daß die beiden gemeinsam in einem Jeep fuhren.

Als sie am Tor hielten, starrte der MP Johnny Angel böse und neidisch an. Johnny Angel rückte seine dunkle Sonnenbrille zurecht und ließ sein breitestes Filmstargrinsen aufblitzen, ein Grinsen, das besagte: Himmel, dieser Krieg ist gar nicht so übel, stimmt's?

»I Binh down so Long«, sang Rags, der Sanitäter, als der Jeep, in dem er und Rouenna saßen, durchs Tor fuhr. Und obwohl sie diese Zeile schon tausendmal gehört hatte, lachte Rouenna. Auch sie war gut gelaunt. Das waren für gewöhnlich alle, wenn sie in Sachen Medcaps unterwegs waren. Sie würden den ganzen Tag entwurmen, entlausen, impfen und Wunden verbinden, und verglichen mit einem normalen Arbeitstag war das ein Vergnügen. Und es tat wirklich gut, vom Stützpunkt fortzukommen. Medcaps waren eine Ausnahme von der Regel, die medizinischem Personal verbot, mit dem Jeep oder Helikopter unterwegs zu sein, weil sie als zu wertvoll galten, um ihr Leben zu riskieren – eine der vielen Regeln, die ständig gebrochen wurden, und Rouenna konnte nicht sagen, was ihr besser gefiel, die Regel zu brechen oder als wertvoll zu gelten. Long Binh bestand aus Beton und Draht und Wellblech, außer in den Uniformen war nirgendwo ein grüner Fleck zu sehen. Es hätte tatsächlich eine Filmkulisse sein können, etwas, was schnell aufgebaut worden war und noch schneller wieder abgebaut sein würde (nichts davon steht heute noch). Die Leute verglichen es mit einer Raumstation, die irgendwo herumtrieb, jedenfalls nicht auf dem Planeten Erde. Keine Bäume, keine Vögel – viele behaupteten, daß es sie an *Unheimliche Geschichten* erinnerte. Aber gleichgültig, woran es einen erinnerte, man war immer froh, wenn man von diesem lauten, stinkenden, schmutzigen Scheißloch wegkam. Und wenn man durch die Landschaft darum herum fuhr, dann blendeten die leuchtendgrünen Reisfelder und erfrischte der satte grüne Geruch.

»He, Rags«, sagte Rouenna. »Wie lange ist es her, daß du Gras gerochen hast?«

»Wie lange ist es her, daß du's geraucht hast?«

Es waren Vietnamesen auf der Straße, manche zu Fuß, andere auf Fahrrädern, wieder andere schoben Karren, und es war nicht immer leicht, um sie herumzufahren. Die Fahrer hupten unentwegt. Auch auf den Feldern waren Vietnamesen, Bauern bei der Arbeit. Normalerweise ignorierten sie vorbeifahrende Amerikaner, aber heute schienen alle bester Dinge, auch die Vietnamesen, und wenn die Amerikaner ihnen zuwinkten, winkten sie gutgelaunt zurück. Sie winkten oder riefen oder signalisierten anderen in einiger Entfernung, so daß diese Vietnamesen im Harken innehielten, als die Jeeps auftauchten, in ihre Richtung blickten und auch freundlich winkten. Sie winkten freundlich, lenkten ab, und der Scharfschütze unter ihnen legte seine Harke weg, zielte und schoß.

Polly meinte, eine Biene würde sie in die Wange stechen. Johnny Angels Sonnenbrille flog ihr in den Schoß, und die getroffene Seite ihres Gesichts und ihr Hals waren naß.

Die Eskorte fing sofort an, in die Reisfelder zu schießen, sie zielten auf die kleinen Figuren, die mit nahezu zeitrafferartiger Geschwindigkeit über die Dämme flüchteten.

Ein Arzt, zwei Krankenschwestern und ein Sanitäter konnten Johnny Angel nicht retten. Auf der Rückfahrt zum Stützpunkt waren sie allein auf der Straße. Alle Vietnamesen, alle Fahrräder und Karren waren verschwunden. Die Felder waren menschenleer. Nur ein einsamer Büffel stand herum, und die Wachmänner erschossen ihn, pumpten ihn mit einer Ladung voll, die für eine ganze Herde gereicht hätte.

Danach das übliche Gerede. Niemand war sicher in Nam, Fahrten auf der Straße waren selbst am hellichten Tag ein Risiko, weshalb ja auch der bewaffnete Begleitschutz mitfuhr. Die Überlebenden konnten von Glück reden, daß es nur ein einzelner Schütze gewesen war und kein richtiger Hinterhalt. Medcaps waren Scheiße, die verdammten Dörfler waren alle verdammte Vietcong, Medcaps waren Hilfe und Trost für den Feind. Johnny Angel, zwanzig Jahre alt, war soviel wert wie zehn Schlitzaugen, und jetzt das. Man konnte nicht mehr tun, als loszuziehen und zehn Vietcong für ihn umzubringen.

Polly schrieb einen Brief an Johnny Angels Eltern und schilderte, wie er gestorben war. Sie erklärte, daß er sofort tot gewesen sei und nicht gelitten habe. Sie beschrieb die letzten Momente seines Lebens, entspannte, friedliche Minuten, er und sie hätten geplaudert, von woher sie stammten, wie viele Geschwister sie hätten. Sie zitierte seine letzten Worte: »Oh, Mann, du mußt mal nach Oklahoma kommen.«

Zu Rouenna sagte sie: »Wir haben uns für diese Mission freiwillig gemeldet, du und ich, aber der Junge nicht. Weil wir in dieses Dorf wollten, wurde ihm befohlen, uns zu fahren. Wir sind für seinen Tod verantwortlich.«

Und: »Und es war noch nicht mal wichtig. Er saß mit

mir im Jeep, weil ich Leuten helfen wollte, die ich nicht kenne und an denen mir nichts liegt. Ich wollte nur für einen Tag weg, wie du gesagt hast. Ich wollte nur mal eine *angenehme Abwechslung.*«

Rouenna sagte: »Und was, glaubst du, können wir jetzt verdammt noch mal daran ändern?«

»Mir ist es egal, was du tust. Aber ich kann nicht länger hierbleiben. Ich haue ab.«

Für Polly gab es keine Abschiedsparty, aber ein paar Tage bevor sie nach Hause fliegen sollte, ließen sie und Rouenna sich mit nach Saigon nehmen. Eigentlich durften sie den Stützpunkt nicht verlassen, aber Männer dazu zu bringen, ihnen bei der Umgehung der MPs behilflich zu sein, war nicht schwer. Dagegen war es schwer, die Männer davon zu überzeugen, daß die Frauen bis zur Rückfahrt keine Begleiter wollten. Sie hatten eigene Pläne und wollten ungestört zu Abend essen. (»Ihr meint, ihr beiden wollt allein sein?«)

Im Zentrum brodelte es. Gruppen von Soldaten, vietnamesische und amerikanische, Straßenkinder, Händler, Bettler, Huren. Das übliche Gewühl von Fahrrädern, Fahrradrikschas und Autos. Die übliche verpestete Luft. Und der Lärm – zwei Leute, die nebeneinandergingen, mußten schreien, um sich zu verständigen. Und an jeder Ecke brüllte jemand einen anderen an – ein Polizist ein Straßenkind, ein Fahrgast einen Taxifahrer, eine Hure eine andere (die, so laut sie konnte, zurückschrie). Und überall haufenweise Zuschauer. Ein Bettler, dem Arme und Beine fehlten und der bis auf ein Paar grüne Armeeunterhosen nackt war, ließ den Saum einer Mönchskutte nicht los, die er zwischen den Zähnen hielt. Ein weiteres Spektakel: Eine Gruppe schwarzer GIs schüttelte sich auf rituelle Black-Power-Art die Hand und war umringt von Zuschauern. Die Vietnamesen hatten keine Ahnung, was sie sahen, aber sie schauten gebannt zu.

In Zivil schlenderten Rouenna und Polly die Rue Tu Do entlang, ignorierten Blicke, sahen sich selbst ausgiebig um; sie hätten Touristinnen sein können, wenn es in der Stadt Touristen gegeben hätte. Eine Militärstadt: Bar, Bordell, Bordell, Bar, Bar, Bar – häufig Bar und Bordell in einem. Manche davon wilde Saloons, in denen Gewalttätigkeit an der Tagesordnung war, Orte, an denen man so gut wie an jedem anderen Ort in Vietnam verwundet werden konnte. Cowboy Bars. Weiße Bars. Bars, die weder Vietnamesen noch schwarze Soldaten je betraten. Zu bestimmten Stunden, zu dieser Stunde konnte man hier herumschlendern und hörte alle paar Schritte eine andere Musik, nie jedoch vietnamesische. Ein Country-und-Western-Sänger, der »Tennessee Waltz« sang, GIs, die »Bridge Over Troubled Water« mitgrölten, ein bißchen Beatles, ein bißchen Motown, ein bißchen Piaf. Go-go-Musik. Eine Tür schwang auf und bot einen Blick auf die untere Hälfte eines Mädchens. Schwarze Netzstrümpfe und kurze weiße Stiefel. Kein Schamhaar.

Manchmal schwebte die Musik von oben herab. Es gab eine Menge Clubs auf den Dächern, vor allem auf Hoteldächern.

Das Restaurant war französisch, eins der vielen Restaurants in Saigon, in dem nur Ausländer willkommen waren, obwohl der Besitzer Vietnamese war. Rouenna war schon ein paarmal hier gewesen, mit Soldaten. Es gab einen Hof, in dem man mit Blick auf den Saigon-Fluß essen konnte. Manchmal, an den heißesten Tagen oder nach heftigem Regen, war es wegen des Gestanks unmöglich, im Freien zu sitzen. Zu bestimmten Stunden, nicht zu dieser Stunde, sah man Leute – wieder nur Ausländer – auf dem Fluß Wasserski fahren. Heute waren nur kleinere Boote unterwegs. Der Anblick weckte eine uralte Erinnerung: Sampans, beladen mit Körben voller Fisch und Kokosnüsse, klimpernde Musik, Eingeborene, die in die Kamera winkten, Palmen, Bougainvilleen. Vietnam. Kein Stacheldraht, keine Bunker, keine Wachtürme, keine Bombenkrater, keine brachen Felder, kein entlaubter Wald. *Vietnam*, der Film, den Rekrutierungsoffiziere den Schwesternschülerinnen vorführten.

Jedesmal, wenn sie in diesem Restaurant war, hatte Rouenna Steak bestellt, wie die meisten Gäste, aber heute drängte sie die Frau des Besitzers, die halb Französin war und Englisch mit einem französischen Akzent sprach, die Ente zu probieren. Vor der Ente aßen sie Gurkensuppe. Die Suppe war gut, und die Ente, die mit einer dicken fruchtigen Glasur überzogen war und hölzern und lackiert aussah wie eine kleine Geige, schmeckte hervorragend. Zuerst, als die Frau Ente vorschlug, war Rouenna skeptisch, aber als sie sie probierte, fand sie, die Ente sei das Köstlichste, was sie je gegessen hatte. Polly schmeckte es ebenso gut wie Rouenna. Für beide war es das erste Mal, daß sie Ente aßen. Die Frau des Besitzers sagte Entchen dazu. Sie tranken Bier.

Zum Abendessen gingen die Leute meist später – sie waren früh gekommen, um vor Einbruch der Dunkelheit wieder auf dem Stützpunkt zu sein. Bald würde das Restaurant voll sein, aber jetzt waren erst wenige Tische besetzt. In einer Ecke saß die Krankenschwester aus ihrem Krankenhaus, die den Verlobungsring mit dem Diamanten aus dem PX trug, und aß ein Steak. Sie war mit ihrem Verlobten gekommen, der ebenfalls ein Steak aß. Abgesehen von einem Kopfnicken, als Rouenna und Polly hereinkamen, beachtete sie sie nicht. Ein tapferes Mädchen. Sie hatte etwas getan, wovor jede Krankenschwester gewarnt worden war. Sie hatte ihr Herz einem einzigen Mann geschenkt, und dieser Mann war Anführer einer Gefechtseinheit. Wenn er draußen seinen Zug in den Kampf führte, arbeitete sie im Krankenhaus in der Notaufnahme. Jedesmal, wenn ein Sanitätshubschrauber landete, riß sie sich zusammen und fragte: Welche Einheit? Ihr war klar, auf wie viele Möglichkeiten ihr Mann verwundet werden konnte; sie wußte es haargenau. Er könnte ihr nächster Patient sein. Ein gerösteter Knochen. Ein Gehirntoter. Augen, Gesicht, Männlichkeit weggeblasen.

Von Kopf bis Fuß querschnittsgelähmt. *(Liebling, ich weiß nicht, wie ich es Dir sagen soll, aber ich werde Dich nie wieder berühren können, Dich sehen, Dich küssen, Dich in den Armen halten, mit Dir spazierengehen, Dich lieben können.)* Und würde sie ihn dann immer noch zu ihrem angetrauten Mann nehmen ... in guten wie in schlechten Tagen, wenn es nie wieder gute Tage geben würde? Er könnte so schwer verwundet hereingebracht werden, daß er sofort hinter den Vorhang zu den anderen Anwärtern gelegt würde. Oder es wäre schon vorbei, seine Überreste in einem Leichensack, von einem Sanitäter bereits mit einer Kennkarte versehen, wenn er direkt vom Hubschrauber zur Registrierungsstelle für die Gefallenen gebracht würde. Oder er käme überhaupt nicht mehr zurück. Er könnte als vermißt gemeldet oder gefangengenommen werden.

Und wie, ja wie würde dieses Mädchen dann weiterleben?

In Danang hatte sie eine andere Braut in spe gekannt, deren Verlobter von einer Granate zerrissen wurde. Als sie es erfuhr, blieb sie ruhig. Sie hielt den Kopf hoch. Sie brach nicht zusammen. Als Rouenna sie das nächste Mal sah, hatte sie sich den Kopf rasiert. Das war natürlich gegen die Regeln, und der Befehlshaber des Krankenhauses putzte sie herunter. »Wissen Sie eigentlich, was das für die Moral der Männer bedeutet, wenn eine Amerikanerin aussieht wie ein Kriegsgefangener?« »Sagen Sie ihnen, daß es nachwachsen wird, Sir. Im Gegensatz zu ihren Armen und Beinen.« Sie hielt den geschorenen Kopf hoch. Niemand sah sie je zusammenbrechen.

Rouenna hatte den Überblick über die vielen Männer, mit denen sie verabredet gewesen war, verloren, sie hatte die Gesichter vergessen, sie hatte ihre Namen vergessen. Was aus den meisten von ihnen geworden war, wußte sie nicht. Das war noch etwas, was sie in Vietnam richtig gemacht hatte, eine weitere Fähigkeit, die sie dort erworben hatte. Hab so viele Freunde, wie du willst, liebe den, mit dem du gerade zusammen bist, aber verliebe dich nicht wirklich. Sie hätte sich unsterblich verlieben können, nichts einfacher als das, aber sie tat es nicht. Sie nahm sich die Warnung zu Herzen, die kluge und häufig wiederholte Warnung. Da war es besser, die Sorte Mädchen zu sein, die Frauen in der Armee einen schlechten Ruf verpaßte. Da war es besser, wie ein Mann zu sein – sie konnte wie ein Mann sein, wenn sie mußte. Aber sie konnte sich nicht so verhalten wie diese tapfere Frau, die gerade ihre Dienstzeit verlängert hatte, statt ihren Verlobten allein zu lassen. Liebe. Der Oberschwester gefiel das ganz und gar nicht.

»Danke für das tolle Abschiedsessen«, sagte Polly und langte über den Tisch, um Rouennas Hand zu drücken. »Du bist die einzige hier, die ich vermissen werde.« Wahrscheinlich hatte sie das gar nicht sagen wollen. Sie hatten eine Menge Bier getrunken. Arme Polly. Im Augenblick hatte sie nicht viele Freunde, und kaum jemand würde ihr nachtrauern. Das Gerücht über ihre Entlassung wollte, daß sie sich von einem Schreibtischtäter hatte schwängern lassen, von einem ganz oben, der den Krieg aus einer Villa in Saigon, die er ganz für sich hatte, führte.

Aber das stimmte nicht. Oder vielmehr stimmte es nur zur Hälfte.

Ihr war die unehrenhafte Entlassung vollkommen egal. Sie sagte, sie sei sicher, daß sie es nie bereuen würde. Sie wollte nichts, keinen verdammten Pfennig von der verdammten Armee – sie habe teuer für das bezahlt, was sie bereits bekommen habe. Sie und Rouenna hatten ein einziges Mal lange darüber gesprochen. In diesem Gespräch hatte Rouenna ein Wort gelernt, das sie noch nie zuvor gehört hatte: *Engelmacher*. Sobald sie zu Hause wäre, sagte Polly, würde sie sich mit einer Freundin in Verbindung setzen, die versprochen hatte, ihr zu helfen. Die Freundin kannte einen Engelmacher. Rouenna dachte an die Vietcong und die zwei toten Mäuse, die sie geboren hatte. Die kleinsten Opfer des Kriegs. Sie waren zu klein, um überhaupt gezählt zu werden.

Obwohl sie traurig stimmte, was Polly getan hatte und noch tun würde, war Rouenna nicht traurig, daß sie fortging. Rouenna hatte eigene Sorgen. Ihre Zeit wurde knapp: Es waren die letzten Wochen ihres Einsatzes. Und je weniger Zeit sie hatte, um so schwieriger wurden bestimmte Dinge. In gewisser Weise war es, als ob sie wieder ein Neuankömmling wäre: nervös, zerstreut, ängstlich. Das Gefühl, daß sie war, wo sie hingehörte, daß sie eine wichtige Aufgabe erfüllte und sie gut erfüllte, hatte sie nicht verloren, und daran klammerte sie sich. *Was tue ich hier?* Die große Frage, die die Soldaten quälte, mußte sie nicht quälen. Ihre Mission zumindest war sauber und klar.

So war es. War es so?

Der Junge aus den Bergen von Kentucky mit den multiplen Schußwunden wurde zum drittenmal mit dem Hubschrauber eingeliefert, diesmal eine Woche bevor er nach Hause zurückkehren sollte. Er führte eine Patrouille an, geriet in einen Hinterhalt. (Warum zum Teufel mußte ein Junge eine Woche vor der Rückkehr eine Patrouille anführen?) Er war erst neunzehn, hatte zu Hause eine Frau und einen Sohn, den er noch nie gesehen hatte. Er blickte Rouenna an, als würde er ertrinken, seine dunklen Augen flehten. »Elly? Wohin gehen wir? Wohin bringen sie mich, Mama? Elly? Mama? Bitte, versteckt euch nicht. *Bitte, bitte,* kommt raus.«

Später kochte Rouenna vor Ärger über Elly und Mama – als ob diese armen unschuldigen Frauen tatsächlich etwas so Unverzeihliches getan hätten. Aber das war etwas, was sie von den Soldaten angenommen hatte. Die Angst, verlassen zu sein, nicht geliebt zu werden – sie verströmten diese Angst wie einen Geruch, vermischt mit den anderen Gerüchen der Wildnis: Schweiß, Erschöpfung, Schmutz, Furcht. Sie sagten es nie geradeheraus, genausowenig wie sie *getötet* oder *tot* sagten, sondern *hinüber* oder *erledigt* oder *hopsgegangen* oder *ins Gras gebissen* oder *weggeblasen*. Aber sie war immer da, diese andere große quälende Frage. *Wäre ich hier, wenn jemand mich lieben würde?*

Was an diesem Fall besonders war, konnte Rouenna nicht genau sagen. Aber mit dem Jungen aus den Bergen fing sie an, die Tage zu zählen, die ihr in Vietnam noch blieben. Er war natürlich nicht der erste derartige Fall gewesen, und bevor sie nach Hause zurückkehrte, sah sie noch mehr: Verwundete, die zusammengeflickt und sofort wieder an die Front geschickt wurden, nur um erneut verwundet zu werden, häufig schlimmer, manchmal tödlich. Und jedesmal vernebelte sich die Sauberkeit und Klarheit ihrer Mission mehr. Und erinnerte sie: Was tat sie hier?

Aber man durfte sich nicht täuschen, eine Verwundung konnte etwas Wunderbares, höchst Begehrenswertes sein. Viele Männer beteten darum: ein Wunde, die schlimm genug war, daß sie nicht mehr in den Kampf mußten, die sie aber nicht fürs ganze Leben zu Krüppeln machte. Eine Eine-Million-Dollar-Verwundung, nannten es die Männer. Viel wurde darüber geredet, wie man sich selbst oder einem Kumpel so eine Wunde zufügen konnte. Es war natürlich nicht einfach. Man könnte sagen, daß Polly so eine Wunde hatte. Die Männer versuchten auf alle erdenklichen Arten, krank zu werden. Sie nahmen ihre Malariatabletten nicht. Sie schnitten sich mit schmutzigen Rasierklingen oder Messern. Ein Typ stach sich von Kopf bis Fuß mit einem rostigen Nagel. Ein anderer versuchte, Insektenmittel zu trinken. Wieder ein anderer ärgerte einen Hund so lange, bis der ihn anfiel. Rouenna wurde wütend, wenn jemand kam und sie um ihren fachmännischen Rat bat. Auf den Stationen flehten die Patienten die Schwestern an, sie länger bleiben zu lassen. Die Verzweifelteren unter ihnen rissen sich die Verbände herunter, öffneten zugeheilte Wunden, zogen sich Infusionen heraus, zerbrachen sogar ihren Gips. Manche verweigerten Nahrung oder Medikamente in der Hoffnung, krank zu bleiben. Häufig fiel das Wort *Feigling*. Aber Rouenna dachte unwillkürlich an die Geschichten von Tieren, die sich selbst die Beine abnagten, um aus einer Falle zu entkommen.

Immer erbärmlicher: So hätte sie ehrlicherweise die Truppe beschreiben müssen. Man mußte ihnen nur zuhören, wenn sie über den Feind redeten. Die Nacht gehörte dem Vietcong, sagten alle. Denn der Vietcong konnte im Dunkeln sehen. Sogar im finsteren Dschungel, sogar in der pechschwarzen Tunneldunkelheit. Und am hellichten Tag war er unsichtbar. Der Vietcong brauchte nichts zu essen, außer vielleicht alle zwei Wochen eine Handvoll Reis. Und in der schlimmsten Hitze reichte ihm ein Tropfen Wasser. Der Vietcong empfand keinen Schmerz, er blutete auch nicht wie wir. (Der Vietcong starb nicht, erwartete Rouenna als nächstes zu hören.) Der Vietcong machte alle furchtbar nervös. Das galt für Offiziere wie für Rekruten. Die Mediziner gaben Tranquilizer aus, als wären es Pfefferminzbonbons. Aber es bestand das Bedürfnis nach stärkeren Mitteln. Zuerst waren es nur ein paar Betten, dann ganze Stationen, die für die Süchtigen erforderlich waren. (Und es waren nicht nur GIs. Rouenna war keineswegs überrascht, als sie feststellte, daß die Oberschenkel des Arztes, den sie streichelte, mit Einstichen überzogen waren. Verdammte Moskitos, witzelte er. Und sie hatte ihre eigenen Süchte, deretwegen sie sich sorgte, der viele Alkohol, das viele Haschisch, die Zigaretten, die sie seit der High School rauchte, in diesem Jahr hatte sie sich auf drei Schachteln pro Tag gesteigert.) Keine schlechte Idee: Werde drogensüchtig, und sie müssen dich nach Hause schicken. Dort konnte man ja wieder clean werden. Unehrenhafte Entlassung – *na und*? (Und als Drogentests obligatorisch wurden, stellten sie einen Ausweg dar: Man lieh sich ein bißchen Pisse von einem Junkie, es liefen ja genug davon rum. Die Flüge, die Junkies aus dem Krieg holten, wurden als Goldene-Fluß-Flüge bekannt.)

Es gab die, die Wahnsinn simulierten, und es gab die, die tatsächlich zu wahnsinnig waren, um mit Waffen auf andere losgelassen zu werden (obwohl auch das geschah). Sogar die geistig Gesunden taten wahnsinnige Dinge, sie schickten zum Beispiel Körperteile des Feindes an ihre Familie. Und dann wurde da noch dieser andere Krieg ausgefochten, der zwischen Weiß und Schwarz. Sogar die Krankenschwestern wurden mit hineingezogen. Ein Schwarzer mit Hepatitis starrte Rouenna so haßerfüllt an wie die Kriegsgefangenen. »Hier sollte es mehr schwarze Schwestern geben, die die Brüder versorgen. Wir wollen nicht von weißen Nutten angefaßt werden.« Die Bettpfanne, die er nach ihr schleuderte, verfehlte sie nur knapp.

Flaggen der Konföderierten flatterten an manchen Militärfahrzeugen und vor bestimmten Unterkünften und Bars.

All das war schlimm, aber es gab Schlimmeres. Amerikanische Soldaten, die gemeinsame Sache machten mit vietnamesischen Gangstern, amerikanische Soldaten, die Zuhälter waren. Graffiti erzählten die Geschichte: FUCK THE ARMY. FUCK NIXON. UNCLE SAM SUCKS. BRINGT EURE BEFEHLSHABER UM. Diese Sprüche sah man überall. Immer häufiger kam es vor, daß Soldaten den Befehl verweigerten, daß Offiziere von ihren eigenen Männern verletzt oder getötet wurden. Gehirntot auf der Intensivstation: ein Truppenbefehlshaber, der kopfüber aus einem Hubschrauber gefallen war.

Zwei Männer hatten das Restaurant betreten. Amerikaner. Zivilisten. Rouenna und Polly waren mit dem Essen fertig, hatten jedoch nochmals Bier bestellt. Die Männer hatten sie sofort bemerkt und blickten häufig zu ihnen, während sie aßen. Man sah ihnen an, daß sie nicht hier waren, um sich zu entspannen, sondern um miteinander zu reden. Sie steckten die Köpfe zusammen, sprachen leise und schnell: mehr ein Austausch von Informationen als ein unterhaltsames Gespräch. Sie verschlangen die Steaks und den Salat, als wären sie am Verhungern. Nach ihrer Hast und den häufigen Blicken zu ihnen zu urteilen, hätte man meinen können, daß sie Essen und Geschäft so schnell wie möglich hinter sich bringen wollten, um sich endlich auf die Mädchen zu stürzen. So war es keine Überraschung, als sie aufstanden und mit ihren Stühlen zu Rouennas und Pollys Tisch kamen.

Einer war groß, weit über einen Meter achtzig, einer dieser schlaksigen Riesen, bei deren Anblick den Vietnamesen der Mund offenstehen blieb.

»Krankenschwestern«, sagte er. Und als ihm niemand widersprach: »Hab ich dir doch gesagt, Jeff.« Dann, als würde er in Betracht ziehen, daß diese rasche Identifikation arrogant oder sogar beleidigend klingen könnte, sonderte er eine kleine Schmeichelei ab. »Ihr seid zu jung, um etwas anderes sein zu können.«

War es ein Kompliment, wenn man gesagt bekam, daß man mit zweiundzwanzig jung aussah? Hier vielleicht. Das schaffte nicht jede. (Jahre später waren Beschreibungen von Krankenschwestern und Soldaten, die *alte* Gesichter oder *alte* Augen hatten, an der Tagesordnung, wenn man von Vietnam sprach.)

Das nächste Kompliment galt nur Polly. »Weißt du, wer Jean Shrimpton ist? Nein? Sie ist ein berühmtes Model, aber du bist hübscher als sie.«

Der große Mann, der Bret hieß, sagte, er arbeite fürs Außenministerium. Er erklärte nicht, worin seine Arbeit bestand, er gebrauchte das Wort »geheim« nicht, aber er machte klar, daß Neugier hinsichtlich seiner Tätigkeit nicht zufriedengestellt würde. Er war genau der Typ, dessen Arbeit eine Armeeschwester (und die meisten Soldaten) überhaupt nicht interessierte. Er hatte eine Wohnung in der Stadt und ein Büro in der Botschaft. Er sei überall in Südvietnam gewesen, sagte er. Ein wunderschönes Land. Er sprach Vietnamesisch mit dem Besitzer des Restaurants und Französisch mit seiner Frau. Er sah ausgeruht und wohlgenährt und merkwürdig blaß aus für Augen, die es gewohnt waren, Soldaten zu sehen. Er war die saubere, kühle, gesammelte Erscheinung, die Rouenna im schmutzigen stickigen Vietnam nicht für möglich gehalten hätte. Sein Hemd war so weiß und frisch gebügelt, als hätte Mamasan es gerade aus der Hand gelegt. Seine Schuhe – leichte braune Slipper – sahen aus wie neu. Neben ihm wirkte Jeff, obwohl er ordentlich gekleidet war, schmuddlig. Jeff war Reporter, er hätte jedoch genausogut Soldat sein können, auch wenn er etwas älter war als die meisten. Seine Haut war dunkel, seine Nase schälte sich, und er hatte etwas von dem hohlwangigen hageren Aussehen der Truppe. Das galt auch für die zwei Reporter – der eine Amerikaner, der andere Holländer –, die zur Zeit verwundet im Krankenhaus lagen. Aber für die meisten Journalisten galt es nicht. Sie waren im allgemeinen bei der Truppe nicht beliebt, für die sie zu dem System gehörten, das sie so fürchterlich mißbrauchte. Außerdem war allseits bekannt, daß die Leute zu Hause die Wahrheit über den Krieg nicht erfuhren, und dafür war die Presse natürlich mit verantwortlich. Reportern gegenüber war man argwöhnisch und ablehnend – allerdings war das nichts, verglichen mit dem Haß der oberen

Ränge, die Journalisten am liebsten allesamt in Tigerkäfige gesperrt hätten.

Wäre es ein Abend mit einer normalen Freundin an einem normalen Ort zu einer normalen Zeit gewesen, hätte Rouenna vorhersagen können, wie er enden würde. Die zwei Männer würden um Polly konkurrieren, und der Verlierer würde sich mit Rouenna zusammentun. In dieser Beobachtung lag keine Bitterkeit, obschon sich Rouenna wieder einmal unwillkürlich fragte, wie es wäre, wenn *sie* – und augenblicklich kehrten ihre Gedanken zu einem anderen Abend zurück, einem Sommerabend vor vielen Jahren, Palisades Park, sie und ihre beste Freundin Beth und Beth' Cousine, die aus Kalifornien zu Besuch war. Sie hingen vor einem der beliebtesten Fahrbetriebe herum in der Hoffnung, von Jungen aufgegabelt zu werden, die sie für älter als die fünfzehn hielten, die sie waren, oder aber zumindest so taten. Sie hatten Stunden mit ihrer Aufmachung verbracht: sich geschminkt, das Haar toupiert und die BHs ausgestopft. Zwei Jungen tauchten auf, und der Süßere der beiden fragte die kalifornische Cousine, ob sie mit ihm fahren wollte. Der andere Junge wandte sich an Beth. Obwohl es laut war und Beth so redete, daß Rouenna sie nicht hören konnte, wußte Rouenna, was Beth sagte. Die Jungen kauften Karten, und alle fünf bestiegen einen der riesigen Metallsitze. Es war eins dieser Fahrgeschäfte, in dem die Leute aneinandergedrückt und gegeneinandergestoßen wurden, erst in die eine Richtung, dann in die andere. Zeitweise wurden die Lichter ausgeschaltet und die Musik aufgedreht, das Schaukeln und Stoßen wurden schneller und härter, und alle schrien. Der Junge, der zwischen ihr und Beth saß, legte beiden einen Arm um die Schulter.

Die Fahrt dauerte nicht länger als fünf Minuten, aber in der Zeit hatte Rouenna dafür gesorgt, daß Beth diesen Abend ohne Jungen verbringen mußte.

Die Männer wollten mit Rouenna und Polly in einen Nachtclub auf einer Dachterrasse gehen. Bret versuchte, sie zu überreden. »Kommt schon, Mädchen, die Nacht ist noch jung. Und warum habt ihr beiden sonst Partykleider angezogen? Bestimmt nicht, weil ihr den Abend allein verbringen wollt.«

Die Kleider waren Geschenke von Unlucky. Nähen war seine Art, sich in der Freizeit zu entspannen. (»Ich hab's im Blut. Wir waren schon in Palermo Schneider.«) Kurz nach seiner Ankunft hatte er aus dem Katalog von Sears and Roebuck eine Singer-Nähmaschine bestellt und ballenweise wunderschöne geblümte Seide in einem chinesischen Geschäft in Cholon gekauft. Dann nähte er lange, weite, ärmellose Kleider für alle Krankenschwestern. Manche Schwestern mochten sie nicht, weil sie meinten, sie sähen aus wie Hippie-Kleider. Aber das Vergnügen, die weiten, schmutzigen, blutbefleckten Hosen auszuziehen und die kühle gewichtslose Seide überzustreifen, war unwiderstehlich. Zu den Kleidern trugen die Frauen Sandalen.

»Das sind keine Partykleider«, sagte Polly. Rouenna

merkte, daß Bret Polly allmählich auf die Nerven ging. Rouenna nahm eine Kool aus der Schachtel, und während Jeff ein Feuerzeug aus der Tasche holte, um sie anzuzünden, sagte er: »Also, was immer sie sind, ihr seht klasse darin aus.« Sein Tonfall war beschwichtigend, als würde auch er sich Sorgen um Pollys Nerven machen.

Wenn sie nicht in einen Club gehen wollten, würden sie dann wenigstens noch ein Bier trinken?

»Wir müssen zurück zum Stützpunkt«, sagte Polly zu hastig und zu bestimmt, als daß Rouenna hätte widersprechen können. Außerdem stimmte es. Sie hatten nur Zeit totgeschlagen.

Aber als sie sich verabschiedeten, verspürte Rouenna einen Stich des Bedauerns. Sie hatte sich kurz die Phantasie gestattet, daß es wirklich ein Abend mit einer normalen Freundin, an einem normalen Ort und zu einer normalen Zeit war, und sie hatte sich vorgestellt, wie sie als Paare auseinandergingen, sie mit dem Verlierer, der an diesem Abend, so meinte sie, Jeff sein würde. Nach dem Nachtclub, in dem sie unter Sternen tanzen würden, würde er sie mit auf sein Zimmer im Hotel Continental nehmen. Er würde ihnen Drinks machen, Musik auflegen, und sie würden im Dunkeln noch ein letztes Mal tanzen. Nie zuvor war sie mit einem Mann in ein Hotel gegangen. Nie zuvor hatte sie mit einem Reporter geschlafen. Ein Schulterzucken, und das Kleid läge als seidige Pfütze zu ihren Füßen. Das wäre ihre Chance, ihm zu beweisen, daß er doch nicht der Verlierer war.

Später, zurück in ihrer Unterkunft, betranken sich die Frauen, und Polly machte sich über Bret lustig, äffte die Art nach, wie er »wunderschönes Land« und »die Nacht ist noch jung« gesagt hatte.

Und was war mit Jeff? fragte Rouenna. Polly schüttelte den Kopf: nicht ihr Typ.

So wie es passieren kann, wenn man betrunken ist, öffnete Rouenna den Mund, um das eine zu sagen, und heraus kam etwas anderes. Nämlich die Geschichte von dem Abend in Palisades Park, die sie bis dahin für sich behalten hatte.

Nach einer Weile fragte Rouenna Polly, was sie dachte, und Polly seufzte ungestüm und sagte, Rouenna habe genug gute Werke in Vietnam vollbracht, um die Sünden ihres ganzen Lebens zu sühnen. Solche Gedanken waren Rouenna noch nie in den Sinn gekommen. Seit ihrer Kindheit war sie nicht mehr zur Beichte gegangen, und jetzt stellte sie sich die müde, vom Rauchen heisere Stimme des Pfarrers vor, der ihr nicht die üblichen zehn Ave-Maria oder Vaterunser auferlegte, sondern ein Jahr in der Hölle. Aus Pollys ernstem Ausdruck schloß Rouenna, daß ihre Freundin jetzt an ihre eigenen Sünden dachte. Polly war wie die meisten Krankenschwestern in Vietnam katholisch.

Vielleicht wollte auch Polly etwas völlig anderes sagen als das, was ihr über die Lippen kam: »Die Ente war verdammt gut.«

Bevor sie an diesem Abend ins Bett ging, dachte Rouenna noch einmal an die köstliche Ente und daß sie das Beste gewesen war, was sie bislang gegessen hatte, und sie schwor sich, nie wieder Ente zu essen. Und obwohl sie betrunken war, als sie sich das schwor, fiel ihr dieser Schwur sofort wieder ein, als sie am nächsten Morgen erwachte.

Zum ersten Weihnachtsfest nach ihrer Rückkehr in die Staaten bekam Rouenna eine Karte von Polly. Es war der erste Kontakt, seit sie sich in Long Binh voneinander verabschiedet hatten. Bei der Karte lag ein Foto von Pollys kleinem Sohn. Mehrere Jahre lang erhielt Rouenna an Weihnachten eine Karte und ein Foto des Jungen. Im dritten Jahr war eine gewisse Ähnlichkeit zu erkennen. (»Ich wünschte, ich könnte irgendwas für sie tun, Mann.«)

In manchen Jahren öffnete Rouenna den Umschlag nicht sofort. Sie legte ihn beiseite und wartete ein, zwei Tage oder auch länger.

Vietnam. Der Geschmack von Ente, die Berührung von Seide, ein Soldat, der mit der Serviette über den Tisch langt, um die Tränen einer Frau zu trocknen.

Vietnam. Rouenna war ihrem Schwur treu geblieben. Sie hatte nie wieder Ente gegessen.

Gigis Bellen holte Rouenna im Jahr 1980 wieder nach New Jersey zurück.

Minuten später betrat ihre Mutter das Schlafzimmer,

wo Rouenna erneut im Schrank herumkramte. »Was hast du getan, Roro, geschlafen? Sieht nicht so aus, als hättest du große Fortschritte gemacht.«

Als sie am Abend nach Manhattan zurückfuhr, stellte Rouenna einen Oldies-Sender im Radio ein und drehte laut auf. Das tat sie oft, wenn sie allein unterwegs war, und sobald ein Lied gespielt wurde, dessen Text sie kannte, sang sie aus vollem Hals mit. Die einzige Art Musik, an der ihr je etwas lag oder die sie gern hörte, war Rock and Roll – Songs aus den späten vierziger bis zu den späten siebziger Jahren –, und dieser Sender spielte nichts anderes.

Nachdem sie Vietnam verlassen hatte, gab es eine endlose Liste von Dingen, die sie dorthin zurückbringen konnten: ein bestimmtes Wetter, ein bestimmter Grünton, nahezu jeder wirkliche Gestank, nahezu jedes plötzliche laute Geräusch, auch das Geräusch, wenn etwas, zum Beispiel Stoff, zerrissen wurde, die Kellner im Hunan Garden (ein Jahr unter Vietnamesen bedeutete nicht, daß sie sie von anderen Asiaten unterscheiden konnte), ein bestimmter Typ von Mann oder auch nur ein Teil von ihm: der Bizeps, eine Tätowierung. Einen Winter lang zog sie es vor, ihre Wohnung nicht zu heizen, da das Geräusch der Heizkörper sie nachts weckte und verwirrte. Dann mußte sie sich anstrengen, um herauszufinden, daß ihr *Perr-put, Perr-put* nicht das Geräusch landender Sanitätshubschrauber war. Manchmal, vor allem bei lauten Geräuschen und üblen Gerüchen, beschleunigte sich ihr Puls, und dann war sie Stunden danach oder den ganzen Tag über angespannt oder schlecht gelaunt. Aber Musik hatte die stärkste Wirkung auf sie, manche Lieder riefen in ihr eine so intensive Sehnsucht wach, daß sie am liebsten den Kopf in den Nacken geworfen und laut aufgeheult hätte.

Rock and Roll. In Unterkünften und in Bunkern, in jeder Messe und in jedem Club, auf den Krankenhausstationen, im Operationssaal, im Leichenschauhaus. So unausweichlich wie der Krach des Kriegs: *Wusch, Kabumm, Wah-wah.* Die Soldaten hatten immer ihre Transistorradios, tragbaren Plattenspieler oder Tonbandgeräte dabei, auch wenn operiert wurde. Vietnamesische Kommandanten schüttelten den Kopf: *Feind immer weiß, wo GI!* Aber auch die Kommunisten begriffen: In den Gefängnissen im Norden wurde amerikanische Rockmusik als Belohnung für gute Führung, an Weihnachten und am 4. Juli gespielt.

Lieder mit thematischem Bezug. »Ballad of the Green Berets« war vielen Offizieren heilig, nicht nur den Sondereinsatzkommandos. (Auf der gleichen LP ein Stück mit dem Titel »Salute to the Nurses«.) »We Gotta Get Out of This Place«, »Eight Miles High«, »I Feel Like I'm Fixin' to Die Rag«, »Run Through the Jungle« – das waren die Lieder, die die Soldaten nicht oft genug hören konnten. Und manche dieser Lieder hatte Rouenna mit nach Hause gebracht, auf einem Band, das speziell für sie zusammengestellt worden war, ein Abschiedsgeschenk, das ihr im Club an einem Abend kurz vor ihrer Abreise überreicht wurde.

Das Band war ihr einziges Souvenir. Keine Aschenbecher aus berühmten Nachtclubs in Saigon, keine Ho-Chi-Minh-Sandalen, keine Teile von Flaggen oder Uniformen des Feindes. Keine Körperteile des Feindes. Der Krimskrams, den vietnamesische Straßenhändler feilboten, hatte sie nie interessiert. Im Urlaub in Hongkong hatte sie ein Porzellanservice gekauft, weiß mit goldenem Rand, und in die USA schicken lassen in der Absicht, es demjenigen ihrer Brüder zur Hochzeit zu schenken, der als erster heiratete. Die akustische Gitarre, die sie gekauft (aber nie zu spielen gelernt) hatte, ließ sie in Long Binh bei dem GI zurück, der ihr letzter Patient war.

Nach ihrer Rückkehr aus Übersee hatte sie vier Wochen Urlaub, und alles, was sie in dieser Zeit tat, war schlafen und das Band hören. Während ihrer Abwesenheit war ihr Bruder Thad ein Hippie geworden, er hatte Haare wie ein blonder Indianerkrieger, die er mit einem Stirnband aus Perlen aus dem Gesicht hielt. Wie sein ganzer Stamm haßte er alles, was mit dem Militär zu tun hatte, und er war deprimiert, weil er eine Schwester hatte, die am Krieg teilnahm. Er hatte ihr während ihres Jahrs in Vietnam kein einziges Mal geschrieben. Eines Tages, als er und ein paar Freunde stoned waren und Hunger hatten, taute er die rot-weiß-blau verzierte Torte auf, die der italienische Bäcker für Rouenna gemacht hatte. Als ihre Mutter es ihr schrieb, hätte sie eigentlich wütend werden müssen, aber sie wußte bereits, daß sie, wenn sie zurück wäre, die Torte sowieso wegwerfen würde, so sehr hatten sich ihre Gefühle verändert. Jetzt, da sie zurück und nicht nur gegen den Krieg war, sondern wie er und seine Freunde auch ausgiebig Haschisch rauchte, verzieh ihr Thad nur allzu gern. Er war einer der größten Dealer seiner High School und hatte die besten Verbindungen nach Newark. Wenn er morgens aus dem Haus ging, ließ er Rouenna zwei oder drei dicke, fachmännisch gerollte Joints da, und sie verbrachte den Tag allein in ihrem Zimmer, rauchte und hörte das Band. In diesen ersten vier Wochen in den USA hatte sie keine Lust, irgend etwas zu tun, außer high zu sein und die Doors zu hören, die Byrds, die Beatles, die Stones, die Dead, die Who, Santana, Joplin und Hendrix.

Wer weiß, wie lange das so weitergegangen wäre, hätte sich Leutnant Zycinski nicht zum Dienst zurückmelden müssen. Noch vier Monate Militärdienst. Wie sollte sie die überleben?

Im Krankenhaus in Fort Dix lagen eine Menge Kriegsverletzte, aber es war eine völlig andere Welt als Vietnam. Zum einen war es allen vollkommen gleichgültig, daß sie im Krieg gedient hatte. Jetzt war sie in den Staaten, wo um den eingewachsenen Zehennagel eines Colonel mehr Theater gemacht wurde als um die fehlenden Füße eines gemeinen Soldaten. Rang, Regeln, Bürokratie: In Nam hatte man diesen Teil des Armeelebens zumindest zeitweise vergessen können. Hier konnte man ihn keine fünf Minuten ignorieren, ohne daß man daran erinnert wurde. (»Was sollen die Falten in der Uniform, Leutnant?« »Sie haben das Formular nicht ausgefüllt, Leutnant.« »Ich habe das ›Sir‹ nicht gehört, Leutnant.«) Vier Monate vergingen so langsam wie vier Jahre.

Nachdem sie endlich entlassen war und in zivilen Krankenhäusern arbeitete, wurde die Lage jedoch kaum besser. Das Arbeiten im allgemeinen war für Rouenna zu einem Problem geworden. Sie war die Tochter ihres Vaters: Sie mochte es nicht, wenn andere ihr sagten, was sie zu tun hatte. »Für jemanden, der in der Armee war, fällt es Ihnen ziemlich schwer, Anweisungen entgegenzunehmen«, wunderte sich eine Vorgesetzte.

Die untergeordnete Stellung als Krankenschwester – auch die hatte Rouenna vergessen. Eine Stellung mit vielen (überwiegend unangenehmen) Pflichten, aber ohne wirkliche Verantwortung. Nie konnte sie entscheiden, nie wurde ihr zugetraut, etwas nicht zu vermasseln. Bitte einen Arzt, dies oder das zu tun, auch wenn du selbst es schon ungezählte Male getan hast. Bitte einen Arzt, auch wenn der diensthabende Arzt nur ein Assistenzarzt ist und weniger Erfahrung hat als du. Bitte ihn. So unerfahren, überarbeitet und fix und fertig er auch sein mag, er wird sofort verstehen, daß man dir bestimmte Dinge nicht anvertrauen kann. Nicke, wenn er sich die Mühe macht, diesen Sachverhalt in Worte zu fassen, und schätze es, wenn er die Stimme hebt, damit du ihn auch bestimmt hörst, und nicht zuläßt, daß ihn die Anwesenheit anderer, nicht einmal von Patienten, daran hindert.

Aber, um fair zu sein, Rouenna war auch schockiert, wie unbeholfen viele der Krankenschwestern waren, mit denen sie arbeitete. Man kann es eine sich selbst erfüllende Prophezeiung nennen: Sie waren ängstlich, unentschlossen, nicht vertrauenswürdig – das Gegenteil der meisten kriegserfahrenen Krankenschwestern und im Vergleich zu ihnen unfähig. Auch Rouenna war einmal so gewesen, vor langer Zeit, aber daran dachte sie nicht gern zurück, und sie wollte verdammt sein, sollte sie sich je wieder wie diese Sorte Krankenschwester verhalten. Ständige Reibereien. *Wer hat Ihnen gesagt* – sie hatte es satt, diese Worte zu hören. (Worte. Auch das hatte sie vergessen: Zu Hause bedeuteten *fuck* und *Scheiße* etwas anderes. Oh, die Dinge, über die sich die Leute hier in den USA aufregten! *Motherfucker*: Man verlor den Job, wenn man dieses Wort benutzte.)

Rouenna war ebenfalls schockiert, wie ineffizient Krankenhäuser in den Staaten arbeiteten,verglichen mit denen in Vietnam. Nicht, daß ihre Meinung oder ihre Vorschläge gefragt gewesen wären. Niemand interessierte sich für das, was sie im Krieg gelernt hatte, keine der Schwestern, mit denen sie zusammenarbeitete, war neugierig auf ihre Kriegserfahrungen, und wie die meisten Menschen stellten sie ihr keine Fragen über Vietnam.

Was Rouenna ebenso verwirrte, war das Verhalten einer Schwester, die auch eine Veteranin des Krankenschwesternkorps der Armee war, eine ungefähr dreißigjährige Frau namens Willa, die ein paar Jahre vor Rouenna in Qui Nhon gewesen war. Rouenna hätte nichts von Willas Militärzeit erfahren, wäre da nicht ein Patient gewesen, ein

Veteran mit multiplen Gesundheitsproblemen, der sich nicht in einem Krankenhaus für Veteranen behandeln lassen wollte. Dieser Mann, ein Ex-Schütze namens Chuck, wußte nur deswegen über Willa Bescheid, weil sich ihre Familien kannten. Sie sprach nie mit ihm über den Krieg. Und Rouenna gegenüber verhielt sie sich zwar nicht ausgesprochen feindselig, aber sie mied sie. Willa war still und wirkte in Gegenwart von anderen meist schüchtern, sie suchte keinen Kontakt und hatte nie viel zu sagen. Wechselte das Thema, wenn Chuck oder Rouenna Vietnam erwähnten. Die zwei Frauen arbeiteten gut zusammen – Willa zumindest wußte, was sie tat –, aber es war klar, daß es zwischen ihnen nie zu der Kameraderie kommen würde, die sich in Vietnam von selbst eingestellt hätte. Eigentlich kein Problem, da auch Rouenna mehr und mehr dazu neigte, nicht über den Krieg reden zu wollen. Was sie störte, war die Verlegenheit, die zwischen ihnen herrschte. Diese Frau wollte ihr nicht in die Augen schauen. Rouenna dachte an die Zeit, als ihr Vater starb und sie und ihre Mutter ihn einmal im Krankenhaus besuchten. Er kämpfte mit dem Tod und sollte das Bewußtsein nicht wiedererlangen, und als sie sein Zimmer betraten, lag er im Bett, alle viere von sich gestreckt, das Krankenhausnachthemd war bis unters Kinn hinaufgerutscht, die Bettdecke zu seinen Füßen. Seine Beine waren weit gespreizt, sein Penis deutete zum Kopf – es sah aus, als wäre er erigiert. Er bot einen schockierenden Anblick, und nachdem Rouennas Mutter zu ihm gestürzt war und ihn zugedeckt hatte, standen sie beide sprachlos nebeneinander, unfähig, einander anzusehen. Beide hätten ein Jahr ihres Lebens gegeben, um die vorangegangene Minute ungeschehen zu machen. Rouenna würde sie nie vergessen, und ihre Erinnerung daran war lebhafter als an den eigentlichen Augenblick des Todes.

Aber was war da zwischen ihr und Willa, das immer wieder diese obszöne Erinnerung wachrief? Rouenna war es überdrüssig, die Sache ergründen zu wollen, und erleichtert, als sie die Stelle aufgab und nicht mehr mit Willa auskommen mußte.

Sie vermißte ihre Arbeit als Krankenschwester nicht. Es war nicht nur eine schmutzige, undankbare, frustrierende Arbeit. Es war langweilig. Das meiste davon, sogar in der Notaufnahme, war Routine, und Rouenna wußte, daß sie die Herausforderungen, denen sie sich in Nam täglich hatte stellen müssen, zu Hause außer im Fernsehen nicht finden würde. Es gab keine großen Aufregungen und so gut wie keine Gelegenheit für eine Krankenschwester, sich heroisch zu fühlen, als Superfrau, *wertvoll*. Rouenna mußte wieder daran denken, mit welcher Gleichgültigkeit sie sich von Anfang an für den Beruf der Krankenschwester entschieden hatte, wie niedrig ihre Erwartungen gewesen waren (wie viele andere Frauen hatte sie daran gedacht, nur so lange als Krankenschwester zu arbeiten, bis sie heiraten und Kinder bekommen würde), wie wenig sie die Ausbildung und die Arbeit gemocht hatte und wie alles sich schlagartig verändert hatte, kaum war sie in Danang.

Aber letztlich waren es nicht die langweilige Routine oder die arroganten Ärzte oder die ständigen Auseinandersetzungen mit Vorgesetzten, sondern die Patienten, die Rouenna ihren Beruf vergällten. Der Verband saß zu fest, der Katheter juckte, die Pillen waren zu groß zum Schlucken. Sie glaubte doch nicht wirklich, daß sie dieses Essen aßen. Was sollte das heißen, sie dürften acht Stunden lang nichts essen? Warum war sie nicht auf das erste Klingeln hin gekommen? Von diesem Medikament bekamen sie Blähungen. Wie oft mußten sie sich noch Blut abnehmen lassen, wußte sie nicht, daß das weh tat? Sie hatten Angst vor Spritzen und vor Röntgenaufnahmen, eine Operation war der Weltuntergang. *Führen Sie sich nicht auf wie eine Memme*, fuhr sie einen Rechtsanwalt mit Nierensteinen an. Und selbstverständlich beschwerte er sich, und selbstverständlich wurde sie zurechtgewiesen.

»Sie können von normalen Zivilisten nicht erwarten, daß sie sich wie Marines verhalten«, sagte die Oberschwester.

Sie sah einen dieser achtzehnjährigen Marines vor sich.

»Sie wissen doch, daß Nierensteine sehr schmerzhaft sein können.«

Beide Augen, beide Arme, beide Beine.

Normale Zivilisten. Als ob Rouenna nicht jede Menge von ihnen in den Evakuierungskrankenhäusern gesehen hätte. Ja, sie sah sie noch immer vor sich – es war höchst merkwürdig. Obwohl sie jetzt über ein Jahr wieder zu

Hause war und jeden Tag mit Patienten zu tun hatte, die sich wie kleine Kinder benahmen, sah Rouenna diese anderen Kinder vor sich, die Kinder aus dem Krieg. Sie war alt genug, um sich noch an den Conterganskandal und das Entsetzen der Welt zu erinnern, als mehrere tausend mißgebildete Kinder geboren wurden. Aber der Krieg machte jeden Tag aus Kindern Krüppel – Rouenna hatte keine Ahnung, wie hoch die Zahlen waren, aber sie wußte, daß es viel mehr als ein paar tausend sein mußten. Und jenen Müttern war das Contergan zumindest nicht absichtlich gegeben worden, wohingegen versteckte Sprengladungen und Landminen oft wissentlich in Gegenden verlegt wurden, wo sich Kinder aufhielten. Und selbstverständlich fiel einem, wenn man an diese verwundeten Kinder dachte, sofort ein, was damals für jeden Amerikaner so unfaßbar gewesen war: wie still sie ihre Schmerzen ertrugen.

Wenn diese Kinder schon nicht schrien, bei Gott, Rouenna schrie.

In Nam habe ich ein sechsjähriges Mädchen mit Napalm-Verbrennungen behandelt, das nicht so ein Theater gemacht hat wie Sie!

Die Oberschwester war keine boshafte Frau. »Schauen Sie«, sagte sie. »Sie sind jetzt wieder zu Hause. Sie müssen sich anpassen. Zu Ihrem eigenen Besten.« Sie hatte recht. Und Nierensteine waren unerträglich, genauso wie eine Geburt, und Rouenna wußte es. Sie wurde zu einem Ungeheuer. Und warum hatte sie sich nicht unter Kontrolle?

(Zu dieser Zeit wohnte sie bei ihrer Mutter, deren Nachbarin häufig vorbeikam. Diese Frau hatte eine Wunde an der Hand, die bösartig war. Jedesmal, wenn Rouenna sie sah, drängte sie sie, zum Arzt zu gehen. Aber die Frau hatte zu große Angst. Pflichtbewußt erinnerte Rouenna sie immer wieder daran, bis die Frau eines Tages explodierte. »Hör endlich auf, mir einzureden, daß ich mir von einem Fremden in die Hand schneiden lassen soll!« Eine Wut, von der sie nicht gewußt hatte, daß sie in ihr steckte, ließ Rouenna erwidern: »Okay, dann stirb eben!« Ungeheuerlich.)

Aber auch wenn man davon ausging, daß Rouenna vollkommen im Unrecht war – war es zuviel verlangt, von ein paar dieser Patienten zumindest eine Andeutung von Scham zu erwarten?

Ja.

»Sie hätten ja nicht hinzugehen brauchen, wo Sie nichts zu suchen hatten.«

Rouenna war über sich selbst überrascht. Anstatt den Mann zu erdrosseln, wie sie es von sich erwartet hätte, brach sie zusammen. Es war, als hätte ihr jemand ein Messer in den Leib gestoßen, so sehr schmerzte es – und wer war jetzt die Memme, die keinen Schmerz ertragen konnte?

Wo sie nichts zu suchen hatte.

Sie erinnerte sich an Männer, die so schwer verwundet waren, daß sie kaum mehr atmen konnten, und sich dennoch zu sprechen zwangen. *Danke, Schwester. Gott segne*

Sie, Leutnant. Sie sind so schön. Wie tapfer sie waren, und wie tapfer sie sich zwischen ihnen fühlte – und dieses Gefühl gaben sie allen Krankenschwestern: tapfer und schön zu sein. Würde sie sich je wieder so fühlen?

Sie wußte genau, wo sie sein wollte. Sollte sie sich also noch einmal freiwillig melden?

Ihr Liebhaber, Chuck, der Veteran, den sie im Krankenhaus kennengelernt hatte, machte keine Umschweife. »Da müßtest du schon völlig verrückt sein.« Rouenna mußte nicht lange nachdenken, um ihm recht zu geben. In einem früheren Stadium des Kriegs wäre es vielleicht anders gewesen. Aber sie wußte, wie es jetzt dort drüben zuging, die sogenannte Vietnamisierung, mehr und mehr Truppen wurden zurückgeholt, und die Moral der in Vietnam verbliebenen Soldaten befand sich auf einem Rekordtief. Es wurde natürlich noch immer gekämpft, und es gab noch immer Verwundete, aber Rouenna wußte, daß viele der Patienten, die sie jetzt würde behandeln müssen, Drogenabhängige und Psychofälle wären. Und selbst wenn sich nichts geändert hätte – wenn sie ehrlich war, mußte sie sich eingestehen, daß sie nicht in der Lage wäre, noch einmal eine Dienstzeit in Vietnam durchzustehen. Sie hatte genug. Sogar Chuck erwies sich als ein bißchen mehr Vietnam, als sie verkraften konnte. Sie war gern mit ihm zusammen, sie hatten Spaß miteinander, sie verstanden sich, wie sich nur zwei Menschen verstehen konnten, die den Krieg erlebt hatten, aber sie wußte, daß sie sich nicht auf Dauer an diesen dauerhaft Versehrten binden konnte. Sie hatte genug vom Krieg, von der Arbeit als Krankenschwester und von Kriegsverletzten.

Sie hatte sich gelobt, daß sie nach ihrer Rückkehr etwas unternehmen würde wegen ihres Trinkens, ihres Zigaretten- und Haschischkonsums; zumindest wollte sie reduzieren, wenn sie es schon nicht ganz aufgeben konnte, aber sie unternahm nichts, und es sollte Jahre dauern, bis sie damit anfing.

Viele Rückkehrer aus Vietnam nutzten die GI-Bill, um wieder zur Schule zu gehen, aber das war nichts für Rouenna. Sie hatte keinen Grund zu der Annahme, daß ihr die Schule jetzt besser gefallen würde als früher, und sie sah sich nicht im Kreis dieser Jugendlichen. Ihr Bruder, okay, aber umgeben zu sein von Hippies, von denen die Hälfte Militärjacken trug – sie wußte nicht, ob es stimmte, aber sie hatte gehört, daß diese Jacken und andere Uniformteile, die der letzte Schrei waren, von den Soldatenleichen stammten. Sie konnte die Freundin ihres Bruders in ihrer zusammengeflickten Militärjacke (die sie in einer Boutique in der Eighth Street in Manhattan gefunden hatte) nicht ansehen, ohne den Wunsch zu verspüren, sie ihr vom Leib zu reißen.

Beherrschung, Beherrschung, Beherrschung. Rouenna arbeitete daran, aber es war nicht immer leicht. Ein Campus war wahrscheinlich im Augenblick der denkbar schlechteste Ort für sie. Sie hatte zwar keine Probleme damit, den Krieg nicht anzusprechen, aber sie wollte auch nicht ständig verbergen müssen, daß sie gewesen war, *wo sie nichts zu suchen hatte.* Auch ihre Mutter war dagegen, daß sie wieder zur Schule ging. »Du hast schon genug Zeit in der Armee verschwendet.« Sie meinte damit, daß sie diese Zeit besser genutzt hätte, einen Mann zu finden. Die meisten von Rouennas Freundinnen aus der High School waren mittlerweile verheiratet, und in deren Kreise paßte sie auch nicht. Sie war sicher, daß sie eines Tages heiraten würde, aber jetzt wollte sie nicht daran denken. Sie konnte nicht ans Heiraten denken, ohne an Kinder zu denken, und wenn sie an Kinder dachte, dachte sie an die Dinge, die Chuck ihr erzählte. Nicht, daß es Grund gab, in Panik zu geraten. Ja, bislang gab es keinerlei wissenschaftliche Beweise für Chucks Vermutungen. Aber er und andere Veteranen glaubten, daß die Ursache der vielen Krankheiten, unter denen sie litten – Ausschläge, Kopfschmerzen, Tumore, Asthma, Gelenkschmerzen –, die Herbizide waren, mit denen sie in Vietnam in Kontakt gekommen waren. Es wurde sogar gemunkelt, daß es möglicherweise eine Verbindung gab zu Krebs und zu Mißbildungen und Krankheiten von Veteranenkindern. Rouenna hatte keine Ahnung, wie groß das Risiko von Geburtsschäden tatsächlich war (soweit sie es beurteilen konnte, war Pretty Pollys Baby normal), aber es konnte nicht schaden zu warten, bis man mehr darüber wußte. Wieder dachte sie an Contergan. Sie war noch ein Kind gewesen, als sie die Fotos sah, und sie hatten sie bis ins Erwachsenenalter verfolgt, so wie jedes andere Kind, das diese Bilder gesehen hatte, dessen war sie sicher. Und natürlich erinnerte sie sich an das Baby ohne Augen. O Gott. Brauchte sie noch mehr?

Sie war nicht verwirrt. Sie wußte, was sie wollte. Sie wollte einen Job. Sie wollte genug Geld, um leben zu können. Sie wollte eine eigene Wohnung und aus der ihrer Mutter ausziehen. New York City: Millionen Jobs und Wohnungen. Sie wäre in der Nähe ihrer Familie und lebte gleichzeitig in einer völlig anderen Welt – das war das Schöne an New York. Sobald sie sich damit abgefunden hatte, daß keine Arbeit je an die Höhen ihrer Zeit als Kriegskrankenschwester heranreichen würde, war es ihr ziemlich gleichgültig, was sie machte. Auch in dieser Hinsicht war sie die Tochter ihres Vaters. *Ein Job war ein Job, und der eine war wie der andere* … Und außerdem wollte sie immer noch heiraten und Kinder kriegen.

Im Lauf der Jahre arbeitete sie häufig als Kellnerin, und im Frühjahr 1980 hatte sie eine ihrer besten Anstellungen in einem Steakhouse in Midtown, das vorwiegend von Geschäftsleuten frequentiert wurde (manchmal saß nicht eine Frau im Lokal) und in dem sie sich nichts weiter merken mußte als »medium« oder »blutig« und die Trinkgelder unter Spesen verbucht wurden und entsprechend großzügig ausfielen. Auch der Besitzer war großzügig und gönnte seinen Mädchen am Zahltag das Beste: dreiviertelpfündige Sirloinsteaks, Zwiebelringe, Bratkartoffeln, Rahmspinat und Käsekuchen mit Ananas.

Im Jahr zuvor hatte eine Kellnerin geheiratet und war aus der Stadt gezogen, und Rouenna konnte den Mietvertrag für ihre Wohnung übernehmen. Es war die Art Wohnung, die in Manhattan fast nicht mehr zu finden war: mietpreisgebunden, groß genug für ein Paar, in einem sicheren, ruhigen, sauberen Haus in der 32nd Street nahe der Third Avenue. In den Jahren zuvor war sie von einer unzulänglichen Wohnung in die nächste gezogen und hatte allmählich geglaubt, daß das Leben in Manhattan ein Traum war, den sie würde aufgeben müssen. Sie freute sich unbändig über diesen Glücksfall – sie war es nicht gewohnt, Glück zu haben. (Allerdings war es mehr als wahrscheinlich, daß dieses Glücksgefühl ein abruptes Ende gefunden hätte, hätte ihr jemand vorhergesagt, daß sie die nächsten zwölf Jahre – allein – in dieser Wohnung leben würde.)

Der Radiosender, den sie eingestellt hatte, spielte nicht die Lieder, die Rouenna mit Vietnam assoziierte – der Diskjockey bevorzugte eine frühere Ära. »Will You Still Love Me Tomorrow«, »Walk Like a Man«, »He's So Fine«, »Up on the Roof«, »Dancing in the Street«, »Louie, Louie«, »Don't Worry Baby«, »Twist and Shout«. Auch das waren gute Lieder, und sie hörte sie gern. Sie riefen ihr die mit Kreppgirlanden und Luftballons dekorierte Turnhalle der High School ins Gedächtnis. Mädchen mit steif gesprühtem Haar, Chiffonkleidern und dazu passenden Stöckelschuhen – Schuhe, die sie bei den schnellen Tänzen ausziehen mußten.

»Only Love Can Break a Heart«. »And Then He Kissed Me«.

Sie kannte die Texte. Sie sang mit.

Sie hielt es nicht für übertrieben zu behaupten, daß sie ohne ihr kleines Tonbandgerät von Sony den Krieg nicht überlebt hätte. Manchmal, wenn sie nicht schlafen konnte, entweder weil sie zu durcheinander war oder weil das Dexedrin, das sie genommen hatte, immer noch wirkte, legte sie sich einfach hin und hörte Musik, bis es an der Zeit war, wieder aufzustehen, mehr Dexedrin einzuwerfen und zur Arbeit zu gehen.

»Follow the Boys«. Der DJ wußte, daß sie zuhörte.

Noch lange nach ihrer Rückkehr – lange nach ihrem Urlaub – hörte Rouenna das Band, das die Männer für sie aufgenommen hatten, mindestens einmal am Tag. Dann nur noch einmal in der Woche, einmal im Monat, hin und wieder – sie mußte in einer bestimmten Stimmung sein, um es hören zu wollen, eine Stimmung, in der sie immer seltener war. Unweigerlich kam eine Phase, in der Rouenna das Band um nichts in der Welt gespielt hätte. Sie überwand diese Phase, dennoch gab es Zeiten, da sie das Band vollkommen vergaß. Eines Tages, nachdem sie es, wie ihr schien, jahrelang nicht mehr gehört hatte, verspürte sie eine große Sehnsucht danach, und als sie es gefunden und eingelegt hatte, mußte sie feststellen, daß es beschädigt war. Die Musik war zwar noch zu hören, aber verzerrt von einem seltsamen metallischen Zwitschern, das klang wie fremdartiger Vogelgesang. Trotzdem versetzte es sie zurück. Das Krankenhaus in Quonset mit den zwei langen Bettreihen. Im Radio war AFVN eingestellt.

Patsy Cline. Die Lautstärke so aufgedreht, daß die Frauen, die den Boden wischten, schreien mußten, um sich zu unterhalten. Der Infanterie-Sergeant, der halb verrückt war vor Phantomschmerzen, stützte sich auf einen Ellbogen und schrie: »Kann jemand dafür sorgen, daß die verdammten Vietnamesenfotzen das Maul halten? Das ist ein verdammt gutes Lied! Und ich will es verdammt noch mal hören!«

Damals war es Rouenna gelungen, die Frauen zum Schweigen zu bringen – aber was konnte sie jetzt tun? Während das Band weiterlief, verschlimmerte sich das Zwitschern, die Musik war immer schlechter zu hören, bis sie fast ganz von dem Zwitschern übertönt wurde.

Sie warf das Band nicht weg. Sie hob es auf, obwohl sie wußte, daß sie es nie wieder würde hören können, ebenso wie sie das Seidenkleid aufhob, das Unlucky für sie genäht hatte, jahrelang, auch nachdem sie nicht mehr hineinpaßte, nicht einmal annähernd, nein, nein, nie wieder. Und eines Tages waren Band und Kleid verschwunden. Das heißt, sie mußte sie weggeworfen haben, obwohl sie sich nicht daran erinnerte, wahrscheinlich als sie von einer Wohnung in eine andere gezogen war. Die Tatsache, daß sich diese beiden Dinge nicht mehr unter ihren Besitztümern befanden, ging ihr eines Morgens auf dem Weg zur Arbeit auf. Aber das passiert nun mal mit Besitztümern im Lauf der Jahre, wenn man nicht aufpaßt, wenn man nicht sentimental ist. Die einzigen Erinnerungsstücke an Vietnam, die ihr blieben, waren ein paar Schnappschüsse. Sie wußte, wo sie sie aufbewahrte, aber wann hatte sie sie zum letztenmal angesehen? Und was war aus ihren Uniformen geworden, den Rangabzeichen, dem Empfehlungsschreiben der Armee, ihrem bronzenen Verdienstabzeichen?

Sie war so weit gefahren, daß sie den Sender nicht mehr störungsfrei empfangen konnte. Ab und zu hörte sie statisches Rauschen und Interferenzen. Sie wollte gerade einen anderen Sender einstellen, als der Diskjockey den nächsten Hit ankündigte: »Und jetzt Shelley Fabares, wir schreiben das Jahr 1962, und der Song heißt ›Johnny Angel‹.«

Dritter Teil

Wie häufig in diesem Teil des Landes gibt es mitten im Frühling einen Schneesturm. Und obwohl das regelmäßig vorkommt, sind die Leute immer wieder überrascht – wie könnte man nicht überrascht sein, wenn man erwacht und die Kirschbäume voller Blüten *und* Schnee sind. In jeder Tulpen- und Narzissenblüte liegt Schnee. Als ich über den Campus gehe, sehe ich einen Kardinalvogel auf einem Ast auf halber Höhe einer schneebedeckten Kiefer die Flügel schlagen, das pulsierende Herz des Baums. Kurz darauf entdecke ich seinen Gefährten. *(Was wurde aus Romeo und Julia?)*

Eine Studentin, die einen Termin bei mir hat, wartet vor meinem Büro. Als ich sie einlasse, sieht sie den Stapel Bücher auf meinem Schreibtisch und sagt: »Oh, Vietnam.« Sofort fügt sie hinzu: »Ich habe mir das Denkmal angesehen.« (Das ist die Generation, die sofort an *das Denkmal* denkt, wenn das Wort *Vietnam* fällt.) »Ich habe geweint«, sagt sie. Wehmütig.

Eine Stunde später, als sie geht, wirft sie noch einmal einen (zweifelnden, wehmütigen) Blick auf die Bücher und sagt: »Viel Glück. Ich ertrage nicht einmal die Filme.«

Unter den Büchern auf meinem Schreibtisch sind zwei von einem Schriftsteller, den ich seit Jahren kenne, einem Mann, der als Infanterist 1966 und 1967 in Vietnam war und jetzt an einem College in Philadelphia lehrt. Er hat einen Roman und ein Erinnerungsbuch über den Krieg geschrieben. Er war danach viermal in Vietnam. Diese vier Reisen unternahm er vor allem, um für seine Bücher zu recherchieren, aber er behauptet, daß er auf jeden Fall wieder hingefahren wäre und es auch in Zukunft so oft wie möglich tun möchte. Es ist, als stünde er unter einem Bann, sagt er. Seine Bücher bringen nicht viel Geld ein, aber jeden Pfennig, den er bislang damit verdient hat, spendet er dem vietnamesischen Roten Kreuz. Seit kurzem schreibt er Gedichte über Vietnam. Ich glaube nicht, daß er je über etwas anderes als Vietnam geschrieben hat, und es ist eine gute, wenn auch müßige Frage, worüber er all die Jahre, wenn überhaupt, geschrieben hätte, wäre er zu Hause geblieben.

Ich sprach mit Rouenna über diesen Mann und all die anderen Veteranen, die nach dem Krieg nach Vietnam gereist waren, und über jene Amerikaner, die keine Veteranen waren, aber ein- oder mehrmals dort gewesen waren. Ich wollte natürlich wissen, ob sie je daran gedacht hatte, es auch zu tun. Es fiel mir schwer zu glauben, daß sie keinerlei Bedürfnis verspürte, in Friedenszeiten nach Vietnam zu reisen. Ich mußte mir ins Gedächtnis rufen, daß sie überhaupt keine Reisen machte. Sie reiste nicht, sie machte keinen Urlaub, sie war noch nie irgendwo als

Touristin gewesen. Was immer sie in die Armee gelockt hatte, es war nicht, wie bei einer traurigen Zahl von anderen, die Ausrede gewesen, die Welt sehen zu wollen. Obwohl Ho-Chi-Minh-Stadt ganz oben auf der Liste der Orte steht, die ich selbst gern sehen würde, habe ich Rouenna das nie erzählt. Irgend etwas hat mich immer davon abgehalten.

Mein Freund – der Schriftsteller, der Veteran – interessierte sich nicht besonders für Rouennas Geschichte. Er war nie verwundet worden, und obwohl er wußte, daß Krankenschwestern in Vietnam stationiert waren, hatte er nie eine zu Gesicht bekommen. Er gestand ihnen keine wichtige Rolle im großen vietnamesischen Epos zu. Sie sind eine Fußnote, sagte er. Wann immer ich in seiner Gegenwart über Rouenna zu sprechen begann, starrte er ins Leere.

In einem anderen Buch von einem anderen Schriftsteller beschwert sich ein GI im Krankenhaus, daß die Militärschwestern nicht hübsch genug seien. Das sollte Einstellungsvoraussetzung sein, sagt dieser GI. Der Patient im nächsten Bett fragt: »Warum sollte ein schönes Mädchen wohl zur Armee gehen?« Worauf ein weiterer Patient, der schwarz ist, erwidert: »Warum sollte überhaupt jemand eine weiße Tussi anschauen wollen, wo es asiatische Schönheit im Überfluß gibt?« Es folgt ein lauter Streit, an dem der gesamte Krankensaal teilnimmt.

Rouenna: »Ja, da konnte man schon eifersüchtig werden, wie manche Kerle über vietnamesische Frauen redeten.

Ich persönlich fand immer, daß sie übertreiben. Ich fand diese Frauen nicht so umwerfend. Nur einmal habe ich eine gesehen, die so richtig herausgeputzt war – es war ihr Hochzeitstag –, die war wirklich klasse, eine perfekte kleine chinesische Puppe. Ich glaube, was den meisten Typen an diesen Frauen gefallen hat, war, daß sie so puppenhaft und zierlich waren. Sie konnten sie mit einer Hand hochheben. Aber alle wußten, daß die meisten eine unauffällige Blondine dem schönsten Mädchen in Vietnam vorgezogen hätten. Die Weißen jedenfalls. Und die Typen, die eine vietnamesische Freundin hatten, behandelten sie oft nicht besonders gut. Manchmal hatte man den Eindruck, daß manche nur deswegen eine vietnamesische Freundin hatten, weil die sich alles gefallen ließ. Es war, als hätten sie eine orientalische Sklavin.«

(In einem Diner in der Lexington Avenue, Midtown, irgendwann Anfang der siebziger Jahre. Ein Paar sitzt hinter mir. Der Mann macht sich nicht die Mühe, die Stimme zu senken. »Ich hab's dir doch gesagt, Mädchen. Geh nie, nie wieder vor mir. *Du hast immer drei Schritte hinter mir zu gehen*. Wenn du das noch einmal vergißt, breche ich dir jeden Knochen im Leib und schick die Trümmer zurück in das Loch, in dem ich dich gefunden habe, *tschop-tschop*.« Obwohl ich noch nicht gegessen habe, stehe ich auf und gehe hinaus. Auf dem Gehsteig schaue ich durch die Fensterscheibe und sehe die Frau, die mit gesenktem Kopf schweigend dasitzt.)

»Auf den vietnamesischen Stationen waren immer ein

paar verprügelte Frauen – und verprügelte Kinder. Die Kinder, die es am schlimmsten getroffen hat, waren Halbamerikaner. Am allerschlimmsten waren vielleicht die Kinder dran, die halb schwarz waren. Meistens kümmerte sich niemand um diese Kinder, sie lebten auf der Straße.« Die Vietnamesen nannten sie »Abfall des Lebens«.

Noch eine Fußnote: Unter den wenigen amerikanischen Frauen, die in Vietnam getötet wurden, waren ein paar, die von GIs erschossen oder erstochen wurden.

1972 war an manchen Universitäten, auch an meiner Universität, die Frauenbewegung stärker geworden als die Antikriegsbewegung. Eine Rednerin sagte auf einer Versammlung zu den Anwesenden: »Wenn ihr wissen wollt, warum so etwas wie in My Lai passiert, dann fragt zehn zufällig ausgewählte Männer, ob sie in ihrem Leben schon mal ein hilfloses Tier zum Spaß gequält oder getötet haben.«

Ich wußte, daß das Rhetorik war. Ich mußte nicht tun, was die Rednerin empfahl, um zu begreifen, worauf sie hinauswollte. Aber ich war trotzdem neugierig.

»Es war doch nur eine Schildkröte.«

»Zählen Ochsenfrösche?«

»Natürlich. Ich bin Jäger.«

»Mein Bruder hatte diese Maus gefangen ...«

»Darauf will ich nicht antworten.«

Ich hörte auf, bevor ich zehn zusammen hatte.

Kaum war sie wieder in den USA, erzählte Rouenna, achtete sie nicht mehr darauf, was in Vietnam passierte. Weder las sie Zeitungen, noch sah sie Fernsehnachrichten. Das einzige, was sie wirklich wußte, war, daß der Krieg zu Ende ging. Während der letzten Tage vor dem Fall von Saigon sah Rouenna zufällig eine Sondersendung im Fernsehen. Ungefähr ein Dutzend Männer saßen auf einer Bühne vor einem kleinen Publikum, redeten und beantworteten Fragen. Alle Männer waren im Krieg gewesen, entweder als Soldaten oder als Reporter. Die Reporter sprachen von dem Zwischenfall im Golf von Tonkin, dem Wendepunkt der Tet-Offensive, der Vietnamisierung, dem Eindringen der Kambodschaner, den Friedensgesprächen in Paris – Dinge, von denen Rouenna nur eine vage Vorstellung hatte und immer haben würde. Die Veteranen erzählten, wie hart es war, nach Hause zurückzukehren, daß sie wie Verbrecher behandelt wurden, daß niemand wissen wollte, wie es ihnen ergangen war, und daß sogar die unter ihnen, die gegen den Krieg waren, stinksauer auf die Friedensbewegten und die Drückeberger und Jane Fonda waren. Es war das erste Mal, daß Rouenna diese Dinge laut ausgesprochen hörte. In dieser Sendung erfuhr Rouenna vieles, Fakten, die sie nicht gekannt hatte. Zahlen: wie viele Amerikaner in Vietnam gedient hatten, wie viele getötet worden waren, wie viele Vietnamesen auf beiden Seiten vermutlich umgekommen waren. (Die Zahl der getöteten Amerikaner war geringer, die Zahl der getöteten Vietnamesen wesentlich höher, als Rouenna geschätzt hätte.) Sie war unsicher, ob sie die Sendung weiter anschauen sollte – sie hatte den Fernseher eingeschaltet, um *Kojak* zu sehen –, aber was sie davon abhielt, umzuschalten, waren die Veteranen: nicht, was sie sagten, sondern wie sie aussahen. War es so lange her? Nein. Sie waren über Nacht gealtert. Sie hatten sich gehenlassen. Sie dachte natürlich an die durchtrainierten jungen Männer, die sie gekannt hatte. Diese kugelbäuchigen Typen hätten die Väter dieser Jungs sein können. Und doch konnte der Älteste nicht über dreißig sein.

Es war keine Diskussionsrunde mit Veteranen, es war ein Theaterstück über Veteranen. Das waren Schauspieler, die nie in Vietnam waren. Es war eine flüchtige Illusion, aber das Gefühl von etwas Irrealem ließ sich nicht verscheuchen, so schwer fiel es Rouenna, die Verbindung zu ziehen zwischen den Männern, die sie sah, und den Soldaten, die sie vor ein paar Jahren gekannt hatte. Und wie sie angezogen waren. Tarnhosen, Rock-T-Shirts, Halstücher oder Schals als Stirnbänder – ein Typ hatte sogar einen Lederhut auf. Manche, darunter der Veteran im Rollstuhl in der ersten Reihe, trugen dunkle oder verspiegelte Sonnenbrillen. Sie alle hatten, was Rouenna den »Look« nannte. Chuck zog sich so an und auch die anderen Veteranen, die sie getroffen hatte. Wenn das wirklich ein Stück gewesen wäre, hätte die Kostümbildnerin sie genau so angezogen. Es war ein zerlumpter schlampiger Look; unter dem Lederhut ragten Büschel wilden Haars hervor. Ein rauher, schmuddliger Lumpen-Look, aber das war kein Zufall, genausowenig wie es Zufall war, daß die Reporter alle weiße Hemden und Krawatten trugen. *Ich war dort,* besagte der Look. Manche Veteranen behielten ihn jahrelang unverändert bei, und jahrelang kopierten ihn Männer aller Altersklassen, die nie dort gewesen waren, Möchtegern-Krieger.

Den Fragen aus dem Publikum nach zu schließen, interessierten sich die Leute nicht so sehr dafür, was mit den Männern in Vietnam passiert war, sondern wie es ihnen nach ihrer Rückkehr ergangen war. Einer nach dem anderen erzählten die Männer von der Feindseligkeit, mit der ihre Landsleute sie bedachten – manche behaupteten sogar, Angst um ihr Leben zu haben.

»Im Dschungel hab ich mich sicherer gefühlt, Mann!« rief der Veteran im Rollstuhl.

Als man ihr die gleichen Fragen stellte (und das sollte bald der Fall sein), antwortete Rouenna, daß sie sich nicht so sehr an Feindseligkeit als Reaktion erinnerte, sondern an Langeweile. Ihre Mutter war ein gutes Beispiel. »Wann immer ich über Vietnam sprach, fielen ihr die Augen zu.« Die Leute wollten einfach nichts über den Krieg und die Arbeit, die sie dort geleistet hatte, wissen. Aber sie war Krankenschwester. Sie war daran gewöhnt – Krankenschwestern und Ärzte erwarten nicht, daß andere wissen wollen, was sie den ganzen Tag lang tun. »Beim Abendessen spricht man nicht über Wundbrand.«

Nicht lange nachdem Rouenna die Sendung gesehen hatte, trafen die ersten Anfragen ein.

Für ein Buch über die Rolle von Frauen im Vietnamkrieg würden wir gern mit jeder Frau sprechen, die dort gewesen ist, gleichgültig ob in der Armee oder als Zivilistin.

Für ein Oral-History-Projekt würden wir gern Frauen interviewen, die im Vietnamkrieg gedient haben.

Für eine Studie über amerikanische Krankenschwestern in Vietnam bitten wir Sie, den beigefügten Fragebogen auszufüllen.

Wenn Sie Ihre Erfahrungen als Veteranin des Vietnamkriegs weitergeben wollen, setzen Sie sich bitte mit uns in Verbindung …

Für eine Sammlung von Erinnerungen …

Für eine Sammlung von Briefen …

Wenn Sie Fotos beisteuern möchten …

Wie es in einem Lied so schön heißt: »It's Been a Long Time Coming«. Aber jetzt ist es an der Zeit, daß Sie Ihre ganz persönliche Geschichte erzählen.

Bitte beantworten Sie die folgenden Fragen zu gesundheitlichen Problemen, die seit Ihrer Rückkehr aus Übersee aufgetreten sind.

Es passierte jahrelang immer wieder: »Ich war irgendwo unterwegs, in einer Straße oder in einer U-Bahn, und ich sah einen Kerl von ferne, und mein Herz setzte aus.« In jedem einzelnen Fall war es ein Irrtum. Ein lächerlicher

Irrtum, »weil der Kerl, den ich sah, neunzehn oder zwanzig war, und in Wirklichkeit war es schon fünf, zehn, fünfzehn Jahre her«. Und dann fühlte sie sich, sagte Rouenna, »als ob mir jemand einen bösen Streich gespielt hätte«. Mit der Zeit wurde ihr dieser Streich seltener gespielt, aber der Schmerz – der Schmerz war immer gleich stark. »Weißt du, während des Kriegs kamen und gingen die Leute ständig, und man wußte nie, was mit ihnen passierte, nachdem man sie zum letztenmal gesehen hatte. Die Patienten waren meistens nur ein paar Tage da. Die, die sich erholten, mußten zurück in den Krieg, und der Rest wurde evakuiert nach Japan oder in die USA, und man wußte nie, wer durchkam und wer nicht, obwohl man es sich in manchen Fällen denken konnte. Jedenfalls schlug man sich die Männer aus dem Kopf und machte mit der nächsten Ladung weiter. Aber es gab ein paar, die man nie vergaß. Wie der Marine-Sergeant, von dem ich dir erzählt habe, der von Staten Island. Was macht er jetzt? Wie hat seine Frau darauf reagiert, daß er keine Hände mehr hat? Und die beiden, die sich in Long Binh verlobt haben. Hat er seine Dienstzeit unversehrt überlebt, und sind sie jetzt verheiratet? Haben sie Kinder, und haben die Kinder Geburtsschäden?«

Auch wenn sie gewollt hätte, hätte sie nicht in Erfahrung bringen können, was aus dieser oder jener Person geworden war, weil sie sich nicht an ihre Namen erinnerte.

»Ich kannte Krankenschwestern, die es sich angewöhn-

Und wenn ihr jemand erzählte, wie sehr er oder sie geweint hatte, in einem Film oder an der Gedenkmauer oder anläßlich des Todes von jemandem, den sie nicht gekannt hatten – Prinzessin Di, Jackie O –, dann war ihr klar, daß sie mit dieser Person vermutlich nicht auskommen würde. Das war die Sorte Mensch, der Rouenna nicht traute. Sie glaubte, daß es Leuten, die viel über sich selbst redeten, leicht fiel zu lügen. In manchen Fällen mochte die Person glauben, daß sie die Wahrheit sagte, aber meistens (glaubte Rouenna) wußten die Leute sehr genau, daß sie logen, und erzählten, auch wenn sie über ihre Gefühle sprachen, das, was ihrer Meinung nach die anderen hören wollten. Mit anderen Worten? Rouenna glaubte, daß die meisten bis zum Hals voll Scheiße steckten.

Wenn sie jemanden eine Geschichte über Vietnam erzählen hörte, wußte sie oft, daß sie sich aller Wahrscheinlichkeit nach nicht so zugetragen hatte, wie sie erzählt wurde. Als sie und Chuck erst kurz zusammen waren, gingen sie eines Abends mit einem alten High-School-Freund von Chuck und dessen Freundin etwas trinken. Der Freund erzählte eine sehr lange Geschichte über Vietnam – er war gerade erst zurückgekehrt. Später, als sie und Chuck allein waren, sagte sie, was sie in Anwesenheit des Mädchens, das der Ex-GI unbedingt beeindrucken wollte, nicht gesagt hatte: daß die Geschichte eine Ladung Wasserbullenscheiße (ihr Wort für nicht ganz wahre Geschichten über Vietnam) sei. »›Und das weißt du auch.‹ Chuck zuckte die Achseln und sagte: ›Na und? Es war eine gute Geschichte.‹ Er hatte keine Probleme damit. Aber ich. Und was für welche.« So große Probleme, daß sie die Geschichte, so sehr ich sie auch drängte, nicht wiederholte. »Ich hab dir doch gesagt, sie hat nicht gestimmt.«

Das hat Vietnam aus mir gemacht. Das war ein Spruch, über den sich Rouenna wirklich aufregen konnte. »Typen, die Vietnam als Ausrede benutzen, wenn sie später nur noch Scheiße bauen.« (Ihr hätte die Geschichte gefallen, die eine meiner Studentinnen schrieb. Eine Geschichte über einen Veteranen, der als erstes, als er nach Hause kommt, seine Frau und die Tochter verläßt, die geboren wurde, während er im Krieg war. Das ist eine wahre Geschichte, sagte die Studentin zur Klasse. Erst als sie in die High School ging, meldete sich ihr Vater endlich mit einem Brief bei ihr und erklärte, daß seine Erlebnisse in Vietnam es ihm unmöglich gemacht hätten, bei seiner Rückkehr seine Verpflichtungen seiner Familie gegenüber zu erfüllen. Sie antwortete ihm nicht, aber in ihrer Geschichte will sie wissen, warum seine Erlebnisse in Vietnam es ihm nicht unmöglich gemacht hätten, bei seiner Rückkehr eine neue Frau zu finden und eine neue Familie zu gründen. Der Titel der Geschichte lautete »PTSS« und war, wie sie erklärte, ironisch gemeint – denn es war natürlich ihr eigenes Trauma, das sie in der Geschichte recherchierte. Sie bewarb sich damit beim jährlichen Literaturwettbewerb der Schule und gewann den ersten Preis.)

Und jetzt bin ich es, die herumtastet, aber bevor ich die Hände in die Höhe werfe, möchte ich versuchen, einen Gedanken in Worte zu fassen. Ich glaube, daß Rouenna mitunter von der gleichen Furcht gequält wurde, die von einem Schriftsteller folgendermaßen beschrieben wurde: Je mehr Geschichten erzählt, je mehr Romane, Erinnerungen, Spielfilme und Fernsehsendungen über das große Ereignis in die Welt gesetzt werden, um so größer ist die Kluft zwischen den vorgestellten oder rekonstruierten Versionen und dem großen Ereignis selbst. Das große Ereignis, von dem der Schriftsteller sprach, war der Holocaust, und der Schriftsteller war Primo Levi.

Ich hätte mir denken können, daß sie den Film *Der englische Patient* nicht mögen würde. Wir hatten über Filme geredet, in denen Krankenschwestern die Protagonistinnen sind (es gibt nicht viele), und als sie sagte, daß sie *Der englische Patient* nie gesehen hatte, schlug ich vor, daß sie sich das Video auslieh. Es war das erste Video seit langem, das sie sich auslieh. Sie ging kaum mehr ins Kino. Wenn sie einen neuen Film sehen wollte, wartete sie, bis er auf Video herauskam, aber bis es soweit war, hatte sie häufig das Interesse verloren. So war es auch bei *Der englische Patient* gewesen. (Und auch hierin unterschied sie sich vollkommen von mir und meinen sonstigen Freunden, die alle Filme sehen. Sofort.)

Es erstaunte sie, daß mir etwas ganz Offensichtliches entgangen war: Es wäre der Krankenschwester unmöglich gewesen, ganz allein den schwerverbrannten Patienten zu pflegen. »Wie um alles in der Welt hat sie ihn umgedreht? Sie hätte ihn am Ende nicht mehr mit Morphium vollpumpen müssen, sie hätte ihn längst vorher umgebracht.« Es ärgerte sie, daß der Autor das nicht bedacht hatte. (Ich traute mich nicht zu sagen, daß es nichts an der großartigen Geschichte änderte.) Daß die Krankenschwester lächelnd eine Pflaume mit dem Patienten ißt oder auf seinem Bett neben ihm einschläft, hielt Rouenna ebenfalls für unmöglich. »Nicht mit einem gerösteten Knochen.« Während bestimmter Szenen hatte sich Rouenna automatisch die Hand vor Mund und Nase gehalten. Sie konnte es immer noch riechen. Sie roch es noch, nachdem der Film zu Ende und der Fernseher ausgeschaltet war. Die ganze Nacht, sagte sie, stank ihre Wohnung danach.

Sie war enttäuscht, daß mir die kleinen Unstimmigkeiten nicht aufgefallen waren. Ich kam mir dumm vor und schämte mich. Aber meines Wissens sind sie auch sonst niemandem aufgefallen. Vielleicht waren alle zu sehr damit beschäftigt, sich mal richtig auszuweinen.

Ich wußte, daß Rouenna wie die Krankenschwester in *Der englische Patient* ein Todesengel gewesen war. Und das ist es, was ich mir am schwersten vorstellen kann. In einem ruhigen Moment hinter den Vorhang zu gehen, um nach den Anwärtern zu sehen, und einen von ihnen bei Bewußtsein vorzufinden (»Meine Welt ist nur noch Schmerz, Leutnant, können Sie mir helfen?«), eine Morphiumspritze vorzubereiten (»Gleich wird der Schmerz vorbei sein, ich verspreche es«), ihm den Dreck und das Blut vom Gesicht zu wischen, ihre Wange an seine Wange zu legen und sich wortlos zu verabschieden. Später würde sie den Brief an seine Eltern schreiben müssen.

Wenn ich mir diese Szene vorstelle, ist es vermutlich nicht weiter überraschend, wenn ich sie wie eine Szene aus einem Film vor mir sehe. Zwei überlebensgroße Gesichter, die sich einander nähern. Sie wären ungefähr so alt wie meine Studenten. Ein Kind, das einem anderen dabei hilft zu sterben.

Was immer sie von dem Film *Der englische Patient* hielt, ich weiß, daß sie mit folgenden Zeilen aus dem Buch einverstanden gewesen wäre: »Jeder verdammte General hätte meine Arbeit tun sollen. Jeder verdammte General.« Das sagt die Krankenschwester Hana.

Und das sagte Rouenna:

»Wirklich sauer wurde ich, wenn wir Befehl hatten, die Stationen aufzuräumen, die Männer zu waschen und zu rasieren und die Fälle, die am schlimmsten aussahen, zu verstecken, nur weil ein verdammter General auf Inspektionstour war. Und am liebsten hätte ich den General am Kragen gepackt und ihn zur stinkigsten, eitrigsten, madigsten Wunde im ganzen Scheißlazarett geschleift und *ihn mit der Nase hineingestoßen.*«

Sie wäre für viele eine Heldin gewesen, hätte sie das getan.

Ich hätte mir denken können, daß sie nicht zum Wählen ging. Sie wählte nie. Sie interessierte sich nicht für Politik. Aber an eines glaubte sie, und das war eine allgemeine Wehrpflicht – und zwar für beide Geschlechter. Sie sagte: »Du mußt bedenken, dort drüben starben Jungs, weil nicht genug Krankenschwestern da waren. Wenn man Leute einziehen und zum Kämpfen ausbilden kann, dann kann man sie auch einziehen und zu anderen Dingen ausbilden, zum Beispiel zu Krankenschwestern. Wir hätten nicht rund um die Uhr arbeiten sollen – es war unmenschlich und unfair den Patienten gegenüber. Es gab auch nicht genug Ärzte, und manchmal fehlte es sogar an Material. Auch deswegen mußten Männer sterben. Und bis zum heutigen Tag verstehe ich nicht, wie Amerika das zulassen konnte. Ich haßte die Armee und ihre Lügen, aber man kann ihnen fast nicht vorwerfen, daß sie uns Frauen angelogen haben. Auf irgendeine Weise mußten sie mehr Krankenschwestern nach Vietnam schaffen. Ich

Rouennas Stimme. Und ich habe Angst vor Leuten, die ihre Kinder schlagen.

Als ich das nächste Mal in die Tierhandlung gehe, in der ich Katzenfutter kaufe, frage ich, ob Romeo und Julia eine Überlebenschance hatten.

»Eine Zeitlang vielleicht«, sagt man mir. »Aber nicht in einem harten Winter.«

Mörderin.

Gott sei Dank habe ich noch einen Sohn.

Seelenmörderin.

Hundstage in der Stadt. Der Morgen dämmert grau und schwül. Luft, die nicht zum Atmen ist. Der Himmel wie Schleim. Columbus Circle. Ich warte auf den Charterbus, der zu dem Gefängnis im Staat New York fährt, in dem ich meinen alten Freund Luther besuchen will. Ich erkenne ein paar der anderen Fahrgäste wieder, Frauen und Kinder. Ich weiß um die Etikette – frage nie, warum ein Häftling einsitzt oder für wie lange –, obwohl das zweitrangig ist, weil nie jemand mit mir spricht. Man nickt mir höchstens zu. Heute morgen bietet mir ein Mädchen einen Doughnut an. »Meine Augen waren größer als mein Magen«, sagt sie, und sie und alle anderen in Hörweite kichern: Sie ist hochschwanger.

Der Busfahrer heute ist der freundliche (es gibt einen anderen, der uns mit seiner Verachtung straft wie mit einer Peitsche). Während wir dahinrollen, unterhält er sich lange mit den Fahrgästen ganz vorn. Das darf er eigentlich nicht, es ist gegen die Regeln, aber wenn er es nicht täte, sagt er, wäre sein Job zu eintönig.

Eintönig, zu eintönig, ist eine gute Beschreibung für die zehnstündige Fahrt hin und zurück. Ich bin eine der wenigen, die allein unterwegs ist. Der Bus ist voll, jeder Platz besetzt, und die Ablagen über unseren Köpfen sind vollgestopft mit Taschen und Paketen für die Häftlinge. Sie werden uns gleich nach der Ankunft abgenommen, kontrolliert und den Häftlingen erst dann übergeben, wenn wir längst wieder weg sind. Im Bus habe ich lautstarkes Gemecker gehört über Pakete, die ihre Adressaten nie erreichten, und über die Durchsuchungen, die wir über uns ergehen lassen müssen, bevor wir den Besuchsraum betreten dürfen. Hin und wieder wird aus nie genannten Gründen eine Besucherin herausgegriffen und davon in Kenntnis gesetzt, daß sie nicht in den Besuchsraum darf, wenn sie sich nicht einer Leibesvisitation unterzieht. Mich überraschte es, als ich feststellte, daß nahezu alle Gefängnismitarbeiter weiß sind, und das angespannte Verhältnis zwischen ihnen und den Besuchern ist sicher ein guter Maßstab dafür, wie es zwischen ihnen und den Häftlingen zugehen muß. Man taucht selbstverständlich nicht unangemeldet zu einem Besuch auf; die Verwaltung muß wissen, daß du kommst, dein Name muß auf der autorisierten Besucherliste des Häftlings stehen. Manchmal passieren Fehler, der Name eines Besuchers steht nicht auf der Liste, wer daran schuld ist, ist unklar, und wenn der Beamte, der an diesem Tag Dienst am Empfang tut, ein Herz aus Stein hat, kommt man auch mit noch soviel Bitten und Tränen nicht durch die erste abgesperrte Tür. Und manchmal passiert es einem Besucher, dessen Name auf der Liste steht, daß sein Besuch aufgrund eines Fehlverhaltens des Häftlings am Tag zuvor gestrichen ist.

Man stelle sich also die Ängste vor, die im Bus mitfahren. Man weiß nie, was geschehen wird, wenn man endlich anlangt, ob der eigene Name diesmal auf der Liste steht, ob man selbst zu einer Leibesvisitation herausgeholt wird. Jetzt am Morgen hat es schon an die dreißig Grad, die Klimaanlage funktioniert kaum, bläst gerade genug Luft herein, um uns am Leben zu erhalten. Bald ist es unerträglich heiß, und ich mache mir Sorgen, daß der Busfahrer, an dem der Schweiß heruntertropft wie an einem Marathonläufer, ohnmächtig wird und irgendwo dagegenkracht. Ich mache mir auch Sorgen um ein paar der älteren Frauen – es sitzen jede Menge Großmütter im Bus. Ich mache mir Sorgen um das schwangere Mädchen und die Kinder – ist das Kind, dem die Zunge aus dem Mund hängt und das die Augen verdreht, wirklich nur eingeschlafen? Aber am meisten sorge ich mich um mich selbst. *Was mache ich hier?*

Wir brauchen kein Thermometer, um zu wissen, daß es weit über dreißig Grad hat. Alle, sogar unser normalerweise gesprächiger Busfahrer, sind still. Ein Baby hat sich übergeben, und obwohl seine Mutter das Erbrochene aufgewischt hat, hängt der Geruch in der Luft und wird mit jedem Kilometer durchdringender. Ich werde ihn tagelang in der Nase haben. Ich verspreche mir, daß ich diese Fahrt nie wieder machen werde.

Der Fahrer spricht uns Mut zu. Haltet noch ein bißchen durch, Erlösung ist in Sicht. Er meint die zwanzigminütige Pause, die wir immer einlegen, und der Gedanke daran – der McDonald's, so kalt wie ein Kühlraum, das riesige Coca-Cola mit zerkleinertem Eis – hilft wirklich. Ich denke daran, daß Rouenna von den vielen Leuten erzählte, die als erstes in einen McDonald's gehen wollten, sobald sie aus Vietnam zurück wären, und als das große goldene M endlich auftaucht, ist es wie ein Blick in den Himmel.

HEUTE GESCHLOSSEN. VENTILATOR DEFEKT.

Wie eine Herde in Panik scharen wir uns um den Busfahrer und verlangen von ihm, daß er uns auf direktem Weg zum nächsten Restaurant fährt. Aber er bleibt hart. Ihr wißt, daß ich das nicht tun kann, sagt er. Der Bus kann nicht einfach so von der Autobahn herunterfahren. Wir müssen bis zur nächsten Raststätte durchhalten.

Wie weit ist die? fragt das schwangere Mädchen mit zittriger Stimme, und als sie es hört, wimmert sie.

Niedergeschlagen steigen wir wieder in den Bus (wenn es der andere Fahrer gewesen wäre, der uns immer mit Verachtung straft, hätten wir uns sicherlich auf ihn gestürzt und ihn in Stücke gerissen) und lassen uns auf unsere Plätze fallen, diese gepolsterten Sitze, die schon so vollgesaugt sind von unserem Schweiß. Unsere Verzweiflung hat sich auf die Kinder übertragen, die fast alle schreien. Die Mütter versuchen, sie zu beruhigen, oder fahren sie an: *Halt verdammt noch mal die Klappe!* Im Bus hört man nur noch Ohrfeigen klatschen und Geheul. Ich halte mir die Ohren zu, und dann fängt jemand – eine der Großmütter, die ganz hinten sitzt, wo es am heißesten ist – zu singen an. Es ist ein Lied, das alle kennen, und nach ein paar Takten stimmen andere mit ein. Auch ich kenne es, wir haben das Lied in der Grundschule gesungen, aber ich bringe keinen Ton an dem Block in meiner Kehle vorbei und forme, so gut es geht, mit den Lippen die Worte. Die meisten Kinder haben aufgehört zu weinen, um zuzuhören, und die, die den Text kennen, singen ebenfalls mit. Wir singen alle Strophen, und das dauert eine ganze Weile. Die ganze weite Welt, der Wind und der Regen, die Sonne und der Mond, das winzig kleine Baby, du und ich, Bruder, du und ich, Schwester, und a-ahalle. In seinen Händen.

Im Gefängnis gibt es keine Klimaanlage, aber große (gewissenhaft bewachte) Ventilatoren drehen sich auf der schnellsten Stufe im Besuchsraum.

»Luther, du schuldest mir was.«

»He, eines Tages werde ich hier wieder draußen sein.«

Manchmal würde ich lieber nicht daran erinnert werden. Es war schon kompliziert genug, ihn *drin* zu sehen …

Aber ich schreibe an dieser Stelle aus einem bestimmten Grund über meinen Freund Luther. Wegen der Art, wie er mit mir Kontakt aufnahm – seine Mutter hörte von meinem ersten Buch und schickte es ihm, er las es und schrieb mir einen Brief –, besteht für mich immer eine Verbindung zwischen ihm und Rouenna Zycinski. Und auch er ist eine Person, über die zu schreiben ich mir vorstellen konnte. Eine Weile überlegte ich sogar, sie zu verheiraten, Luther und Rouenna, in einer Geschichte, die ich für mich »meine Staten-Island-Geschichte« nannte.

Ich hatte Luther gegenüber Rouenna zwar schon erwähnt, aber diesmal erzähle ich ihm, wie sie gestorben ist und daß sie mich vor ihrem Tod bat, ihr dabei zu helfen, über Vietnam zu schreiben. Luther interessiert sich nicht besonders für Rouenna, aber Vietnam ist ein dorniges Thema für ihn. Er hätte vielleicht selbst nach Vietnam müssen, wenn nicht sein Bruder vor ihm hingeschickt worden wäre. Obwohl jede Menge Brüder, sogar Zwillinge gleichzeitig in Vietnam dienten, mußte man nicht hin, wenn man einen Bruder dort hatte. (Manche der Krankenschwestern, die sich freiwillig für Vietnam meldeten, taten es nur in der Hoffnung, daß ihre Brüder nicht gehen mußten.) Als Luther eingezogen wurde, landete er in Deutschland. Und selbstverständlich mußte er sich glücklich schätzen. Aber im Lauf der Zeit bedauerte er, daß sich die Dinge so entwickelt hatten, und auch heute empfindet er noch so. Es sind nicht nur Schuldgefühle, sondern auch das Gefühl, daß er etwas versäumt hat. »Jedesmal, wenn ich einen Film darüber sehe, denke ich, Scheiße, warum habe ich mich nicht freiwillig gemeldet? Was war nur los mit mir? Ich war Soldat, wir führten Krieg, ich hätte dorthin gehört. Ich meine, schau dir meinen Bruder an. Er kam lebend zurück, er hat soviel Schrapnell im Körper, daß der Metalldetektor anschlägt, wenn er zu Besuch kommt, aber ansonsten geht's ihm prächtig. Er hat einen guten Job, eine nette Frau und Kinder.« (Luthers Frau verließ ihn, nachdem er verhaftet worden war, und schwor, daß er seine beiden Töchter nie wiedersehen würde, und wenn sie dafür ins Ausland ziehen müßte.) »Er hat keine Probleme mehr, obwohl er als Kind viel schlimmer war als ich – er war ein schwieriger Fall. Kam mit einem Bündel Orden zurück – und womit bin ich zurückgekommen? Mit einem Bierbauch, den ich nie wieder losgeworden bin. Wer weiß, vielleicht wäre es auch für mich gut gewesen, dort in der Scheiße zu stecken und auf die Probe gestellt zu werden. Hätte mich vielleicht davon abgehalten, Scheiße zu bauen.« (Aber habe ich nicht irgendwo gehört, daß ein Viertel aller US-Häftlinge Vietnamveteranen sind?) »Himmel. Vielleicht wäre es sogar besser gewesen, erschossen zu werden –«

»Ein Foto?« Es ist der junge freiwillige Gemeindearbeiter mit den vorstehenden Zähnen, der sich stets im Besuchsraum herumtreibt, von Gruppe zu Gruppe geht und gegen Entgelt Schnappschüsse mit der Polaroid macht. Ich habe mich an ihn gewöhnt, aber als ich ihn zum erstenmal sah, war ich irritiert. Er erinnerte mich an meine Reisen mit G., daran, wie wir, wo immer wir waren, belästigt wurden von einem dieser Kerle mit einer Polaroidkamera, damit wir nur ja nie vergaßen, daß wir Touristen waren. In Frankreich, in Spanien, in Italien. Und jetzt hier …

Luther will dem Fotografen abwinken, aber ich halte ihn davon ab, sage, nein, warte, warum nicht? Wir haben uns noch nie fotografieren lassen. Ich hätte gern ein Foto.

Ich beuge mich über den Tisch, an dem Luther und ich sitzen und auf dem das glänzende nasse Foto liegt. Mein lächelndes Gesicht wird sichtbar, aber Luthers Ausdruck ist ein Schock für mich: das Abbild eines absolut einsamen Mannes. Ich blicke auf und sehe, daß er nicht das Foto betrachtet, sondern mich. Mit dem gleichen Ausdruck. »So«, sagt er. »Das ist also dein letzter Besuch.« Keine Wut. Das Aussprechen einer Tatsache. Wortlos senke ich den Blick und starre erneut auf das Foto, das jetzt fertig entwickelt ist. Die Fotze und der Schmerzensmann.

Als ich Luther zum erstenmal wieder traf (wir waren in der High School ein halbes Jahr miteinander gegangen), sagte er: »He, schau dir mein verrücktes Leben an. Du könntest über mich schreiben.« Obwohl die Leute ständig so etwas sagen, können sie ziemlich nervös werden, wenn sie meinen, daß man ernsthaft in Betracht zieht, über sie zu schreiben. Später sagte Luther: »Wenn du jemals über mich schreibst, dann verrat bitte nicht, warum ich hier bin. Auch wenn du meinen Namen änderst, okay? Erfinde irgendwas anderes.«

Als wir uns verabschieden, muß ich ihm noch einmal versprechen, daß seine schmutzige Tat bei mir sicher ist.

Nach jahrelangem Kampf – Jahre, in denen sich sein Gesundheitszustand verschlimmerte – bekam Chuck endlich eine Invalidenrente vom Veteranenverband. Er wollte irgendwo leben, wo es immer warm und sonnig war, er meinte, er würde sich zumindest in so einem Klima gesünder *fühlen*, deswegen zog er nach Südkalifornien. Als Rouenna ihm versprach, ihn zu besuchen, sagte er: Dann aber bald. Er war sicher, daß er sterben würde.

Inzwischen gab es neben Chuck jede Menge anderer Männer in Rouennas Leben. Es schien, als wäre die Regel, an die sie sich während des Kriegs gehalten hatte – hab so viele Freunde, wie du willst, liebe den, mit dem du gerade zusammen bist, aber schenke niemandem dein Herz –, zu einer Gewohnheit geworden. Sie war nie ohne Freund, wenn sie einen wollte, traf sich für gewöhnlich mit zwei oder drei Männern gleichzeitig und verspürte nicht den Wunsch, mit einem von ihnen eine Familie zu gründen. Während der ersten zehn Jahre waren die meisten Männer, mit denen sie zusammen war, Veteranen. Auch wenn das die Männer waren, mit denen sie sich am wohlsten fühlte, so fühlte sie sich doch nie wohl genug. Außerdem waren die Männer, die sich zu ihr hingezogen fühlten, ob Veteranen oder nicht, auch nicht der Typ Mann, der eine Familie gründen wollte – zumindest nicht mit ihr. Rouenna konnte nicht genau sagen, warum es immer wieder so war. Sie hatte immer eine Familie gewollt – oder etwa nicht? Oder war auch das etwas, woran sie sich nicht mehr richtig erinnerte? Sie war fünfundzwanzig, sie war dreißig.

Sie schlug die Hände vors Gesicht, und als sie sie wieder wegnahm, lag die Dreißig lange hinter ihr, und sie war noch immer allein, und es sah so aus, als würde sie es auch bleiben.

Wie sich herausstellte, erwies sich Chucks frühe Ahnung als richtig. Zwei Jahre nach Ende des Kriegs beantragten Tausende Veteranen eine Invalidenrente wegen gesundheitlicher Probleme, die, wie sie glaubten, durch den Kontakt mit Agent Orange verursacht waren. Obwohl einige dieser Ansprüche anerkannt wurden, blieb der Veteranenverband, gestützt vom Verteidigungsministerium, bei seiner Version der Geschichte: Die Herbizide, die benutzt worden waren, um Millionen Morgen Land in Vietnam zu entlauben, waren ungefährlich für den Menschen; die Gesundheitsprobleme, unter denen die Veteranen litten, mußten andere Ursachen haben, wahrscheinlich kriegsbedingter Streß. Unbestreitbar war: Veteranen wie Chuck, die noch keine dreißig waren, litten unter Krankheiten, die normalerweise nur alte Menschen befielen. Zum Erstaunen seiner Ärzte hatte Chuck, als er nach Kalifornien ging, das Herz, die Lunge, die Gelenke, die Haut und die Augen eines Mannes, der doppelt so alt war wie er, und die kaputte Leber eines langjährigen Alkoholikers, obschon er nie viel getrunken hatte. Rouenna dachte an die Gruppe Veteranen, die sie einst im Fernsehen gesehen hatte, und um wieviel älter die Männer gewirkt hatten, als sie tatsächlich gewesen waren. Sie staunte nicht schlecht, als sie erfuhr, daß der Kontakt mit Dioxin, einer toxischen Chemikalie und Bestandteil von Agent Orange, genau das bewirken konnte: den Alterungsprozeß beschleunigen.

Nachdem ihm in einem Veteranenkrankenhaus gesagt worden war, daß seine Symptome auf eine Kriegsneurose hindeuteten, schwor sich Chuck, dem Veteranenverband nie wieder zu trauen. Allein bei dem Gedanken an PTSS sah er rot. Anfangs glaubte Rouenna, Chuck wäre paranoid, wenn er davon sprach, daß die Regierung die ganze Sache vertuschte. Aber jetzt, da sie wußte, daß Stimmungsumschwünge, Depressionen und gewalttätige Wutanfälle von Dioxin hervorgerufene Symptome sein konnten, war sie sich nicht mehr so sicher.

»PTSS? Scheiße«, sagte Chuck. »Weißt du, wofür die Buchstaben wirklich stehen? Ptssssss. Ein Spray, das jedes Organ in deinem Körper zerfrißt, dich in einen wahnsinnigen Mörder verwandelt und von dem du behinderte Kinder kriegst.«

Rouenna dagegen war gesund. Ihr größtes Problem war das Gewicht, das sie seit ihrem dreißigsten Lebensjahr zugelegt hatte. Ein Symptom von Dioxinverseuchung war jedoch Gewichts*verlust*. Sie vermutete, daß mit ihrem Appetit irgendwas nicht stimmte. Es war nicht normal, daß man so wie sie immer hungrig war, auch nach einem großen Essen. Und dann war da noch etwas: Sie fühlte sich manchmal müder, als jemand in ihrem Alter das Recht hatte, sich zu fühlen. Dennoch, sie war so gesund wie eh und je. Sie hatte endlich aufgehört zu rauchen. Haschisch schmeckte ihr nicht mehr, sie nahm auch keine anderen Drogen mehr, aber sie trank noch, mitunter auch zuviel, aber nie in dem Ausmaß wie während und gleich nach dem Krieg.

Als der Veteranenverband anbot, daß sich jeder, der in Vietnam gedient hatte, einer kostenlosen Agent-Orange-Untersuchung unterziehen könnte, meinte Chuck, Rouenna würde nur ihre Zeit verschwenden, aber sie machte trotzdem einen Termin aus. In der Klinik füllte sie einen Fragebogen aus und wurde von einem jungen Arzt zwei Minuten lang untersucht, der ihr sagte, daß sie nicht mit zukünftigen Symptomen einer Dioxinvergiftung rechnen müsse, da bei ihr bislang keine aufgetreten seien. Und auf ihre wichtigste Frage entgegnete er: »Gehen Sie nach Hause und kriegen Sie so viele Kinder, wie Sie wollen.«

Ungefähr einen Monat später erhielt Rouenna einen Brief des Veteranenverbands, in dem ihr mitgeteilt wurde, daß in den Gebieten, in denen sie stationiert gewesen war, kein Agent Orange versprüht worden wäre – eine Lüge. Entlaubungsmittel wurden im Umkreis aller Stützpunkte versprüht, und während Rouennas zwölfmonatiger Dienstzeit war der Einsatz von Agent Orange, der fast bis Ende 1970 andauerte, auf seinem Höhepunkt. Obwohl sie nicht wie Chuck wochenlang durch die verseuchte Wildnis gekrochen war, keinen giftigen Dunst eingeatmet und kein vergiftetes Wasser getrunken hatte, hatte jeder, der während des Kriegs irgendwo in Südvietnam war, zumindest Anlaß zur Sorge, und unter denen, die eine Invalidenrente beantragten, waren Veteranen, die mit keinem Fuß im Kampfgebiet gewesen waren.

In Vietnam hatte sie sich keine Sorgen gemacht, nie innegehalten und sich gefragt: He, wenn dieses Scheißzeug auch noch das letzte Blatt im Dschungel umbringt, welche Auswirkungen hat es dann auf mich? Niemand, den sie kannte, hatte das getan. Wenn man ständig die unmittelbaren Wirkungen von Weißem Phosphor vor der Nase hat, macht man sich keine Sorgen um die zukünftigen Wirkungen, die ein Unkrautvertilgungsmittel haben könnte. Rouenna lachte wie alle anderen über das Motto derjenigen, die das Zeug mit ihren Flugzeugen versprühten – *Nur wir können Wälder verhindern*, eine Abwandlung von den üblichen Warnschildern der Feuerwehr: *Nur Sie können Waldbrände verhindern* –, und meinte, daß es mit das Lustigste war, was sie je gehört hatte.

Bislang schien Rouenna zu denen zu gehören, die Glück gehabt hatten – eine der vielen, die auch im Lauf der Jahre keine Anzeichen von Schädigungen aufwiesen. Aber was wäre, wenn sie tatsächlich täte, was der Arzt ihr geraten hatte, und so viele Kinder kriegte, wie sie wollte – oder auch nur eins? Konnte er ihr ein gesundes Kind versprechen, wenn es Veteranen gab – darunter auch ein paar Krankenschwestern –, die schwerbehinderte Babys zur Welt gebracht hatten? Wie sicher konnte sich Rouenna fühlen, nachdem sie eines Tages eine Zeitschrift aufgeschlagen und die Worte *Contergan* und *Dioxin* in ein und demselben Satz gelesen hatte? Chuck, der sagte, er würde sich nie trauen, ein Kind zu zeugen, zeigte ihr einen anderen Artikel, in dem eine Liste von Schädigungen aufgeführt wurde, die Kinder von vietnamesischen und amerikanischen Kriegsveteranen aufwiesen, eine Liste, die sich ihrem Gedächtnis einprägte wie ein Brandzeichen. Babys, die mit Herzfehlern geboren wurden oder denen Teile des Hirns oder des Rückgrats fehlten. Babys, die mit fehlenden Fingern oder Zehen geboren wurden, mit Gaumenspalten, mit Schwimmfüßen, Klumpfüßen, fehlenden oder verkürzten Gliedmaßen. Geistig behinderte Babys. Babys mit fehlenden inneren Organen, mit doppelten Organen, mit Organen außerhalb des Körpers. Babys mit mißgestalteten Genitalien oder ohne Ohren oder Nase. Babys ohne Augen!

Ihre Mutter warf ihr oft vor, überzureagieren, Agent Orange als Ausrede zu benutzen. Und da Rouenna wußte, daß die meisten Veteranenkinder vollkommen gesund geboren wurden, vermutete sie manchmal, daß ihre Mutter recht hatte. Sie betete, ihre Mutter möge recht haben, denn sie wollte die Hoffnung noch nicht aufgeben, eines Tages zu heiraten und Kinder zu haben. Aber da war noch eine Frage, die an Rouenna nagte. Warum verliebte sie sich nie? Das konnte sie schlecht der Angst vor Agent Orange anlasten.

Mit der Zeit kam Rouenna zu der Überzeugung, daß sie sich etwas vorgemacht hatte. Sie hatte ihr Herz doch verschenkt – nicht an einen einzigen Mann, nein, sondern an alle Männer, mit denen sie während des Kriegs zusammen war, auch an die, an deren Namen und Gesichter sie sich nicht erinnern konnte. Sie erinnerte sich jedoch, verliebt gewesen zu sein – sie war jede Minute dieses Jahres leidenschaftlich verliebt gewesen. Seit ihrer Rückkehr war sie nicht mehr so verliebt gewesen, und wenn sie ehrlich war, wußte sie, daß sie es auch nie wieder sein würde.

Nach Chuck war der wichtigste Mann in Rouennas Leben Aldo, der Besitzer des Steakrestaurants, in dem sie als Kellnerin arbeitete. Zuerst war sie überrascht, als sie sich in den Armen eines Mannes wiederfand, der ihr Vater hätte sein können, auch wenn sie nicht die einzige junge Frau war, die sich zu ihm hingezogen fühlte. Dank einer dichten Haarmähne und eines starken Kinns sah Aldo auch in seinen Sechzigern noch gut aus. Er strahlte und war wohlgenährt, er war ein Gentleman mit altmodischen höflichen Manieren, er roch angenehm nach Pimentöl, und er hatte keinerlei Mühe, die Frauen, die für ihn arbeiteten, zu verführen. Diese Rendezvous fanden für gewöhnlich in einem Hotel statt – nicht in einer billigen Pension bei den Docks oder in einem dieser häßlichen Türme in Midtown voller Vertreter, sondern in einer kleinen Pension nahe der Park Avenue, die bei französischen und deutschen Touristen beliebt war. Aldo war romantisch – der Schlüssel zu seinem Erfolg. Er war natürlich verheiratet. Er und seine Frau, die nur selten in das Restaurant kam, lebten in Brooklyn Heights. Fotos seiner hübschen Kinder und Enkelkinder hingen an den Wänden des Restaurants. Rouenna schätzte Aldos zuvorkommende Seite und die Mühe, mit der er einer bescheidenen Kellnerin den Hof machte, aber wirklich aufregend fand sie ein blitzartiges Zusammentreffen eines Abends in der Küche, nachdem das Lokal geschlossen war. Aldo hatte zuviel Bourbon getrunken, und eine rotgefleckte Fleischbank und ein Stück Butter waren mit im Spiel. Butter. Auf die heißen Steaks wurde ein großzügiges Stück Butter gegeben, bevor sie serviert wurden. Die Stammkunden, die an den besten Tischen saßen, bekamen ein Riesenstück. Bourbon, rotes Fleisch, schmelzende Butter: Eine Weile war das Rouennas Definition von Vergnügen.

Und eine Weile war Aldo genug für Rouenna. Nicht, daß er Treue von ihr erwartete, und sie verbrachten auch nicht sehr viel Zeit miteinander, aber während der drei Jahre, die ihr Verhältnis dauerte, fühlte sich Rouenna immer weniger zu anderen Männern hingezogen, und wenn sie auch keine Liebe für Aldo empfand, dann war es etwas, was Liebe nahe kam – aber das wurde ihr erst zur Gänze klar, nachdem die Affäre zu Ende war.

Er kam zwar nahezu jeden Tag ins Restaurant und schwor, bis an sein Lebensende arbeiten zu wollen, aber zwei Herzinfarkte innerhalb eines Jahres zwangen Aldo, sich zurückzuziehen. Das Steakhouse wurde verkauft und von einem Sushi-Restaurant übernommen. Das Haus in Brooklyn wurde ebenfalls verkauft, und Aldo und seine Frau zogen nach Montauk.

Für Rouenna war es ein doppelter Verlust. Sie vermißte Aldo mehr, als sie gedacht hätte. Und sie hatte die Arbeit in dem Restaurant gemocht; Aldo war gut zu seinen Angestellten gewesen. Sie war unglücklich, und zum erstenmal in ihrem Leben scheute Rouenna vor Männern zurück. Sie hätte enthaltsam gelebt, hätte nicht der Elektriker aus der Ukraine, der gegenüber auf dem Flur wohnte, einmal in der Woche, wenn seine Frau ihre Mutter besuchte, vor ihrer Tür gestanden. Die Wahrheit jedoch war, daß Rouenna mittlerweile ein Alter erreicht hatte, in dem es nicht mehr so einfach war, Männer aufzugabeln. Bei einem der letzten Male, als sie in eine Bar gegangen war, um genau das zu tun, war ihr eine schwerverdauliche Lektion erteilt worden. Sie hatte sich zuversichtlich neben einen süßen jungen Mann gesetzt, der unzweifelhaft Gesellschaft suchte. Er ignorierte sie. Seit der High School war Rouenna nicht mehr auf so demütigende Weise zurückgewiesen worden, und als es wieder passierte – die gleiche Bar, ein anderer Mann –, nahm sie sich die Lektion zu Herzen: Das hier war nicht Vietnam, sie war nicht mehr zweiundzwanzig und nur eine von mehreren verfügbaren weißen Frauen.

Außerdem sprachen dieser Tage viele Gründe dagegen, einen Fremden aufzugabeln, und Aids war nicht der geringste.

Ihr Gewicht, das sie später nicht mehr kontrollieren konnte, legte sie allmählich zu, und mehrere Jahre konnte man Rouenna sehen, wie ihre Mutter einst gesehen worden war: an den richtigen Stellen gepolstert. Aldo sah sie jedenfalls so. Und auch als sie weitere zehn, fünfzehn

Pfund zugenommen hatte, stellte Rouenna fest, daß sie in einer Großstadt wie New York keine Probleme hatte, Männer zu finden, deren Ideal nicht die schlanken Frauen waren, sondern die füllige bevorzugten – füllig bis zu einem gewissen Punkt. Dann überschritt Rouenna diesen Punkt. Aber das war schon zu einer Zeit, als sie sich nicht mehr dafür interessierte, wie Männer sie sahen, nachdem sie mehrmals schlechte Erfahrungen gemacht hatte und Männer auf dem Kieker hatte wie nie zuvor. Manchmal machte sie Aldo dafür verantwortlich: Er hatte sie verdorben. Die meisten Männer, die sie nach ihm kennenlernte, empfand sie als rüpelhaft. Oder vielleicht lag es auch daran, daß es albern ist von einer Frau, wenn sie ein gewisses Alter (oder Gewicht) überschritten hat, Freundlichkeit von Männern zu erwarten. Dann erlebte sie eine Nacht des Schreckens. Ein Mann, den sie auf einem Straßenfest kennenlernte und mit in ihre Wohnung nahm, begann sie zu schlagen. Wer weiß, was passiert wäre, hätten ihre Schreie nicht den Ukrainer auf den Plan gerufen, dessen mit Baßstimme ausgesprochene Drohungen und hämmernde Fäuste den Mistkerl die Feuerleiter hinunter in die Flucht schlugen.

Danach war es leicht, Sex aufzugeben. (Der galante Ukrainer hatte Verständnis dafür.) Rouenna vermißte Sex nicht annähernd so sehr, wie sie meinte, daß eine gesunde Frau ihn vermissen sollte. Wochen, Monate vergingen, und sie verbrachte fast jeden Abend allein zu Hause. Besser war es, allein zu sein. Die Sicherheit ihres Zimmers, ihr sauberes Bett. Ihre eigene langsame, saubere Hand. Und dann verlor sogar dieser sichere einfache Akt seinen Reiz.

Irgend etwas stimmte nicht. Sollte sie zu einem Arzt gehen? Verlust der Libido: ein bekanntes Symptom von Dioxinvergiftung und eine von Chucks vielen Beschwerden. Aber obwohl Rouenna nicht wußte, was die Ursache ihres Problems war, sie glaubte nicht, daß es Dioxin war.

Es war nur eine Phase, entschied sie. Was – glaubte sie wirklich, daß sie nie wieder Sex haben würde? Lächerlich. Eine Frau in noch nicht einmal mittleren Jahren. Man schaue sich nur ihre Mutter an.

Wenn es eine Verbindung gab zwischen ihrem Desinteresse an Sex und ihrem neuen Interesse am Kochen, so machte sich Rouenna nicht die Mühe, der Sache auf den Grund zu gehen: Sie war nicht der Typ dazu. Sie hatte ein Loch im Bauch. Sie hätte doppelt soviel essen können, als sie tatsächlich aß. Sie hätte auf eine Schilddrüsenüberfunktion getippt, außer daß ihr Puls völlig normal war und sie kein Gramm abnahm. Eines stand fest: Sie war nicht die einzige. Wo man auch hinblickte – Zeitungen, Zeitschriften, Fernsehen –, sah man immer mehr übers Kochen und Essen. Rouenna ließ sich verführen von den Fotos und der Sprache der Artikel (sie verstand nicht alles; in einer Restaurantkritik las sie von neuseeländischen Lammkoteletts, die auf einem Bett aus balsamiertem Spinat serviert wurden). Neue Restaurants und Gourmetläden eröffneten überall in der Stadt, auch in den Gegenden, in denen Rouenna lebte und arbeitete, und sie wünschte, sie könnte sie alle ausprobieren. Sie probierte so viele aus, wie sie sich leisten konnte. Sie ging gern mit Freunden zum Essen aus, aber es machte ihr auch nichts aus, allein auszugehen. Sie fühlte sich nicht einsam oder auffällig wie – das wußte sie – viele andere. Man mußte nur eine Zeitschrift mitnehmen – man brauchte sie gar nicht zu lesen, nur aufgeschlagen neben den Teller zu legen. Vielleicht weil ein Sushi-Restaurant den Platz ihres geliebten Steakhouse eingenommen hatte, teilte Rouenna nie die Euphorie für rohen Fisch, und sie war der Ansicht, daß zu viele Gewürze den Geschmack verdarben, aber die meisten Küchen liebte sie, und zum erstenmal in ihrem Leben war sie gewillt, Abenteuer einzugehen. Oh, es gab viel mehr in der Welt als Bourbon, rotes Fleisch und Butter.

Als sie anfing, selbst Rezepte auszuprobieren, stellte sie fest, daß Kochen ihr besser gefiel als Ausgehen. In Restaurants essen machte Spaß, aber Kochen war ein richtiges Hobby – Rouennas erstes Hobby –, und es erfüllte seinen Zweck: Es entspannte sie, war interessant und gab ihr das Gefühl, etwas geschafft zu haben. Sie war eine gute Köchin – wahrscheinlich gut genug, um damit ihren Lebensunterhalt zu verdienen, aber sie war nie versucht, das zu tun. Nein, es ging nur ums Vergnügen – Vergnügen und Trost. Wenn sie sich elend fühlte, konnte nichts sie so aufheitern, wie ein kompliziertes Gericht zu kochen. Nichts konnte ihre Nerven so beruhigen wie ein großer Teller selbstgemachter Suppe oder Spaghetti mit Muscheln oder Spaghetti Carbonara. Man mußte ihr nicht sagen, daß Kochen nicht das ideale Hobby für jemanden ist, der unter Übergewicht leidet. Hätte man ihr dieses Vergnügen und diesen Trost genommen, sie hätte sie durch nichts anderes ersetzen können; es wäre ihr hundeelend zumute gewesen.

Es wurde ihr zur Gewohnheit, Dinnerpartys zu veranstalten, vor allem als Ausrede, um kochen zu können, und nicht so sehr, weil sie Gesellschaft liebte. Aber die Rolle der Gastgeberin behagte ihr nicht. Sie war noch nie gut darin gewesen, Small talk zu machen, die Angst, ob ihren Gästen das Essen auch schmecken würde, verdarb ihr den Appetit, und hinterher mußte sie den Saustall wieder aufräumen. Und so begann sie, statt dessen zu kochen, was immer sie wollte, und Portionen davon wegzugeben – nichts einfacher, als Essen wegzugeben, an die Kirche, an ihre Nachbarn, an Kollegen, an ihre Mutter und den Mann ihrer Mutter, die sie oft besuchte. Sie kaufte ein ganzes Sortiment Tupperware und eine große Stofftasche mit stabilen Ledergriffen. »Ich habe heute Maccaroni mit Käse gemacht.« Nichts einfacher als das.

Als sie endlich zu einem Arzt ging (zum erstenmal seit Jahren), dann nicht wegen Verlusts der Libido, sondern wegen anderer Symptome, und sie war überrascht, als der Arzt sie darauf ansprach. »Überraschung« beschreibt kaum, was sie empfand, als der Arzt als nächstes über Wechseljahre redete. Rouenna unterbrach und erinnerte ihn, daß sie erst neununddreißig Jahre alt war – ihre

Mutter hatte die Wechseljahre vor noch nicht allzu langer Zeit hinter sich gebracht. Der Arzt war einer dieser kalten, zerstreuten, ungeduldigen Typen, die jede Krankenschwester so gut kennt. Sie mochte zwar ein bißchen früh dran sein, sagte er, aber solche Fälle seien nicht ungewöhnlich.

Rouenna fand es so absurd, so unerwartet, so schwer zu glauben, daß ihr nichts weiter einfiel als: »Ich war in Vietnam.«

Die Worte klangen in ihren eigenen Ohren hohl und klirrend wie Münzen oder Nägel, die auf Kacheln fallen, nicht nur weil sie schockiert war, sondern weil sie sie seit langem nicht mehr ausgesprochen hatte. Sofort war sie schweißgebadet. Der Arzt starrte sie an, als hätte er sie nicht verstanden. »Ich war Krankenschwester – Militärkrankenschwester.«

Sein Ausdruck unverändert, kein Funken Interesse.

»Und – ja – während ich dort war, war ich so gut wie sicher Agent Orange ausgesetzt.«

Der Arzt runzelte die Stirn und schüttelte den Kopf. Dafür hatte er keine Zeit.

»Und ich habe mir gedacht – ich habe mich gefragt, ob das vielleicht etwas damit zu tun haben könnte.«

»Ich weiß nichts über Agent Orange«, sagte der Arzt. »Aber ich bin sicher, daß da keine Verbindung besteht.«

»Sie wissen nichts über Agent Orange, aber Sie sind sicher, daß da keine Verbindung besteht. Sie sollten wirklich für den Veteranenverband arbeiten.«

»Kein Grund, unverschämt zu werden.«

»Tut mir leid, Doc, aber mein PTSS flackert auf. Wissen Sie was über PTSS? Manchmal verpüre ich diesen irren Drang, jemandem den Hals umzudrehen.«

Nachdem sie sicher war – und sie war sich bald sicher –, daß der Arzt mit seiner Diagnose recht hatte, war es Rouenna gleichgültig, ob Agent Orange etwas damit zu tun hatte oder nicht.

»Was hätte es denn letztlich geändert?«

Wir saßen auf einer Decke im Gras. Das Picknick, das Rouenna am Abend zuvor zubereitet hatte – kaltes Brathuhn, hartgekochte Eier, Kartoffelsalat, Oliven, Pickles, Limonade, Eistee und Erdnußbutterplätzchen –, hatten wir bereits gegessen. Wie gewöhnlich hätte es für eine ganze Familie gereicht – und überwiegend Familien saßen um uns herum, jede Menge Kinder –, und das war es vielleicht, was Rouenna auf dieses Thema brachte.

»Das habe ich immer als meinen größten Fehler betrachtet. Daß ich so wenig Vertrauen hatte. Ich hätte nicht warten sollen. Ich hätte die Gelegenheit ergreifen sollen. Meine Mutter hatte recht, ich hätte keine solche Angst haben sollen. Ich hätte mehr Vertrauen haben sollen.« Ihre katholische Seite, ihre abergläubische Seite kam hier zum Vorschein. »Zuerst meinte ich, daß ich vielleicht bestraft werde, weil ich so lange so promisk gelebt habe. Und dann dachte ich an die vielen Kriegswaisen, diese hoffnungslosen kleinen Kinder, ich habe sie immer vor Augen gehabt und bin nicht auf die Idee gekommen, eins davon zu adoptieren – nicht in einer Million Jahren hätte ich daran gedacht, eins dieser schlitzäugigen Kinder mit nach Hause zu nehmen. Aber vielleicht hätte ich genau das tun sollen, vielleicht war es das, was Gott von mir wollte: einem dieser Kinder das Leben zu retten. Eine Prüfung, und ich habe sie nicht bestanden – du weißt, was ich meine. Und dann wurde ich bestraft, indem ich keine eigenen Kinder bekam.« Ich haßte es, wenn sie so sprach, aber ich ließ sie weiterreden. »In Nam waren eine Menge Wohltäter, Mitarbeiter von Hilfsorganisationen, religiöse Typen, und sie versuchten immer, die Leute dazu zu bringen, ihnen zu helfen, ihnen eins dieser verlassenen oder kranken Kinder abzunehmen. Damals konnte ich mir nicht vorstellen, so etwas zu tun. Aber wenn ich jetzt diese zwei Typen sehe, die im Nachbarhaus wohnen« – ein homosexuelles Paar, das ein kleines chinesisches Mädchen adoptiert hatte –, »denke ich, schau mal an. *Die* können es doch auch. Jedenfalls habe ich zu lange gewartet. Und als mir der Arzt sagte, was los war, und mir klar wurde, daß ich meine Chance endgültig verpaßt hatte, dachte ich, ich würde sterben. Eine Zeitlang konnte ich morgens kaum aufstehen. Aber ich hab's geschafft. Ich hab's überwunden. Ich habe überlebt.«

Wir schwiegen beide, und ich war überrascht, als sie nach kurzer Zeit das Schweigen mit einem Lachen brach. Ihr komisches, nach innen gerichtetes Lachen. »Du hättest das Gesicht von dem verdammten Arzt sehen sollen, als ich das über PTSS gesagt habe.«

Es war ein wunderschöner Tag, einer der schönsten Tage in einem sehr schönen Herbst, und wir befanden uns an einem schönen Ort, einem Ort, der uns sofort eingefallen war, als mich Rouenna ein paar Tage zuvor anrief und sagte: »Weißt du, was ich wirklich gern tun würde? Aufs Land fahren. Um das Laub zu sehen – ich möchte irgendwo hinfahren und die verfärbten Blätter sehen. Möchtest du mitkommen? Wir können mit meinem Wagen fahren. Ich mach uns ein Picknick.« Das Hudson Valley, der mit Blättern bedeckte Boden eines riesigen, einst privaten Anwesens – das große Haus steht noch, ein Museum heute (ein Museum *damals*, würden manche sagen), für die Öffentlichkeit zugänglich, aber nur mit Führung. Herrliche Ausblicke auf die Berge, den Fluß und den Himmel. Es ist Samstag, es gibt viele Besucher, manche wollen das Haus besichtigen, andere picknicken, und nicht weniger als fünf Hochzeitsgesellschaften posieren für Fotos. Ein bislang perfekter Tag, abgesehen von einem schrecklichen Augenblick, als sich uns drei kleine Jungen nähern, mit dem Finger deuten, kichern und einen Singsang anstimmen. »Fettsack. Lesbe. Fettsack. Lesbe.« Es war nicht das erste Mal, daß uns so etwas passierte, und ich wußte nicht, was ich tun sollte, ich dachte, mir würde der Kopf platzen, mir würden das Herz und die Lunge platzen, es schien Stunden zu dauern, obwohl nahezu sofort ein Mann in einem karierten Smoking auftauchte (er gehörte zu einer Hochzeitsgesellschaft) und sie zurechtwies.

»He, sei nicht so empfindlich, das sind bloß dumme Kinder«, sagte Rouenna und warf mir ein Päckchen Papiertaschentücher zu.

Es war schon viel Laub gefallen – es war die letzte Woche im Oktober –, aber es gab noch genug Blätter und Farben zu bewundern, vor allem Gelb- und Brauntöne. Rouenna deutete auf eine Stelle am Boden und sagte, das sei die Farbe, die die Blätter angenommen hätten, nachdem sie besprüht worden waren und bevor sie von den Bäumen fielen. Es gebe Leute, die glaubten, das Entlaubungsmittel würde Agent Orange genannt, weil die Blätter sich verfärbten, erklärte sie, aber in Wirklichkeit hieß es so, weil die Fässer mit den Entlaubungsmitteln mit einem orangefarbenen Streifen gekennzeichnet waren. Als sie mir erzählte, daß es auch noch andere gab, Agent Purple, Agent Blue, Agent Green und Pink und White, glaubte ich, daß sie Spaß machte, aber sie schüttelte den Kopf. »Ich verarsch dich nicht. Die hatten Unkrautvertilger in allen Regenbogenfarben dort drüben.« Sie erklärte mir, wie es funktionierte: In dem Mittel war etwas, was die Zellen zu ununterbrochenem Wachstum zwang, bis sie alterten und abstarben.

»Chuck hat mir erzählt, daß sie durch Gebiete krochen, unheimliche Geisterwälder, in denen alles Grüne tot war, tote Vögel fielen von den Bäumen, tote Fische schwammen mit dem Bauch nach oben im Wasser. Und die Männer haben sich in diesem Wasser gewaschen und ihre Feldflaschen damit gefüllt und das Wasser getrunken. Und manche Arschlöcher sagen jetzt: Wie konntet ihr nur so blöd sein, ihr seid selbst dran schuld. Die Leute verstehen nicht, daß man über manche Dinge im Krieg nicht nachdenkt. Außerdem hatten die Männer Durst.«

Ich fragte, wie es Chuck jetzt gehe, und sie sagte: »Das letzte Mal, als wir miteinander gesprochen haben, fühlte er sich ziemlich schwach. Er kam nicht mehr viel rum.« Aber das war vor mehr als zehn Jahren.

Sie ist nie in Kalifornien gewesen, um ihn zu besuchen.

Im Lauf der Zeit gewann der Ausflug ins Hudson Valley immer mehr Bedeutung für mich. Nie zuvor hatten Rouenna und ich an einem Tag soviel Zeit miteinander verbracht, und danach sah ich sie nur noch einmal. Ich erinnere mich, daß Rouenna trotz des Geredes über Fehler und Reue an diesem Tag eigentlich glücklich und zufrieden mit der Welt schien, zumindest so glücklich und zufrieden, wie ich sie nie zuvor gesehen habe. (*Ich hab's geschafft. Ich hab's überwunden. Ich habe überlebt.* Ihr komisches nach innen gerichtetes Lachen.) Später bin ich diesen Tag im Kopf zahllose Male durchgegangen, und alle möglichen Dinge fielen mir auf. Zum Beispiel sprach sie irgendwann an diesem Nachmittag den Krieg an und sagte: »Na gut, ich erzähle dir noch zwei Geschichten.« Es war das »noch zwei«, das sich mir später aufdrängte. Noch zwei – bedeutete das die zwei letzten, und dann ist Schluß? Jetzt ist es mir natürlich unmöglich, diese Worte auf andere

Weise zu interpretieren. *Das sind die zwei letzten Geschichten über Vietnam, die du jemals von mir hören wirst* – denn als solche stellten sie sich heraus. Aber hatte Rouenna das gewußt?

Und etwas anderes, was sie an diesem Tag sagte (ich glaube, es war, nachdem sie mir diese zwei letzten Geschichten erzählt hatte, aber ich bin nicht sicher): »Weißt du, wenn du jemals was von dem Zeug, das ich dir erzählt habe, benutzen willst, dann ist das okay.« Es war klar, was sie meinte: Wenn ich ihre Geschichten für meine eigenen Zwecke verwenden wollte, dann durfte ich das. Sie gab mir ihre Erlaubnis.

Und ich erinnere mich daran, wie sehr ich mich beherrschen mußte, als sie davon sprach, von Gott bestraft zu werden – sie wußte, wie sehr ich dieses Gerede haßte. Zu einer anderen Zeit, an einem anderen Tag hatte ich ihr von einer Frau erzählt, die ich auf dem Nachhauseweg vom Tanzunterricht kennenlernte – ich lebte damals noch auf Staten Island, ja ich traf diese Frau auf der Fähre. Sie war aus Buenos Aires und hatte eine Schwester, die ein großer Star im Ballet Argentina war. Und plötzlich war diese gefeierte Primaballerina gelähmt. »Und wir alle wußten, warum: weil das Tanzen ihr alles bedeutete, sogar mehr, als Kinder zu kriegen, sie hat immer gesagt, daß sie nie Kinder haben wollte, und Gott hat sie gehört, und Er hat sie bestraft.« Stell dir das vor, sagte ich zu Rouenna. Da bist du nun, dein Leben ist zerstört, du sitzt in einem Rollstuhl, umgeben von deiner Familie, und weißt, daß sie, wann immer sie dich ansehen, *das von dir denken*. Für mich war das eine der unmenschlichsten Geschichten, die ich je gehört hatte, und ich war von neuem empört, aber Rouenna zuckte bloß die Achseln und sagte: »Ja, aber Gott tut so etwas.«

Auf dem Weg ins Hudson Valley passierte auch folgendes. Wir saßen in ihrem Auto, waren fast angekommen, wir unterhielten uns, und mir rutschte »Roro« heraus. »›Roro‹! Wer ist das denn? Wie kommst du dazu, mich so zu nennen?«

»Tut mir leid.«

»Ich hasse den Namen. Ich habe ihn immer gehaßt. Mein halbes Leben habe ich gebraucht, um den blöden Namen wieder loszuwerden. Als ich aufwuchs, habe ich meine Familie ständig gebeten, mich nicht so zu nennen, aber sie haben einfach weitergemacht, und ich war wirklich stinksauer.« Sie war auch jetzt stinksauer; ich merkte es an der Art, wie sie fuhr. »Und erst in der Schule. Reimt sich auf *Dodo*, genau das, was ein Kind braucht. Du kannst dir vorstellen, wie überempfindlich ich war, als ich eine Klasse wiederholen mußte. Reimt sich auf *Jojo*. Ganz zu schweigen von ›Roro, row your boat‹. Scheiße. Das mußte ich mir die ganze Zeit anhören. Als ich groß genug war, habe ich jeden, der es sich in den Kopf gesetzt hatte, mich so zu nennen, gehörig zurechtgestutzt. Schlimm genug, daß ich meine Mutter nicht davon abbringen kann. *Also fang du jetzt nicht an, mich Roro zu nennen!*«

»Ich sagte doch, daß es mir leid tut.«

»Wie würde es dir gefallen, wenn ich dich –«

»Es tut mir leid, Rouenna! Ich verspreche, daß ich es nie wieder tun werde!«

»Das ist ein wunder Punkt.«

»Nein. Wirklich?«

»In Vietnam hatte jeder einen Spitznamen – Pretty Polly, Grub, Biber, Killer Joe –, aber ich nicht. Ich machte von Anfang an klar, daß ich nur bei meinem richtigen Namen gerufen werden wollte.«

»Es ist ein schöner Name.« Ein Name, den ich nie zuvor gehört hatte und von dem ich annahm, daß es sich um eine Variante von »Rowena« handelte. »Da ist unsere Ausfahrt.«

Sie überlebte. Kindheit. Vietnam. Die Zeit nach Vietnam. Nie zu heiraten. Keine Kinder zu haben. Wechseljahre. »Aber gleichgültig, was der Arzt sagte, es war zu früh.« Und obwohl sie wußte, daß es irrational war, schämte sie sich. Sie wollte nicht, daß jemand es erfuhr, sie erzählte es niemandem, nicht einer Freundin, nicht ihrer Mutter. Sie wollte sich nicht wie ein Freak vorkommen, sie wollte kein Mitleid. Im Gegenteil, während dieser Zeit ging sie weiter in die Richtung, zu der sie schon tendierte, nachdem sie Aldo verloren hatte: Sie zog sich mehr und mehr zurück. Es lag nicht daran, daß sie mit den meisten Leuten nicht auskam, sie war durchaus ein sozialer Mensch (»Mit Misanthropen kann ich nichts anfangen«). Nur empfand sie die Zeit, die sie allein war, als entspannender als die Zeit, die sie mit anderen verbrachte – und das mehr und mehr. Und es war nicht nur das *sexuelle* Begehren, das der Vergangenheit angehörte. Rouenna begehrte grundsätzlich nur noch wenig und konnte nur sehr wenige Dinge nennen, die starke Emotionen in ihr hervorriefen. Im Gegensatz zu den meisten Menschen verglich sie sich nicht mit anderen, Neid auf andere Leute und ihren Besitz empfand sie nur selten – sie war noch nie ein neidischer Mensch gewesen. Und sie war nicht auf Aufregung aus, sie hatte genug Aufregung erlebt, in diesem Alter erwartete sie nicht mehr viel vom Leben, sie wollte nur ihren Frieden. Sie arbeitete, kam nach Hause und aß etwas, sah ein paar Stunden fern, ging früh zu Bett – sie beklagte sich nicht über Langeweile, wozu? Hin und wieder ging sie mit einer Freundin aus, fuhr nach Jersey (öfter jetzt, da eine Herzkrankheit aus dem Mann ihrer Mutter einen Invaliden gemacht hatte), besuchte alle zwei Jahre ihren Bruder, seine Frau und ihre vier Kinder in Louisiana – war das wirklich so anders oder schlechter als andere Leben? Sie bezweifelte es.

(Ich warf einmal verstohlen einen Blick in den Kalender einer Frau, die neben mir im Bus saß. Sie hatte unter jeden Wochentag jeweils ein Wort eingetragen. Von Montag bis Freitag schrieb sie »Arbeit«. Unter Samstag und Sonntag »Frei«.)

Rouenna mußte eine unerträglich schlimme Phase durchmachen, das schon, ungefähr eineinhalb Jahre, in denen sie unter Anfällen von Ruhelosigkeit und Unzufriedenheit litt, die durch nichts zu lindern waren. Es erinnerte sie an einen Vorfall, als sie noch beim Militär war: Sie duschte gerade, als die Wasserpumpe kaputtging und kein Wasser mehr floß, mit dem sie die Seife hätte abwaschen können. Sie mußte mehrere Stunden warten, ihre Haut spannte und juckte, sie hätte am liebsten geschrien. Und genauso fühlte sie sich während dieser schlimmen Phase. Am liebsten hätte sie sich die Haut vom Leib gerissen und geschrien. Während dieser Zeit trank sie jeden Abend, nahm noch einmal zehn Pfund zu und fing sogar wieder an zu rauchen. Irgend etwas mußte geschehen. Als erstes suchte sie sich einen neuen Job. Als sie eines Tages in einer vollen U-Bahn von der Arbeit nach Hause fuhr, stand sie gegen einen Mann gedrängt, der sie fragte, ob sie in einer Tierhandlung arbeite. Als sie ihn fragte, wie er darauf komme, sagte er: »Ich kann Hamster riechen.« Am nächsten Tag studierte sie die Stellenanzeigen, und zwei Wochen später fing sie in dem Bekleidungsgeschäft an. Ein Schritt führte zum nächsten. Gleichgültig, wie glücklich sie sich schätzen konnte, die wunderschöne Wohnung in Kips Bay zu haben, sie lebte schon zu lange dort, sie fühlte sich nicht mehr wohl. Aber die sicheren, schöneren Gegenden von Manhattan waren für sie mittlerweile unerschwinglich, deswegen suchte sie in Brooklyn. Und sie ließ sich Zeit, sie wollte nichts überstürzen und sagte sich, daß die nächste Wohnung, in die sie ziehen würde, ihr Zuhause für – jedenfalls dauerte es ein Jahr, bis sie die kleine Wohnung in Williamsburg gefunden hatte. Ein geschickter Schachzug: Es ging ihr sofort besser. Und war es nicht eine Ironie der Geschichte (ihre Mutter war davon überzeugt): Jetzt, da feststand, daß Rouenna nie eine Familie haben würde, trat zum erstenmal ihr Nestbauinstinkt zutage. Es war wie ein zweites Hobby neben dem Kochen: der Kauf von Möbeln, Bettwäsche, Teppichen – sie hatte beschlossen, das alte Zeug loszuwerden, mit dem sie vor so vielen Jahren angefangen hatte, und alles neu anzuschaffen. War sie einst eine überhaupt nicht häusliche Frau gewesen, stürzte sich Rouenna jetzt in die Aufgabe, sich ein gemütliches hübsches Zuhause zu schaffen. In der Mittagspause schlenderte sie durch die Haushaltswaren- und Möbelabteilungen von Macy's und brütete abends über Katalogen von Conran's und Pottery Barn – die gleichen Kataloge, die sie früher weggeworfen hatte, ohne sie aufzuschlagen, unerwünschte Reklame. Und als alles so war, wie sie es wollte, entdeckte Rouenna die Freuden der guten Haushaltsführung. Alles hatte seinen Platz, alles war sauber und ordentlich. Es machte selbstverständlich nicht soviel Spaß wie Kochen, wirkte aber auf seine Art beruhigend, befriedigend.

Und so folgte auf den Umzug nach Brooklyn eine angenehmere Zeit für Rouenna. Nachdem sie eineinhalb Jahre als Verkäuferin gearbeitet hatte, wurde sie zur Geschäftsführerin des Ladens befördert. Eine neue Wohnung voller hübscher Dinge, ein neuer Job – eine vollkommen neue Garderobe! Anstatt zu kochen, holte sie sich eines

Abends etwas von einem chinesischen Imbiß in der Nähe ihrer Wohnung. Und nachdem sie das Moo goo gai pan gegessen hatte, brach sie ihr Glückskeks auf und las: *Das Schlimmste liegt jetzt hinter dir.* Es war noch ein Glückskeks dabei, mit jeder Bestellung kamen zwei. Rouenna war abergläubisch. Sie warf das andere Glückskeks weg.

An dem College, an dem ich lehrte, war das Interesse an der Ära von Vietnam groß, und angeblich wurde es immer größer, wie angeblich an allen Colleges des Landes. Aber mir fiel auf, daß die Bücher über den Krieg, die ich aus der Bibliothek auslieh, in den letzten Jahren nicht ausgeliehen worden waren. Die meisten waren nur ein- oder zweimal bestellt worden, seit die Bibliothek sie erworben hatte.

In einem dieser Bücher las ich, daß Gedächtnisprobleme – Verwirrung, Erinnerungslücken, schwarze Löcher – ein weiteres Symptom von Dioxinvergiftung sind.

Noch zwei Geschichten.

Die erste der beiden Geschichten, die mir Rouenna während des Picknicks erzählte, war die von der Krankenschwester, die in Chu Lai vergewaltigt wurde. (*Dreh den Kopf um, und du bist tot.* Keine sensiblen Pflänzchen.)

Und das war Rouennas letzte Geschichte:

»Wir waren mitten in einer großen Offensive, überall

lagen Leichen herum. Wie auch immer, sie brachten diesen Kerl herein, und er war in einem schlimmen Zustand, alle zwei Zentimeter eine Schrapnellwunde, und er hatte einen Arm verloren. Er regte sich ungeheuer auf wegen des Arms und schrie die ganze Zeit, *Wo ist er, wo ist er, helft mir, mein Arm, sucht meinen Arm* – hysterisch. Er dachte, er würde sterben, und aus irgendeinem Grund hatte er panische Angst, ohne seinen Arm zu sterben. Jemand sagte, daß er sich wegen seiner Religion so aufregte. Ich wußte nicht, welcher Religion er angehörte, ich wußte nur, daß er alle in den Wahnsinn trieb und irgendwas unternommen werden mußte. Ich lief also aus dem OP und zu der Tonne, in die wir die amputierten Körperteile warfen, die die Sanitäter später verbrannten. Zu diesem Zeitpunkt war die Tonne voll – ich wußte, daß sie voll sein würde –, und ich langte hinein und holte einen Arm heraus, der an der Schulter abgeschnitten worden war, genau wie der von dem Typen – der Arm steckte noch im Hemdsärmel, er war ein bißchen aufgedunsen und vollkommen steif –, und dann lief ich zurück zur Bahre mit dem Jungen. Er sieht auf zu mir, als wäre ich ein Engel. Ist das mein Arm? fragt er wie ein kleines Kind. Und ich erzähle ihm eine Notlüge, Rouennas hundertste kleine Notlüge. Ich sage, ja, mein Lieber, ja, ja, und lege den Arm vorsichtig neben ihn – mir ging durch den Kopf, daß es war, als würde ich einer Mutter ihr Neugeborenes geben –, und er hält den Arm ganz fest und fängt an zu schluchzen. Er schluchzte, aber zumindest schrie er nicht mehr, und ein paar Minuten später starb er. Er starb, den Arm an sich gedrückt.

Du mußt dir vorstellen, wie chaotisch die ganze Szene war. Als ich den Arm holte, habe ich irgendeinen genommen, ohne nachzudenken, und es war ein rechter Arm, während dem Jungen der linke Arm fehlte – oder vielleicht war es auch umgekehrt, ich weiß es nicht mehr. Aber Gott sei Dank hat er es in seinem Zustand nicht gemerkt. Und später haben wir uns darüber kaputtgelacht.

Manche Leute fanden gruslig, was ich getan habe, aber ich bin überzeugt, daß es richtig war. Was immer man tun konnte, um diesen armen Kerlen zu helfen, mußte man tun.«

Sie sagte: »Ich habe keinen Grund, auf irgend jemand in dieser Welt neidisch zu sein. Ich glaube, ich hatte etwas im Leben, was die meisten nicht haben. In einem Jahr habe ich mehr gelebt als die meisten, auch wenn sie hundert Jahre alt werden. Und man muß sich nur anschauen, was geblieben ist, wie die Leute heute über die Vergangenheit denken. Jeder weiß, daß Vietnam für unsere Generation das große Ereignis war. Nicht die Beatles im Shea Stadium zu sehen oder in Woodstock dabei zu sein oder der Sommer der Liebe. Nicht mit einem Plakat herumzulaufen und den Bullen die Zunge herauszustrecken, ein blödes College lahmzulegen oder ein blödes Ausbildungscamp für Reservisten in die Luft zu sprengen. Nicht auszusteigen oder sich zu empören, in einen Aschram zu gehen oder eine Rockband zu gründen. Sich die Haare wie lang auch immer wachsen zu lassen oder herauszufinden, wieviel Drogen man schlucken kann, ohne den Verstand zu verlieren. All das sind heute Kinkerlitzchen, stimmt's?« Ja. »Aber nicht Vietnam. Vietnam hat dieses Land für immer verändert. Es war das Größte, was uns passiert ist, und manche von uns waren sogar dort. Und du mußt bedenken, daß mein Fall was Besonderes war – ich meine, wie viele Frauen waren in Nam?« Ja, wie viele? Niemand scheint es zu wissen. Die genaue Zahl der Frauen, die in Vietnam dienten, ist nicht verläßlich dokumentiert, und die Bandbreite der Schätzungen ist bemerkenswert. »Und die freie Liebe? He, ich habe mit mehr Männern geschlafen – großartigen jungen Männern – als die meisten Frauen in ihrer Phantasie. Und laß dir sagen, Sex war so intensiv wie alles andere, was in Vietnam passiert ist, es spielte keine Rolle, wie unerfahren die meisten Jungs waren.

Und überleg mal: Ich war die letzte Person, die manche dieser Männer je gesehen haben, das letzte Gesicht, das sie angeschaut haben, die letzte Stimme, die sie gehört haben, diejenige, an die sie ihre letzten Worte richteten. Wie wir damals sagten: ziemlich heftig. Ich erzähl dir das, weil ich weiß, daß du nicht glaubst, ich würde angeben oder irgendeine Wasserbüffelscheiße verzapfen. Ich würde das nicht vielen Leuten erzählen, weil sie es mißverstehen könnten. Aber die Wahrheit ist, daß ich stolz bin auf das, was ich dort drüben getan habe. Ich habe dabei geholfen, Menschenleben zu retten, und ich habe denen beim Sterben geholfen, die nicht zu retten waren – soviel zu heftig. Ich war da für die Jungs, als niemand anders für sie da war. Und glaub mir, ich hab mein Bestes gegeben. Die Jungen waren nicht mit dem Herzen bei der Sache, das weiß jeder, das war Teil der Tragödie und ein Grund, warum wir den Krieg verloren haben. Aber die Krankenschwestern? Ich? Ich war mit meinem ganzen Herzen bei der Sache.

Ich sage dir, das war schon was. Die Leute haben ja keine Ahnung. Ja, es war die Hölle, es war verrückt, es war schlimmer als meine schlimmsten Befürchtungen, und für mich war es ein Segen, dabeizusein. So habe ich es immer gesehen, und ich sehe es auch heute noch so, das wird sich nicht ändern. Und ich muß auch nicht die ganze Zeit darüber reden. Ich muß es nicht der ganzen Welt erzählen. Ich brauche keine Gedenkstätten, keine Paraden, keine einundzwanzig Salutschüsse. Ich möchte nur an ein paar dieser Erinnerungen festhalten. Ich möchte nie vergessen, wieviel Liebe ich empfunden habe und wie glücklich ich damals war. Die Leute verstehen das nicht, aber die Leute haben auch keine Ahnung. Wenn sie eine Ahnung hätten, dann wären sie neidisch – und zwar auf mich. *Ich war dort.*«

Nachdem sie einmal ausführlich über den Krieg geredet hatte, bestürzte sie mich, indem sie sagte: »Ach, ich wünschte nur, du wärst auch dabeigewesen.« Und dann, so vehement, daß sie mich damit nahezu zu Tränen rührte, fügte sie hinzu: »Wenn wir nur zusammen dort gewesen wären!«

Ich hatte gehofft, daß es mich trösten würde, über Rouenna zu schreiben, und zwischendurch war es auch immer wieder so. Aber wie oft habe ich von der Arbeit aufgeschaut und gedacht: Mein Gott, ich bin so unglücklich.

Fettsack. Lesbe.

Fotze!

Ihr komisches, nach innen gerichtetes Lachen.

Arbeit. Arbeit. Arbeit. Arbeit. Arbeit. Frei. Frei.

Der Slang ließ mich immer zusammenzucken. Kanonenfutter, Buckler, Wilde, Anwärter, Zugunfall, gerösteter Knochen, Gehirntote. REMF. Fucking new guy oder FNG. Charlie, der Vietcong, Nam. Schlitzaugen. Boo koo. Boom boom. Pisser, Scheißer. Tausend-Meter-Starren, Eine-Million-Dollar-Wunde. Mamasan, Papasan. In der Scheiße. Hinüber, erledigt, draufgegangen und so weiter. Je öfter ich diese Wörter höre, um so mehr hasse ich sie.

»Virginia Woolf? Das ist doch die, die Elizabeth Taylor in dem Film gespielt hat, oder?«

Meine Mutter sagte: »Nein, nein, nein, das stimmt überhaupt nicht. Du hast nicht gesehen, was passiert ist, du warst nicht dabei. Und es war auch nicht auf dem großen Spielplatz, sondern auf dem kleinen vor unserem Haus.«

Noch zwei Geschichten.

Kurz nachdem ich nach New York zurückgekehrt war, setzte ich mich mit jemandem in Verbindung, den ich vor langer Zeit auf Staten Island kannte, und jetzt war ich an der Reihe zu sagen: »Ich weiß nicht, ob du dich noch an mich erinnerst.«

»Sei nicht albern. Ich erinnere mich an jedes Mädchen, dem ich einen Heiratsantrag gemacht habe. Du kannst es Begabung nennen. In welchen Schwierigkeiten steckst du?«

»Wie kommst du darauf, daß ich in Schwierigkeiten stecke?«

»Wenn man Polizist ist und dreißig Jahre nichts mehr von einer Person hört, und diese Person taucht plötzlich aus heiterem Himmel wieder auf, dann ist die Chance groß, daß sie in Schwierigkeiten steckt.«

»Ich stecke nicht in Schwierigkeiten. Ich will nur jemanden finden.« Und ich erklärte es ihm.

»Hast du's im Internet versucht?«

Hatte ich. Ohne Erfolg. »Ich dachte, du weißt, was zu tun ist.«

»Ja. Aber das sollte ich eigentlich nicht tun. Worum geht es?«

Ich erklärte, daß ich die Information für das Buch brauchte, an dem ich schrieb.

»Ach ja. Davon habe ich gehört, daß du Schriftstellerin geworden bist. Aber – was schreibst du eigentlich? Geschichten? Was für Geschichten – Liebesgeschichten?«

»Ja.« Die einzige Art von Geschichte, die sich zu erzählen lohnt.

»Gib mir eine Woche Zeit«, sagte er. Aber er rief mich bereits am nächsten Tag an.

»Helga Paulina di Venere aus Minneapolis, Minnesota, starb neunzehnhundertneunundachtzig an Brustkrebs. Hat immer mal wieder in einer Schule als Krankenschwester gearbeitet. War nie verheiratet, hatte aber ein Kind, einen Jungen. Als sie starb, lebte sie bei ihrem Bruder.«

»Danke, Lorenzo.«

»War's das?«

»Das war's. Ich wollte nur wissen, was aus ihr geworden ist.«

»Klingt nicht nach einer großen Geschichte. Hingegen *mein* Leben ...«

Juni. Eine Hochzeit in East Hampton, mein erstes großes soziales Ereignis seit über einem Jahr. Ich treffe viele Leute, die ich kenne, aber so lange nicht mehr gesehen habe, daß sie mich mit »Hallo, Fremde« und »Wo hast du dich denn versteckt?« begrüßen. Eine verschwenderische Angelegenheit – dreihundert Gäste –, und ich bin begeistert, eine davon zu sein. Es ist eine so elegante und vergnügte Atmosphäre, daß mir ganz schwindlig wird. Ein unglaublich schönes Haus, entworfen von dem berühmten Architekten, der auch Braut und Bräutigam einander vorgestellt hat, beide frühere Studenten von ihm. Massenhaft Blumen und blumenähnliche Frauen und Männer, so hinreißend wie die Frauen, alle wunderschön angezogen. Wir sind weit entfernt von der Welt, in die ich eingetaucht war. Kein karierter Smoking, keine fetten Menschen, kein Vietnamveteran weit und breit. Es gibt gegrillten Hummer. Es gibt Pfirsiche in Champagner. Ein Swimmingpool, das Meer. Der strahlendblaue Himmel paßt haargenau zu der blauen Seide der Brautjungfern. Und da ist auch G. Willkommen zurück im Land der Lebenden, sagt er, und ich möchte ihm sagen, wie recht er hat. Denn ich habe zuviel Zeit mit den Toten verbracht, war zu lange allein und unglücklich, und jetzt bin ich ganz aufgeregt, Teil dieser Festlichkeiten, unter den Lebenden, den schönen Lebenden zu sein.

Es ist in Ordnung, G. zu sehen. Ich hatte gewußt, daß er hier sein würde, und zwischen uns ist auch alles in Ordnung, nach so langer Zeit. Wir unterhalten uns, wir tanzen und trinken viel Champagner. Nachdem die Torte angeschnitten und verteilt wurde, schleichen wir uns davon zum Strand, ziehen die Schuhe aus und gehen über den kühlen Sand nahe dem Wasser. Wir sind unbeschwert und entspannt miteinander, so sehr, daß wir uns irgendwann an der Hand fassen. (Später denke ich, daß wir zumindest einen Teil dieser Unbeschwertheit dem vielen Champagner verdankten.) Während wir gehen, fällt mir etwas ein. Ich möchte G. eine Frage stellen, eine Frage, die ich mich früher nie wirklich zu stellen getraut habe. Aber jetzt, da es zwischen uns vorbei ist, empfinde ich anders. Ich zögere, weil ich weiß, wie seltsam es klingen wird. Aber das ist G. Er kennt mich. Also frage ich ihn. Hat er jemals ein hilfloses Tier aus Spaß gequält oder getötet?

Sein Entsetzen ist echt. Wie kann ich ihn nur so etwas fragen? Selbstverständlich hat er nie so etwas getan! Wie um alles in der Welt komme ich nur darauf, ihm so eine Frage zu stellen?

Ach, du liebe Zeit. Der aufgebrachte Tonfall, der mir so vertraut ist. Armer G. Es war immer leicht, ihn auf die Palme zu bringen.

Ich liebte ihn wegen seines schönen Gesichts und seiner Aufrichtigkeit.

Ein paar Minuten später, nachdem wir kehrtgemacht haben und zum Haus zurückgehen, sagte er: »Du meinst Tiere, oder? Also keine Insekten.«

Eine Gruppe fährt gemeinsam mit dem Zug zurück in

die Stadt, und als wir in Penn Station einfahren, schlägt jemand vor, daß wir die Party fortsetzen und in einen Club gehen. Ich möchte mitkommen, wirklich, das möchte ich. Seit Ewigkeiten habe ich mich nicht mehr so amüsiert. Aber ich muß am nächsten Morgen früh aufstehen, verabschiede mich und gehe allein nach Hause.

Aber anstatt sofort ins Bett zu gehen, suche ich zwischen den Papieren auf meinem Schreibtisch nach einem Brief, den ich ein paar Tage zuvor bekommen habe. Von Luther.

Bitte, glaub nicht, daß ich kein Verständnis dafür hätte, daß Du mich nicht mehr besuchen willst, denn ich verstehe es sehr wohl, aber ich hoffe, daß ich Dir weiterhin zumindest schreiben kann und daß Du mir manchmal antworten wirst. Du mußt nicht auf jeden Brief reagieren, aber es würde mir eine Menge bedeuten, wenn wir in Verbindung blieben. Wie auch immer, ich werde Deine Entscheidung respektieren, wie sie auch ausfallen wird, wir leben schließlich in einem freien Land und so, aber für den Fall, daß wir keinen Kontakt mehr haben, möchte ich Dir doch noch ein paar Dinge sagen. Erstens: Glaube nicht wie viele andere Leute, daß Du weißt, wer ich bin, denn Du weißt überhaupt nichts. Ich habe Dir nie meine ganze Geschichte von Anfang bis Ende erzählt, und deswegen bin ich notwendigerweise ein großes Fragezeichen für Dich. Zum Beispiel mein Leben, seit ich hier bin, worüber ich bislang weder mit Dir noch mit jemand anders gesprochen habe. Die Leute glauben, sie wüßten aus Fil-

men oder aus dem Fernsehen, wie »das Leben hinter Gittern« ist, aber tatsächlich wissen sie überhaupt nichts. Ich habe nachgedacht über das, was Du mir letztes Mal, als Du hier warst, erzählt hast, über diese Freundin von Dir und was sie alles erlebt hat. So wie Du über sie gesprochen hast, war mir klar, daß diese Person Dich wirklich gepackt hat. Versteh mich nicht falsch, ich respektiere Deine Gefühle, aber eine Krankenschwester in Vietnam, entschuldige, aber das erscheint mir nun auch wieder keine so große Sache. Ich meine, sie hat ja nicht gekämpft. Und wenn es darum geht, in der Scheiße zu stecken, in einer Welt des Schmerzes zu leben, was meinst Du, was ich hier drin jeden Tag durchmache? Ich könnte Dir auch Geschichten erzählen. Geschichten, die Dir das Herz brechen würden. Geschichten, die Dir die Haare zu Berge stehen lassen würden. Und du sprichst davon, daß man jemanden zum Reden braucht – daß man einen Freund braucht. Ich möchte ja nicht darauf herumreiten, aber diese Rowinski-Freundin von Dir ist tot. Ich, ich bin nicht tot, auch wenn alle anderen beschlossen haben, es so zu sehen. Ich bin nicht tot, aber ich bin begraben. Ich bin lebendig begraben. Wie in einem Film, den ich mal gesehen habe, eine gräßliche Geschichte. Ein Typ wird lebendig begraben, und er liegt in seinem Sarg und schreit und schlägt um sich und tritt mit den Füßen, aber niemand hört ihn. Die Leute gehen über die Erde, wo der arme Scheißkerl begraben ist, und niemand hört ihn. Ich sage Dir, genauso fühle ich mich hier drin.

Und da ist noch etwas, was mich beschäftigt und was ich Dir sagen möchte, auch wenn ich nicht weiß, wie Du es auffassen wirst. Aber Tatsache ist, wenn ich nicht wäre, wärst Du selbst auch tot. Erinnerst Du Dich noch an eine Party vor vielen, vielen Jahren, als eine gewisse junge Dame, nämlich Du, mit einem gewissen Jimmy Adonis ins Auto steigen wollte, der keine zwei Minuten später und keine zwei Meilen weit weg gegen einen Stahlzaun geknallt ist? Wenn Du in dem Auto gesessen hättest, wärst Du aller Wahrscheinlichkeit nach durch die Windschutzscheibe geflogen. Aber Du warst nicht in dem Auto, und warum nicht? Weil ich euch beide miteinander habe weggehen sehen und mir gedacht habe: Das mag mich zwar nichts angehen, aber ich werde nicht zulassen, daß dieses Mädchen in das Auto von dem vollkommen betrunkenen Arschloch Adonis steigt. Und ich habe Dich davon abgehalten. Und Jimmy und ich haben deswegen gestritten, aber das war mir egal. Ich habe Dich abgehalten und dafür gesorgt, daß Du an diesem Abend sicher nach Hause gekommen bist, weil ich Dich selbst nach Hause gebracht habe. Nicht, daß es ein großes Vergnügen gewesen wäre, mitten in der Nacht allein durch das Sozialbaugebiet zu meinem Auto zurückzugehen, aber ich dachte, es wäre meine Pflicht. Du warst (noch) nicht meine Freundin, aber Du warst ein Mädchen und eine Freundin, und Freunde sollten aufeinander aufpassen. Und darüber habe ich viel nachgedacht, seitdem ich Dich zum letztenmal gesehen habe, und ich habe mich gefragt, ob Du noch an diese Zeiten denkst. Es ist so lange her. Das beschissene Staten Island, die beschissene High School. Football. Siegesfeiern. Diese Typen – Jimmy und Sherry und Curtis und Angela und Pete. Du und ich. Um die Wahrheit zu sagen, dieser Abend ist mir erst nach Deinem letzten Besuch wieder eingefallen. Dann habe ich daran gedacht, wie Du »Du schuldest mir was« gesagt hast. Und da habe ich mich wieder erinnert und gedacht: He, Moment mal, wenn wir schon dabei sind, Du schuldest mir *was. Ich habe Dir das Leben gerettet.*

Der Brief ist noch länger. Viel länger. Luther schreibt immer dicke Briefe. Aber ich höre auf zu lesen, falte den Brief zusammen und lege ihn mit den Schlüsseln in das Regal neben der Tür. Ich werde ihn morgen mitnehmen und auf der langen Busfahrt zum Gefängnis lesen.

INÊS PEDROSA *In deinen Händen*

Roman
Aus dem Portugiesischen von Maralde Meyer-Minnemann
Roman, 320 Seiten, gebunden ca. € 19,50.

Drei außergewöhnliche Frauen auf der Suche nach Liebe, drei Generationen der Einsamkeit, die das zwanzigste Jahrhundert versinnbildlichen: Aus ihren unterschiedlichen Stimmen hat Inês Pedrosa einen Roman voll zarter Schönheit, sprachlicher Eleganz und seltener Gefühlsintensität geschaffen – ein Meisterwerk der modernen portugiesischen Literatur.

»Ich kann nicht so tun, als liebte ich wenig,
wenn alles in mir liebt.«

HERBJØRG WASSMO *Die siebte Begegnung*

Roman
Aus dem Norwegischen von Holger Wolandt
Roman, 576 Seiten, gebunden ca. € 25,–.

»Ich glaube, daß du mein Mensch bist, Rut. Nicht weil ich dich besitzten will, sondern weil dich meine Gedanken durch alles tragen sollen. Auch durch die Trauer.«
Gibt es für jeden »den Menschen«, der für ihn bestimmt ist, der ihn ohne Wenn und Aber versteht und annimmt? Die gefeierte norwegische Autorin Herbjørg Wassmo folgt in ihrem neuen Roman den verschlungenen Lebenspfaden eines Paares, das sich in der Kindheit zum erstenmal begegnet, in Gedanken oft beieinander weilt und doch erst Jahrzehnte später zueinander findet.

»Ein warmherziges, wunderbares Buch.«
Moss Dagblad

TIM O'BRIEN *Was sie trugen*

Roman
Aus dem Portugiesischen von Regina Rawlinson
Erzählungen, 256 Seiten, gebunden ca. € 19,40.

Mit *Was sie trugen* ist Tim O'Brien gelungen, was nur wirklich guter Literatur gelingt: Er erzählt von den Schrecknissen des Vietnamkriegs auf eine Weise, daß man in Bann geschlagen immer weiter liest. Diese Erzählungen gehören zu den besten, die die amerikanische Literatur hervorgebracht hat, und zum besten, was über den Krieg geschrieben wurde.

»Zwischen rhythmischer Brillianz und bestechender Heraufbeschwörung von Erinnerung trifft diese Prosa den Nerv dessen, was Vietnam war.« Boston Globe